明詩綜

朱彝尊 辑録

第二册

中華書局

明詩綜卷十二

小長蘆　朱彝尊　録
武林　周　崧　緝評

鎦炳四首

炳字彦昺，以字行，鄱陽人。明初獻書，任中書典籤，出爲大都督府掌記。有《春雨軒集》。

楊廉夫云：　彦昺詩音節甚古，琅然漢魏之音。

危太朴云：　彦昺馳騁戎馬，決勝籌帷，有古烈士風，故其詩悲壯沉鬱。

宋景濂云：　彦昺工力既深，摹擬輒似，詩如璞玉輝春，蠙珠浴月。

蔣仲舒云：　彦昺詩篇峻潔，尤多樂府。清絶之氣可觀，淒楚之調爲甚。既累簡質，然亦非本語。

錢受之云：彦昺洪武己未《弔余廷心墓文》，自稱大都督府掌記。集載《哀曹國公詩》云：「三年忝記府，龍鍾侍文墨。」又《沐西平輓詩》云：「十年參幕府，慙媿簪纓客。」曹國公以洪武三年領大都督府事，西平以四年同知大都督府。蓋彦昺初任中書典籤，而後從事於都府也。詩集危素、宋濂序之，以爲兼謝康樂、岑嘉州、韋應物之長，而駸駸進於漢魏。楊維禎則愛其詩兼諸體，特爲評點。其推重之如此。

《靜志居詩話》：彦昺詩純效鐵厓，宜鐵厓之傾倒也。至其病，過於繁豔，特擇其淡雅者著於編。

崩城操

朝從城上哭，長城與雲齊。暮從城下哭，長城化爲泥。嗚呼城崩兮，猶可築；夫君死兮，百身莫贖。

春夕直左掖懷周侍御（一作郎。）

晚雨池上晴，逶迤澹將夕。金莖華月生，綺樹流雲濕。窗虚漏聲永，幔卷鑪煙襲。憶我同袍人，何繇共瑤席。

楊廉夫云：仿韋也。

左掖門朝退呈吴待制

繆忝金閨籍，聯班趨晚朝。逶迤西上門，窈窕長安橋。殘雪帶遠樹，夕陽明山椒。不有同袍者，疇能慰寂寥。

别京邑之東阿

前年别鄉閭，今年出京邑。悠悠去江漢，杳杳事形役。所懼心志違，况此風波急。烏啼楓樹煙，雁下蘆洲夕。回首望長安，蒼茫寸心失。

郭奎三十首

奎字子章，以字行，巢縣人。明初，朱文正開大都督府，節鎮洪都；太祖命奎輔佐參謀。及文正得罪，坐不諫誅。有《望雲集》。

王元美云：參軍帥幕風流，詞藻清麗。究其品格，在張徐之次。

曹潔躬云：參軍詩以骨勝，一洗元人穠麗之習。

《詩話》：參謀詩格清剛，句無浮響，頗近汪忠勤。

長相思

長相思，小山下，蘼蕪秋深沒行路，王孫年年歸不去。江南水落天色寒，鴻雁滄波連日暮。我思昔兮金珮環，美人座上如花顔。紫芝叢桂紛兩間，下有流水清潺潺。吹笙鼓瑟心常閒，别來歲久鬢髮斑。青雲猨鶴不可以企及，魂飛夢往愁鄉關。長相思，何時還？

烏夜啼

石頭城上烏，遥夜鳴相呼。紫清道士有兩樹，烏啼不離樹高處。千聲啞啞復萬聲，中堂酒闌夢未成。呼童把燭起開户，照樹惟恐鄰人驚。庭前再拜向爾白，我家舊住長淮北。慈親已老返哺違，零落猶爲異鄉客。嚴霜滿地江月輝，東方未白群星稀。明朝日出當早飛，莫使涕淚霑裳衣。

夜坐吟

江風蕭蕭吹古樹，關山蒼茫海生霧。北斗漸落明河微，城頭烏啼天欲曙。客子不寐憂無衣，東征三年猶未歸。蟋蟀在户歲將暮，洞庭霜白芙蓉稀。男兒生當百戰死，不執金吾即挾匕。閉門勿用長夜歌，騏驥終能致千里。

擬古贈别

孟冬霜露降，悴彼荷與蒲。青青蘭蕙芳，采之將焉如。贈君夙昔意，聊以慰斯須。絃歌厲清響，置酒岐路隅。親戚念遠行，各言勉良圖。常恐不爲樂，日月方其除。晨風奮高翼，北林多古榆。臨岐執子手，安得同車驅。

擬古思友

鶗鴂歲將宴，蒹葭淒以霜。思君隔山海，道路悠且長。睇彼參與辰，清夜悲未央。狂飈西北至，一雁方南翔。言念疇昔歡，與子同衣裳。安知異寒暑，日月不我將。天高則有斗，川涉愁無梁。憂心隱如惄，出戶徒徬徨。

送江彦英還錢塘

東南有高樓，華日照綺楹。瓊筵列海錯，雜以絃歌聲。疏簾卷晨夕，回看蒼江清。君今利攸往，我獨懷鹿鳴。執事望長路，駕言出東城。嘉會常不足，何況臨當行。晴郊芳樹碧，緑渚春蘭生。持觴意難盡，相思空復情。

紀夢

忽忽頹芳年，摇摇寄行役。寢興勞形神，鬢髮玄已白。驚風響庭樹，憂思日恒積。夢魂清夜歸，仿佛舊鄉邑。青松在園田，桑柘蔭廬室。飛鳥雲際還，牛羊下來夕。澄湖澹微波，秋山有佳色。雞犬雜比鄰，墟煙靄阡陌。怡怡兄弟情，淒淒丘隴側。臨流濯長纓，挂冠坐磐石。似慰平生歡，覺來異疇昔。百年如轉蓬，萬物乃遺舄。天命良在兹，勿用云得失。

寄陳教授敏

蘭葉欲覆階，馨香襲芳室。雨露之所滋，惠風偃華質。采采不盈筐，薄言贈離析。憂傷歲月徂，同聲而異迹。人生寄百年，寒暑會有役。歡樂難俱并，浮名亦何益。高誼諒匪他，可以比金石。

送王彬叔往同安二首

駕言出城門，遥望西南路。别離良在兹，嘉會不常遇。置酒張瓊筵，綢繆復凝佇。飲餞未崇朝，聊以慰情素。翩翩白羅裳，皎皎瓊瑶樹。高步凌青雲，豈爲紅塵污。春江及信潮，芳舟襲蘭杜。小人衆所疑，君子誰不慕。久欲同車行，攀轅莫能去。惜哉苦淹留，年芳易遲暮。顧盼懷殷勤，增我越鄉慮。

南州亂無家，寇盜縱横馳。白骨蔽原野，火炎城與池。千里何蕭條，四顧令人悲。倬哉皖公城，當此江之湄。崇墉上峩峩，陣列紛魚麗。明公秉高節，德澤被華滋。而蒙天子恩，慰爾長渴饑。大田既多稼，王師良有儀。君子利攸往，樂土實在兹。嘉賓復來集，兼遂平生知。春蘭麗芳渚，鳴鳳翔高枝。徘徊岐路側，未忍言别離。别離何以贈，再詠東山詩。

從軍詩

朝濟彭蠡湖，暮止匡廬山。軍行饑且疲，露宿聊解鞍。方秋黍稷華，徂征西南端。奄忽歲云晏，雨雪淒以漫。擊柝豈能寐，哀哀想苦寒。戰場久勞役，裘褐俱不完。鸛鳴在丘垤，思婦應常歎。誰無内顧懷，受命誠獨難。三苗阻聲教，師出猶未還。願公析天威，戢舞羽與干。上瞻太階平，下覩斯民安。勞旋詠杕杜，貽爾室家歡。

滕王閣

西南有高閣，下瞰滄江清。飛闌百餘尺，複道周四楹。白日一何麗，照耀丹青明。借問誰所爲？云是滕王嬰。壯哉大唐業，封子臨斯城。佩玉雜鳴鑾，物換星亦更。勝地罕常見，賢者垂令名。相公布文德，復此嘉會并。群才若雲集，頌以謳歌聲。陽春不爲樂，萬物爭光榮。登高矚曠世，臨流忘濯纓。再拜述短辭，柱石齊天傾。

送孫良玉還同安

送君江上去，山路雨初晴。落日平淮樹，春潮帶皖城。酒因今日醉，人是故鄉情。莫說王孫怨，芳洲緑樹生。

歲暮

寒月出在戶，江城雁獨飛。愁人不能寐，鄉淚忽沾衣。丘隴十年别，星霜兩鬢稀。爲言叢桂老，歲暮憺忘歸。

琴溪

吾慕琴高子，於焉隱遁棲。松雲生峭壁，山雪漲回溪。古迹行人識，新春好鳥啼。學仙誠有道，安得謝輪蹄。

五嶺

侵晨登五嶺，石磴畏躋攀。急雪沾衣白，因風點鬢斑。雲連秦劍閣，天塞漢蕭關。想見當時路，班超奉使還。

出暖水向新營

山陽暖水地，舊是北軍屯。一澗雲連棧，千峰雪照門。奉書觀辟壘，馳驛到邊藩。爲卜歸人信，今朝喜鵲喧。

寄陳檢校

遥想紫薇省，郎官直禁樓。瓊花天上去，清夜憶揚州。二十四橋月，玉簫吹兩頭。秋風挂帆席，幾度大梁游。

中酒

春來中酒朝朝病，擁被高眠懶出門。草沒漸迷湖上路，花開未到郭西村。湘娥有瑟催歸雁，楚客無書託故園。惆悵東風醒亦醉，夢中常是賦招魂。

游三門山

黄茅蓋屋石爲門，路轉溪回更有村。果樹連園收芋栗，豆花滿地散雞豚。雲深易就漁樵隱，山遠全忘市井喧。何獨武陵堪避世，此中佳處亦難言。

宿雨

宿雨瀟瀟悴客心，高窗連日滯秋陰。一枝未遂鷦鷯託，四壁應愁蟋蟀吟。家在淮南青桂老，門臨湖水白蘋深。鯉魚風熟香秔早，釣艇誰撑近竹林。

重憶西巖訪舊

鵻鳩聲中宿雨晴，白雲閒傍馬頭生。東鄰茅屋新煙起，南澗石橋春水平。野老見多還問姓，山花開盡不知名。故人宅近青松下，未到柴門已出迎。

寄劉彦基二首

洪州别駕久相違，驥足遲遲三月歸。應被長干兒女笑，春風不識繡羅衣。

九月征人未授衣，年年書到故園稀。無情恨殺湘天雁，不帶平安一字飛。

開歲卧病

多病文園渴未消，自從人日遇花朝。不知楊柳將春色，緑到淮南第幾橋。

贈陳教授敏

松樹連檐翠色多，湖南春水澹生波。貢家舊宅雲林在，明月滿船聽櫂歌。

贈白紵山菴道人楊玄中

四望亭前姑熟溪，道人種玉住山西。古松數株秋滿屋，青鳥月明時一啼。

德興山中

樹頭飛翠濕空濛，茅屋雞鳴雪澗東。好借吳興唐棣筆，畫圖傳我是仙翁。

銅陵寄劉知府

雙尊特爲故人將，江路風濤忽渺茫。坐對銅官不同飲，馬蹄明日又涇陽。

早發分宜縣

夜半荒雞鳴遠村，板橋斜出縣西門。征人衣上霜如雪，猶未曾承國士恩。

夏煜一首

煜字允中，金陵人。太祖下金陵，辟爲行省博士，調浙東分省。

錢受之云：劉辰《國初事蹟》云：「夏煜犯法，取到湖廣投于江。」俞本《記事録》云：「至正二十三年十二月，夏允中家人敗鹽敵境，提至軍前，置黄鶴樓下大浪中，三日而死。」予考《陶主敬集》，有洪武元年《送夏允中總制浙東兼巡撫》之詩，允中《讀宋太史潛溪集》詩云：「景濂其字大夫爵。」宋以洪武二年六月總修元史，始得階亞中大夫，則洪武元二，允中尚在，安得云癸卯歲沉於楚江邪！

哀孫炎

垂老戎馬閒，相知復何有？幼與孫炎交，於今俱白首。炎也雅好詩，落魄惟耽酒。醉中有神助，不放持杯手。才豪不受羈，焉肯事田畝。精勤脫穎出，盤錯迎刃剖。浪迹帝王州，結交英俠藪。喈喈朝陽桐，濯濯新春柳。南北暗兵塵，妖星下天狗。我皇入金陵，一見顔色厚。高談天下計，響若洪鐘叩。即拜丞相掾，奉身事明后。再分太守符，兼綰都官綬。括蒼實重地，豺虎白日吼。皇曰汝孫炎，其往總制某。再拜謝不敏，寵命敢虚受。一年風俗淳，二年民物阜。三年遠人歸，上表請官守。文章曹劉亞，政事龔黄右。舊歲過金華，與炎適相偶。寒燈夜半花，春盤雪中韭。終宴竟忘疲，落月斜半卣。臨分各上馬，攬轡復立久。爲言有小女，離家方襁負。今來已五周，見父能認否。未必到家期，封書附姑舅。置書篋笥閒，纔隔兩月後。墨色尚未乾，語音猶在口。胡爲内變生，哭我平生友。復恐是夢中，仰天當戶牖。斗柄昏建辰，月魄夕在酉。乃知真死矣，慟哭吞聲吼。復聞遇害時，扞刀落雙肘。奮怒髮衝冠，大罵血漂臼。維時東南天，彗出芒如帚。淫淫苦雨愁，曅曅驚電走。魂兮早歸來，空山不可狃。我過孰與規，我病誰云灸。春酒釀薔薇，奠子墳山峁。西京七葉貂，零落成草莽。既有千載名，焉用百年壽。峩峩馮公巖，與子同不朽。

熊鼎 一首

鼎字伯穎，臨川人。吴元年，徵授中書博士，遷起居注，出爲浙江按察司僉事，改山東副使，拜晉王右傅，除參軍，授岐寧衛經歷，名還，至西凉爲朶兒只把所害。敕葬之黄羊川。

上巳日浴温泉

驪山宫殿鎖温泉，天寶遺蹤故宛然。繡谷春融丹井火，金波月滿鑑池蓮。玉顔承寵專恩澤，翠輦來游惜暮年。我亦逢時修禊事，白頭空負麗人天。

李應榮 一首

應榮字顯道，東陽人。元末平江路教授，同章溢謁太祖於軍門，留參戎務，以説降方國珍，累官尚寶少卿。

《詩話》：《實録》説降方國珍，爲主簿蔡元剛，處士陳顯。再使爲夏煜、陳顯。而尚寶此作，見東陽《歷朝詩》。

奉使途中作

驅車出東郭，遠上天台城。峰高插霄起，屹立如回屏。前途在雲杪，仿佛秋蛇行。俯視萬壑底，澗水嘈嘈鳴。恍然心目眩，幾欲墮危崢。況兼風雨至，泥滑如飴餳。一步三退縮，戰慄若履水。僕夫屢顛躓，行者難爲情。神武恢疆宇，垂念及生靈。俾將誠信辭，以息東南兵。藐焉一小子，敢不來趨承。

劉駟 一首

駟字宗道，龍谿人。洪武初，倉攢，以秀才徵試第一，拜左都御史，後坐事徙滇。有《愛禮先生集》。

《詩話》：宗道講學，遠師北溪，其闢釋、老甚嚴，目佛爲泥厮。集中有《同安歎》云：「噫嘻吁，紫陽之化衰，家家阿彌。儒也墨衣，墨也墨衣。滿城游遨誰我知，不如歸也不如歸。」又《游天蓋寺詩》云：「若無僧寺塔，直是一唐虞。」斯亦「能言距楊墨者」已。

感興

浮屠日以興，平地生棘刺。大道爲之荒，聖門爲之蔽。嗟哉末俗流，每每謂之是。觀古聖賢人，顰蹙多因爾。蹇予魯且蒙，奚爲生此世。發憤逐前修，質弱安能至。聖道雖云遠，戮力應可致。

丁麟 一首

麟字彥祥，海鹽人。洪武乙丑進士，除給事中，改御史。坐法死。

《詩話》：武原雙丁，兄麒弟麟。嘉禾二王，兄鏞弟鈞。詩雖格調卑卑，然先民有作，鄉曲後學，不可不爲表章也。麒字彥禎，官至濟南知府。詩如《烟寺行吟》云：「得句便題林外竹，脫巾長挂塔前松。」《送人》云：「西山日薄烏啼急，南國風高雁影希。」《天星湖》云：「隄畔馬嘶芳草碧，沙頭人上畫船輕。」《聞琴村》云：「別鶴不聞雲外語，野烏時向屋頭鳴。」亦能拔俗。

西湖竹枝詞

湧金門外春水多，賣魚船子小于梭。三三兩兩唱歌去，驚起鴛鴦飛奈何。

曹介 一首

介字子直，永嘉人。洪武中，監察御史。

金碧山水圖

唐朝以來畫金碧，小李將軍稱絶奇。流傳所見恨不廣，真蹟往往人間稀。此景何人之所作，老眼挼挲看宛若。群峰削翠撑晴霄，一水流銀出丹壑。初疑武陵溪，桑麻夾岸花枝低，漁郎昔日訪奇處，回首但見蒼煙迷。又疑天台山，桃花流水非塵寰。仙人劉阮采藥去，虹橋一斷難躋攀。我生胡爲在塵市，一見青山心獨喜。拂衣便欲歸故鄉，高卧溪堂看雲起。觴我酒，絃我琴，高山流水誰知音？

許伯旅 一首

伯旅字廷慎，黄巖人。洪武中，官刑科給事中。有《介石稿》。

徐子元云：廷慎若天台雁宕，雄踞東南。小杜之名，豈容多讓。《詩話》：天台林公輔，嘗述廷慎論作詩之法矣，其辭曰：「法可言也，法之意不可言也。上士用法，得法之意；中士用法，得法之似。吾詩幾用法矣。如是而起，如是而終，如是而爲開闔，如是而爲抑揚頓挫，如是而爲輕重高下，意之所至，辭必與俱。固未嘗囿乎法，亦未嘗廢乎法也。古之藝人，若庖丁輩，隨其心手所出，無他焉，亦用其法爾。由是而觀天下之術，未有不用法而能神者也。」又論宋、元二代之詩云：「人皆謂宋之文高於元，元之詩高於宋。殊不知宋之詩亦高於元也。論詞語工麗，音節瀏亮，宋或不及於元；至於說古今，道事理，輕重明白，豈元諸公所能及宋哉。」其言具有深旨，宜當時有小杜之目。惜其集不傳惟餘《赤城續志》所載，寥寥數篇而已。

畫馬

曹韓畫馬久絶筆，近代狀者多駑駘。毫端不得千古意，孰識世有真龍媒。圖中此馬何所似，人言昔産余吾水。一聞高價傾千金，更覺雄心少千里。雙瞳爍電筋權奇，索不可繫何言笞？變化應隨霹靂去，死生或與英雄期。涓人買骨吁可怪，漢武勞師動横潰。豈知神物在人間，驪黄迥出天機外。我生愛馬癖莫醫，眼見畫圖神欲飛。滎河真種當可致，西扳弱水扶桑歸。

吳去疾 一首

去疾字去疾，安慶人。給事中。

《詩話》：去疾《列朝詩集》不載其官閥。考《實録》：「吳元年十月，帝御戟門，與給事中吳去疾等論政務。」又嘗爲議律官。

春日雨中示友人

二月已過三月臨，茅堂寂寥長晝陰。梅花白白落已盡，楊柳青青渾未深。何日新晴出山郭，及時行樂稱春心。應須載酒窮幽賞，爛醉扶肩過竹林。

陶誼一首

誼字漢生，天台人。官員外郎。

山居

煙蘿寂寂蔭柴扉，路入蒼苔一徑微。江燕定巢來自熟，巖花結子落還稀。修琴有制先鈔譜，沽酒無錢更典衣。采藥山童終日去，夜深常與鶴同歸。

張適十首

適字子宜，長洲人。洪武初，以秀才舉，擢工部都水郎中，以病免。後復舉明經，授廣西理問。歷滇池魚課、宣課二司大使。卒于官。有《甘白先生集》。

陳嗣初云：甘白先生詩，發纖穠於簡古，寄至味於澹泊。

《詩話》：子宜免都水郎，歸即朱長文樂圃故地居之。詩所云「坊存前哲號，屋貯古人書」也。一時名流，都爲題詠，見《鐵網珊瑚》。詩有《樂圃》《江館》《南湖》《江行》《滇池》等集，燬於火。其孫柷得十之二三，於煨燼之餘，及士林傳誦之作，合爲《甘白先生集》。今雕本已罕傳，予從其後人星借觀，録之。

雨中對齋前楊柳賦楊之枝二章

楊之枝，我不如子無知。我心之憂，曷其已而。

楊之花，我不如子無家。我心之憂，曷其有涯。

擬古

我馬既已秣，我車亦已膏。游子志遠行，豈憚終夜勞。海水自言深，泰山自言高。去去涉長道，歲月疾如掃。譬彼風中花，衰謝不復好。惟有惓惓懷，日夕不離抱。

別張訓導

近識張夫子，情深似故知。何須雞黍約，已有鹿門期。此別五千里，且論三百詩。舟行在明發，雲樹渺相思。

對雨

住近南塘柳蓋扉，涼風送雨薄絺衣。檐花暗應鄰舂下，沙鳥明隨估船飛。蝸篆登牀延筆格，燕泥上壁污琴徽。蒼苔駁石林間路，一月春陰客到稀。

山中春盡

蘿磴松巖百摺斜，清溪窈窕有人家。樹深風送還山鶴，石上泉流出洞花。就竹編籬防早筍，當窗出火焙新茶。門前過澗崎嶇路，安得能來長者車。

題山水小幀

秋林雨過雲猶濕，緑莎亭子小於笠。漁榔欲來猶未來，隔隄驚起雙谿鶒。

翠岫樓臺圖

巖下樓臺擁翠霞，千章嘉樹蔭窗紗。曲闌干外東風急，人隔珠簾看落花。

題畫卷

青山歷歷樹重重，寺在雲深第幾峰。比屋人家西崦下，夕陽長聽講時鐘。

過朱卿宅

鎖却城東燕子樓，荒村漂泊幾春秋。如今占斷沙河曲，更嬾全家上小舟。

楊彝 二首

彝字宗彝，餘姚人。洪武中，以人才舉爲沔陽倉副使，遷都察院司獄，調長泰主簿，以獻詩擢吏部考功主事，謫居滇南。有《鳳臺》《貴竹》《東屯》《南游》諸稿。

《詩話》：楊君傳詩不多，頗饒跌宕之趣。

雪溪翁山居圖

門前野水可通漁，雲裏草樓方著書。好山誰臨北苑畫，斷橋我憶西湖居。塵埃自著鷗鷺外，霜露正當鴻雁初。爲報秋風摇落早，梅花消息近何如。

南城偶題

城南好山何太幽，人家對門溪水流。春禽啼樹野花落，雪瀑挂厓嵐翠浮。長鑱自可斸靈藥，短筇何必尋丹丘。一聲清嘯暮天碧，松頂月明人倚樓。

戈鎬 一首

鎬字仲京，鎮江人。洪武初徵士，官禮部主事。有《鳳臺集》

《詩話》：仲京詩原出於温岐。

題野塘秋景

芙蓉秋色滿銀塘，白鷺雙飛下晚涼。記得采蓮看越女，醉騎驕馬觸垂楊。

范準 一首

準字平仲，休寧人。洪武中，舉明經，官至工部主事。有《鼃甕》《西游》《何陋軒》諸稿。

松蘿谷

尋幽興未涯，窈窕入深谷。長松生晝寒，香蘿蔓春緑。緜緜石上葛，冉冉籬下菊。樵子時相逢，和歌自成曲。吾將從杖屨，題詩滿青竹。

朱逢吉 一首

逢吉字以貞，崇德人。洪武中，官大理寺丞。

寄張世衡

文穆公家四世孫，清朝今見幾人存？衣冠入市爭投刺，風雨讀書深閉門。坐詠遠山楓葉寺，歸從新酒杏花村。玉灣橋下莓苔路，應有徵車故轍痕。

冷謙 一首

謙字啓敬，嘉興人。洪武初，太常司協律郎。

《詩話》：世傳協律仙去，嘉興府治東北碧漪坊建祠祀之，里人禱夢多驗。祠三面距水，今爲土填淤矣。協律著作罕傳，僅從《郁氏書畫跋》録得一首。

題燕肅山水卷

依稀廬岳高僧舍，仿佛商山隱者家。我亦抱琴來谷口，白雲深處拾松花。

桂慎 一首

慎字宗敬，慈溪人。洪武中，官中書舍人，謫戍雲南臨安府。

登太華山寺

昆明池上古招提，樓閣參差近碧雞。爲愛白雲分半榻，却隨明月過雙溪。風前松子當窗落，雨後苔衣拂石題。如此清幽好棲泊，爲誰又度澗橋西。

朱芾 一首

芾字孟辨，以字行，松江華亭人。洪武初，徵授翰林編修，改中書舍人。《詩話》：明初詩人善書法者：正書則楊孟載、張翔南；行楷則唐處敬、張藻仲；草書則宋仲温、周履道；章草則盧公武；隸則吳主一、邵復孺；大小篆則張士行、宋仲珩；而孟辨名尤在諸子之上。嘗以所書瘞之細林山中，題曰：「篆冢」。董徵士良用贈詩云：「華亭朱茂才，好古喜欲顛。一掃世俗書，習篆忘食眠。《秦望》并《之罘》、《碧落》兼《新泉》。小者案間列，大者屋壁懸。平生囊橐貲，多充買碑錢。功深學既精，齒壯志逾堅。池魚染皆黑，鐵硯磨將穿。摹搨累萬番，期差古人肩。師法正在兹，什襲比蹄筌。孫樵文自祭，智永筆忍捐。何如篆冢嵯峩細林山，函之瘞其巔。聚土封若堂，鑱石表爲阡。寶劍賈胡發，玉柙蔓草纏。光，夜映列星躔。」錢提舉《思復歌》云：「雲間苦嗜古，手挍科蟲辨魚魯。明窗淨几風日佳，臨摹一掃千番楮。商彝周鼓真吾師，蝸扁沉著沙畫錐。鸞回鳳翥龍夭矯，長戈短劍相交馳。書草日積充棟楣，保愛何啻璧與珪。細林山中一坏土，緗笈緘縢重閉之。」合《學士灉哥石硯篇》誦之，可謂好事者也。

賦得秦淮送宋仲珩

春漲曉沄沄，空明澹孤嶼。中流送行舟，綠波渺南浦。鷗從青鏡下，人立滄溟語。素瀫漾凉飇，員紋散疏雨。桃葉懷舊題，後庭歌弔古。因之寄離情，前洲采芳杜。

宋璲 一首

璲字仲珩，浦江人。學士濂仲子。洪武九年，召爲中書舍人。

錢受之云：仲珩工書法，真行草篆，俱入能品。方希直稱爲「威鳳翀霄，祥雲捧日。」評者謂太史公之文，舍人之書，皆本朝第一，而其詩尤駿發。汗血一蹶，未見其止，惜哉！

《詩話》：仲珩受業於趙古則，故精於六書。南村稱其大小篆純熟姿媚，行書亦有氣韻。今誦其五言，離奇妥帖。惜不永天年，兼爲書法所掩。

寄章允載兼簡項思復

憶昔別京畿，與子寓官廨。一見即相驩，不翅舊交快。維時因道塗，驅車久行邁。忽逢弛擔初，欣若身脱械。握手坐氍毹，軟語慰疲憊。情投比黏膠，意愜甚搔疥。項君數過予，滯下喜方瘥。三人互談噱，何殊合糾纆。驂鑣出游衍，古蹟探奇怪。路入青蓮宫，駐足聽梵唄。薄晚始旋邸，傾倒形忘瘵。周詳論書譜，從容説詩派。凡習尚浮華，遺音日已壞。作者固繁夥，咸韶混夷韎。瀾倒并波隨，疇能捄危敗。顧予樗散材，頻年處卑隘。枘鑿乖方員，甘遭世俗責。人將競嘲譏，子乃敦教誡。苦言加箴規，默默使心解。酒酣示新篇，辭源極滂湃。却類任公子，投竿下群犗。應知藝嘉禾，薅治絶稊稗。讀之神駭驚，秋蛩罷嘶喝。政圖藉熏陶，别還隔遥界。欲叩寢食安，但復占爻卦。浦汭守衡茅，無從豁矇瞶。譬諸鐵在爐，伊誰鼓風韛。況乃患沉疴，軀命猶纖芥。侵尋閲暑寒，孱弱乏剛夬。精神盡凋耗，面目多腫黯。布衾暖閣眠，藥貼晴簷曬。年來獲告瘳，書齋仍掃灑。猨鶴亦爭慶，似索煙霞債。綴賦詠雕蟲，攻篆學垂薤。有時看飛泉，四山寂無吴。思取古遺經，一覽適炙曬。蘭膏繼日晷，矻矻警昏懈。視已常欿然，進業慙質鱫。志須成絲枲，未能脱菅蒯。篤信宴安中，懷毒劇蜂蠆。蚤暮自深省，此語諒非癡。近聞子亦歸，親朋樂情話。千里感遺書，殷勤持一介。而翁幸康彊，媿缺牀下拜。執簡立臺端，百壬不敢喙。道遠竟莫前，動若飛翮鎩。歲月無停輈，季秋倏已屆。籬菊傍雲肥，江山日如畫。軒車幾時來，夜雨一燈挂。明德正可崇，相期各云勱。

史靖可 一首

靖可鄞縣人，中書舍人。

《詩話》：潛溪之歸也，孝陵諭之云：「大江春來風浪多，宜就裏河達於家。」靖可送行詩，蓋賦以紀實也。靖可以吏部奏差，洪武九年十一月，授中書舍人，載《實録》。《滎陽外史集》有史行可、文可，殆其昆弟行。

送宋學士

君王親爲計歸程，幾日攜家出鳳城。江上春來有風浪，扁舟好向裏河行。

谷宏 一首

宏閩人。一云新淦人。中書舍人。

行經華陰

崔嵬太華出雲中，積翠遥連渭水東。秋色萬家連遠塞，暮烟一帶遶離宫。秦關日落行人少，漢畤天陰古殿空。寂寞武皇巡幸處，祠郊木葉起秋風。

李舒章云：是錢劉高調。

宋轅文云：調既不卑，景色亦合。

陳潛夫 一首

潛夫字振祖，錢塘人。官國子監學正。

《詩話》：吳人朱景春名所居之軒曰「安分」，滕遠爲寫作圖，題其卷者甚衆。潛夫及田子貞詩差優，潛夫於洪武十八年二月曾上書言事，載《實録》。

題安分軒圖

一自幽棲白板扉，略無塵夢到輕肥。摩挲老眼臨書卷，抖擻閒身稱布衣。風竹翠回琴響近，雨苔青滿屐痕稀。客來况説雲山好，處處春苗長蕨薇。

莫士安一首

士安名伋，以字行；更字維恭，歸安人。洪武初，爲府學教授，遷知黄岡縣事，入爲國子助教。《詩話》：士安集不傳，僅見於《湖海耆英》詩集，其湖山圖長歌則從吾鄉《郁氏書畫題跋》中録之。永樂初，以助教治水江南，遂僑居無錫，自稱柏林居士，又號是菴，載《縣志·流寓門》。今人罕有知者，附識之。

洪武丁丑春題王叔明湖山清曉圖

青山屏列水涯畔，白雲練繞山腰半。分明曉色澄素秋，顛倒湖光接銀漢。江霞滅盡海暾生，巴雪銷多沔水泮。岌嶪巔崖高莫梯，回合源泉淨堪盥。天遠匡廬秋杳冥，雨足沅湘春翰漫。濃於藍汁可染衣，赭若童顛未加冠。盤谷繚通百折深，緱嶺危撑半空斷。澗橋蔭合踏新凉，渚閣香凝坐平旦。短屐扶藜野興濃，輕舠聚網波紋散。南灣農鄰猶閉關，西崦人家未炊爨。僧寺樓臺松滿林，漁屋軒窗柳遮岸。陶令秫田誰爲耕，邵侯瓜地親將灌。種桃莫問武陵津，采芝偶得商於伴。書封雁帛感蘇卿，鱠斫鱸絲羨張翰。濯纓欲待滄浪清，挽衣空歌白石爛。樹樹巖花嵐霧重，葉葉汀蒲水風亂。蛺蝶暖依芳草飛，鷓鴣晴入叢篁喚。荇藻翻容避釣魚，杉柟不借尋巢鸛。壁帙芸枯粉蟊生，岫幌藤穿蒼鼠竄。翠墮梧桐借翦圭，羃結絲蘿愛垂幔。米家尚存書畫船，吳綾不滅錦繡段。人來西北淹壯遊，地擁東南隔奇觀。標靈顯秀環故居，汎影浮暉在吟案。誰能高深故不兢，我爲登臨每無憚。當時對景真仿佛，逸次圍闌舊凝翫。丹青物色眼停瞬，鐵石心腸顔爲汗。蹤跡頓忘今昔非，記憶方驚歲年换。半生自笑不歸去，兩足其如有羈絆。泉石膏肓百慮增，塵土心胸一朝澣。湖山如此慰相思，天地茫然寄長歎。

繆天自云：長篇用韻深穩，非作家不能。

李曅三十三首

曅字宗表，錢塘人。洪武初，國子助教。有《艸閣集》。

徐大章云：宗表詩緣情指事，機動籟鳴無窮搜苦索之態，而語皆天然，不煩雕刻。

朱伯清云：宗表善爲詩，精熟清新，氣雄而詞暢，一出李、杜二公機軸。

蘇平仲云：艸閣詩多合乎「三百篇」，格律與李、杜不遠。

《詩話》：艸閣得詩法於李季和，然季和猶爲廉夫熏染。艸閣歌行，則一氣孤行，獨開生面，正如淮陰之師，多多益善，囊沙拔幟，辟易萬人。當時四傑十友、二肅、二玄，各有標榜。如此逸氣高格，顧詩家月旦不及焉。信夫知音者之難也！

古詩

吾觀詩三百，豈徒正而葩。其言本情性，反覆成詠嗟。「二南」乃其端，列國多淫鼃。洋洋「雅」與「頌」，制作功尤嘉。善者固敦厚，惡者亦紛拏。聖人示我要，蔽以「思無邪」。

菜圃爲鄰畜所殘

孟嘗久不作，吾徒食無魚。長齋坐清晝，賴此田中蔬。僕夫勤灌漑，引水通溝渠。青青日已長，盡是辛苦餘。封豕從何來，洊食良可吁。一殘枝蔓傷，再則根柢除。遂令蒼翠場，轉盼成空虛。嗟我在羇旅，草野聊暫居。惜無專戮權，悵望徒踟躕。踟躕將奈何，屏棄犂與鉏。學圃聖所鄙，且讀窗下書。

發雙溪

峩峩金華城，行李何淹留。閏十月初吉，始能具扁舟。輝輝晴旭升，莽莽寒煙收。篙師戒晨發，浩嘯當中流。揮手謝送者，此行實夷猶。昔爲山林居，今作江海遊。撫心媿麋鹿，放跡同鳧鷗。丈夫旣許國，生理焉得謀。功成纔拂衣，庶以追前修。

泊鷺鶿灣

朝辭婺女城，暮泊鷺鶿灣。鷺鶿暝不見。但聞水潺潺。水聲日西流，客子何時還。長風吹征衣，慘澹生愁顔。

息灘

息灘復息灘，逆上如登天。舟行勢齟齬，百丈不可牽。人持白木篙，左右拄兩肩。倒緣凌風檣，俯貼衝波船。分寸累丈尺，始能就其顛。回顧望來者，相去一丈懸。我生匪利涉，坦易性所便。因之戒行險，庶茲遠游篇。

嘉禾

晨發嘉禾城，晴日舒我顔。水深野岸闊，驛古秋花斑。回頭指點中，已過三塔灣。少年所游地，頭白今始還。沙鷗喜我還，來往清波間。願爲忘機翁，與爾俱投閒。

遣瘧鬼

汝本顓頊子，變化逃其形。胡不肖厥祖，騎龍升帝青。而爲瘧鬼徒，屑屑居滄溟。復游人間世，所在行威靈。坐令命蹇子，狼狽汝所丁。其寒誰致然，其熱孰使令。淒淒挾絮纊，喘喘思風亭。肉黄面亦皺，呻吟不可聽。巫師用桃茢，醫師進豬苓。汝黨固蟠結，百藝無一寧。嗟汝聖王裔，區區獨伶俜。遷居迺令德，肆虐非常經。我今賦新詩，送爾揚歸舲。東方有蒼龍，鼓腹生雷霆。西方有白虎，利口惟膻腥。赤鳥司南方，丹砂耀修翎。玄武在北門，閃目光熒熒。四方汝無往，恐汝罹天刑。汝宜返故鄉，寒泉肅泠泠。綠荷以爲衣，丹霞以爲扃。珠簾水晶幌，貝闕琉璃屏。飄飄曳鸞旗，洋洋下雲軿。速行如風火，晝夜不可停。從此勿回首，一去三千齡。

墨梅

烏不涅而黔，鵠不浴而白。其類雖有殊，各以見真色畫。師亦何心，變幻隨世惑。展圖對梅花，爲爾心惻惻。

言懷

今日忽不樂，少爲川上遊。童冠相追隨，衣服紛好修。紆徐既就坂，崎嶇亦經丘。是時鳴雨餘，氣候如清秋。嗒然拄孤藤，聽此涓涓流。往者既云邁，來者無時休。周流信無滯，至樂常悠悠。俗士勿與言，永爲智者謀。

逃難

四郊日多壘，勞生信乾坤。朝來有警急，鐵騎如雲屯。賤子心實憂，焉能守荒村。呼兒戒行李，一飯同出門。路逢逃難人，紛紛亦來奔。或扶耶與孃，或挈子與孫。十步九顛躓，欲哭聲復吞。問道往方巖，前後相歷喧。牛羊亦隨逐，飛橋爲之翻。我行已巖頂，我僕猶巖根。脣乾吻亦燥，何處濁酒樽。兹巖既云險，況有靈祠存。棲遲且茅屋，生理安得論。俯視西北隅，殺氣猶昏昏。

寄太平諸友

昨日東風吹雨過，正值山齋罷書課。無官可守真自得，有酒不飲誰能那。此時況當春夏交，緑盡園林安敢唾。出泥已誇籬筍嫩，入饌頗憶溪魚大。花間紫騮來幾匹，葉底黄鸝鳴兩个。桃巖諸公多俊才，遠來相就同賡和。野人擬作韋曲游，諸公忍復東山卧。誰謂更深雨復作，到曉打窗驚夢破。寧愁烏帽顛風吹，尚恐蠟屐春泥涴。拈毫惆悵題我詩，天晴更爲斯文賀。

贈地理遠碧山

澗東瀍西曾卜洛，定之方中楚宫作。當時相宅論陰陽，猶未經營到冥漠。後來注意馬鬣封，某丘某水尋靈蹤。封侯作相在頃刻，芒鞵踏遍青芙蓉。遠師本有降龍技，隨處看山逐龍勢。金華一郡凡幾家，屢見牛眠得佳地。我家近住東屏山，時與遠師相往還。青囊和月挂松樹，且酌美酒開心顔。我聞金陵帝王宅，虎踞龍蟠出奇特。遠師飛錫宜一遊，歸來説與漁樵流。

踏車行

南岸北岸聲咿啞，東鄰西鄰踏水車。車輪風生雷轉軸，平地雪寒生浪花。借問老農何太苦？低頭欲語還咨嗟。前月有雨田未耘，非其種者紛如麻。縣吏捉人應差役，令嚴豈得營私家。況當今日滴雨無，陂塘之水爭喧譁。雖如抱甕沃焦釜，蹄涔豈足供泥沙。語罷踏車車轉急，田水何如汗流濕。老妻貸穀猶未歸，力疾無奈吞聲泣。

喜雨行

五日不雨中禾焦，十日不雨晚禾死。農夫田父心煩勞，桔槔搰搰徒爲爾。俄然雲起從西北，一片飛來頭上黑。六丁雷斧開天關，不盡天瓢瀉甘澤。沛如萬頃之銀潢，疾如江漢流湯湯。怒如乖龍騰變化，颯如白帝行秋光。在坑滿坑谷滿谷，此雨何殊雨珠玉。甌窶汙邪無復分，但見芃芃稻花熟。東家老翁賒酒勸，西家女兒賣釵釧。青黄未接渾未憂，屈指豐年眼中見。我歌不獨如元豐，我歌直與康衢同。此身願作飯牛翁，耕田鑿井堯無功。嗚呼，耕田鑿井堯無功！

誕日醉吟

先生今年五十一，兩鬢雖斑眼如漆。挑燈終夜何曾眠，細字蠅頭看書帙。既不能握蘭起草趨明光，又不能搴旗斬將赴敵場。布衣十載困江海，空有崢嶸磊落、驚世之文章。近來結屋翠峰下，白雲遶屋看如畫。王侯卿相不到門，自與農夫作鄰舍。螘浮缸面新酒渾，清晨上壽誰稱尊？阿兒拜前女拜後，此樂欣欣難具論。盤餐照眼復何有，出甕黄虀間青韭。山田放豚初告腯，潑刺鮮魚貫霜柳。須臾剥剥啄啄叩門聲，攜肴載酒來諸生。陶然洗琖復更酌，百川一吸如長鯨。我醉欲眠卿且去，謫仙未得其中趣。玉山雖倒嗔人扶，染筆從容賦長句。我不願二十四考書中書，我不願千二百歲崆峒居。但願百年三萬六千日，日日醉吟歡有餘。

北上行送周士約

停君鐵如意，飲我金叵羅。我有北上行，起舞爲君歌。念此北上樂，君行莫蹉跎。披雲登太行，敲水渡黄河。黄河連天與天碧，織女大笑投銀梭。紅雲暖光開玉闕，流星煌煌夾明月。簫韶之音下紫清，太液恩波流不竭。去年前席召賈生，今年上書薦禰衡。鵬搏虎變不可測，布衣談笑爲公卿。爲公卿，吾道昌，丈夫壯游須帝鄉。紅顔才子青雲郎，文光照曜宫錦裳。紫騮馬肥金鞍光，蓮花匣出三尺霜。黄金臺高天中央，紫琳作佩聲鏘鏘。聖主恩深誇陶唐，好賢不數燕昭王。北上行，君莫忘。

九鷺圖

何人水墨開毫素，白日晴窗起烟霧。强將醉眼窺微茫，乃見江南九秋鷺。兩隻長鳴一隻飛，兩隻共啄菰米肥。其餘四隻夢洲渚，黄蘆白葦相因依。我家曾住苕川上，緑蓑披雨聽漁唱。西塞山邊今有無，桃花流水應新漲。別來幾載棲林巒，身欲奮飛無羽翰。卷圖高詠風漠漠，憶爾磯頭青釣竿。

胡將軍歌

胡將軍，邦之良，武之豪。身長八尺面如鐵，敵人見之凜凜生寒毛。憶昨辛卯歲，九州沸鯨濤。蒼生日塗炭，呼天雨泣何嗷嗷。吳王氣宇真天人，手提秋水三尺之豪曹。貔貅萬竈會滁上，左右環列俱賢髦。將軍謁轅門，開口談六韜。爲王之爪牙，出入行陣躬鞬櫜。疾如風雨飛千艘，王命胡將軍：蝥弧蝥弧爾所操。義聲西來動白日，電光閃爍摇旌旄。金陵宣城不日得，徽州嚴郡隨風逃。洞兵三萬餘，刃鞘弓藏弢。靈旗却指金華城，父老爭先持酒羔。喉衿閩楚信州地，將軍又爲殫力營城壕。乃從元戎上台鼎，横金拖紫獨立青雲高。將軍未下車，民庶憂忉忉。將軍既下車，所犯無秋毫。健兒不敢忤民意，酷吏不敢搜民膏。男兒務農耕，婦女勤蠶繅。將軍爲之垣墉使生厚，民適自樂將軍勞。兜鍪貂蟬本無異，擬變方召爲夔皋。嗚呼，壬寅春二月，肘腋禍所遭。三軍盡躑躅，萬姓皆號咷。朝廷聞之爲痛惜，遣中使，降丹詔。遂有光禄大夫越國之崇襃。有廟有廟依巖嶅，春秋二時祠太牢。吹笙鼓瑟兼伐鼛，玉杯春酒釃蒲萄。畫梁文栱倍煇赫，焚香仿佛來焄蒿。英姿颯爽毛髮竪，陰風吹動團花袍。殿前近侍捫錦絛，壁上先驅腰寶刀。出師或銜枚，班師或鳴鼗。將軍雖死有餘樂，魂魄上與星辰遨。有子有子如將軍，志欲與國除腥臊。鄰敵侵我疆，勇捷如飛猱。奮身與之戰，以一當百戰已鏖。將軍陰兵實助之，似聞人馬聲嘈嘈。敵驚靈火徧原野，如中羽鏃相呼號。我來祠下謁遺像，秋林葉落風蕭騷。雄文大字紀顛末，翠珉已載黃金鼇。嗚呼胡將軍，生爲名臣死廟食，勸忠之作吾其叨。

題煙波疊嶂圖

憶昨扁舟上南斗，順風看山如馬走。前山在眼後山失，紫翠繽紛落吾手。當年見山如畫圖，畫圖得似當年無。臨軒把玩笑絶倒，蚤覺詩思生江湖。江風蕭蕭煙水暮，盡是漁翁釣魚處。安得身輕如白鷗，江上飛來又飛去。

題胡濟源聽泉樓

泠泉亭子深且幽，我昔杖履曾追遊。山中正當朝雨霽，坐聽泉水涓涓流。初如松風灑萬壑，忽如仙佩鏘鳴璆。又如蛟龍起潭窟，霹靂閃電摧林丘。黄猨抱子挂秋影，良久不下聲啾啾。是時同行四五人，相對毛髮寒颼飀。乃知福地難久住，却載酒壺登綵舟。故鄉一别幾十載，江湖浪迹如沙鷗。風塵澒洞篇滿眼，欲歸洗耳嗟何由。飛來山色入我夢，碧松丹桂枝相樛。每逢泉石必宿留，題詩感慨無時休。胡君亦是聽泉者，胸次磊落非常儔。何當暇日登君樓，與君作記樓上頭。

題鍾馗移家圖

緑袍進士掀怒髯，飢來嚼鬼如蜜甜。酸風苦雨攪白日，移家欲往山陰尖。隨兄小妹臉抹漆，眼光射人珠的皪。鬼奴鬼妾千萬形，蟹怪貓妖最蕭瑟。勢能使鬼鬼不違，髑髏在後嗤鍾馗。英雄如山堆白骨，莫倚區區手中笏。

青山白雲圖

若有若無，青山之嶙峋，欲斷不斷，白雲之氤氳。往往何人得此意，高公彥敬下筆藝絕倫。我歌紫芝白雲裏，白雲却向青山起。裁雲爲我衣，推山作我几。松花釀酒三千石，醉後高歌歌未已。歌罷仰天笑，此樂人中仙。心摇赤城霞，目斷蒼梧烟。左執容成袂，右拍洪厓肩。五雲之佩何翩翩，乘風欲往蓬萊巔。蓬萊巔，渺何處？金銀樓臺隔烟霧。青鳥銜書海上來，千歲胡麻欲成樹。悵不往兮心茫茫，雲浩浩兮山蒼蒼。人間亦自有真樂，還君之圖兮贈君青山白雲作。

題五馬圖

開元四十萬匹馬，誰是超然出群者？曹韓筆力非不工，須信真龍最難寫。真龍只有拳毛騧，太宗騎此開唐家。雄姿猛氣世無敵，當年識者久歎嗟。吳興公子畫五匹，滿眼風雲起蕭瑟。一匹玉花驄且驕，一匹飛黄甚飄逸。駮文殊者一匹雄，一匹紫電奔長虹。中央正立一匹胡青驄，遂令四馬皆下風。想見承華春苜蓿，此馬由來字天育。殷紅盤袍帽紋縠，奚官杖策來監牧。花萼樓前風日遲，五王宴罷何逶迤？乃知畫師用心苦，俟我落筆題新詩。

送胡季誠北上

杭州從士真文儒，乃是丹山九苞之鳳雛。春風葳蕤開玉樹，明月皎潔涵水壺。伊昔跨馬遊京都，翩翩采服親庭趨。太常博士衆所敬，儀表自與常人殊。嗚呼耆舊今已無，空餘故宅臨東湖。嗟余避地頗相見，不得再見成長吁。山中六月火雲熱，多君爲我來肩輿。衣冠如覩太常面，令我舊事懷姑胥。自注：昔與季誠尊翁、古愚先生，會于楊廉夫姑胥寓舍。呼兒出爲佳客拜，遣僕往問香醪沽。黄雞啄黍或可餉，青韭翦雨時堪須。夜深秉燭忘夢寐，脱巾且挂長松株。酒酣慷慨肝膽露，驀言欲問青雲塗。飄然挂席上北斗，海濤日出扶金烏。觚稜翹首天咫尺，五雲深處陳嘉謨。先公餘澤猶未已，青氊故物還須臾。青氊故物還須臾，此行善保千金軀。

題陳世恭所藏山水圖歌

米公老手無人繼，從此乾坤少清氣。畫師落筆頗似之，素練曲折開秋意。上有青山萬疊之嶙峋，下有白雲千頃之氤氲。丹楓翠柏森左右，年深乃成十抱文。白石坡頭野亭小，一葉漁舟蕩清曉。對岸想像忘機翁，坐石蒼苔談未了。我嘗四載客京華，每見畫圖成歎嗟。垂老歸來愛幽獨，欲借雲根半間屋。

題南山獻壽圖

將軍落筆怪且雄，能寫嵯峨崒嵂萬仞之奇峰。糢糊猶含太古色，慘澹頗帶清秋容。儼如蓬萊三山翠且重，又如廬山五老削出金芙蓉。千盤萬轉不可測，怳忽雲氣隨飛龍。下有㶁潏之流泉，上有偃蹇之長松。松根羽人顔色好，抱膝盤陀事幽討。云是南極天邊之壽星，遨遊先天後天老。被以青霞裘，蔭以白羽葆。龜游緑沼沉滄波，鹿放蒼厓食瑶草。有鶴有鶴飛且鳴，雪衣丹鼎隨風輕。兩鶴飄然入紫清：一鶴獨立和以簫韶聲。手拈雙青童，載以白玉笙。上朝三十六帝京，五雲仙樂來相迎。玉女投壺，其聲錚錚。白兔擣藥，使人長生。胡君欣得之，喜氣何盈盈。是時七月凉風生，君來飲我黄金觥。酒酣再拜求我歌，須臾落筆雷霆轟。五岳爲之動，三江爲之傾。此圖足爲仁者壽，題以南山獻壽之佳名。胡君胡君宜愛惜，我歌歌罷千金值。挂向高堂雪色壁，夜夜虹光射天赤。

煮豆酌白酒歌 戊戌前作。

煮豆酌白酒，豆肥酒氣温。相對二三子，其樂難具論。君不見曉來雨過東家村，叢叢豆莢生籬根。阿翁提籃跣雙足，采摘采摘呼諸孫。歸來笑指老瓦盆，酒波猶帶新糟渾。田家酒具如窪樽，一盌入口春無痕。兩盌三盌鯨濤奔，四盌五盌和江吞。須臾飲至百十盌，眼花耳熱低乾坤。憶昨貔虎如雲屯，旌旗滿目煙塵昏。殺人如麻血成海，十室九家無一存。大臣自合死社稷，況叨厚禄承君恩。近聞省府日筵宴，椎牛宰馬齊崑崙。吾徒布衣在草野，憂心惻惻懷至尊。嗚呼蕭艾滿城邑，馨香不數蘭與蓀。呼童煮豆復進酒，呼兒爲我關柴門。

王子約雙鉤竹歌

王君金華人，畫竹誇當代。此竹乃是鉤勒之所爲，坐上千人萬人愛。愛君爲人清拔俗，興來踏遍篔簹谷。籠鐘桃枝紛入眼，篩簹笆篻常經目。往年曾見吳門道士張溪雲，歸晚軒中事幽獨。有時不作山水圖，戲拈銀毫書此竹。王君筆法乃過之，比似張生更神速。王君寫竹能寫形，脫略粉墨辭丹青。或如金錯刀。或如鐵鉤鏁，或如銀幡寶勝之飄飖，或若金節羽衣之婀娜。或如白鳳尾，或若蒼龍髮。天機逞其妙，形狀何瑰奇。唐時亦有蕭協律，所至清風起蕭瑟，眼昏手顫藝轉工，一十五莖稱絕筆。宋時亦有文湖州，畫竹人推第一流，能令萬籜起厓谷，出牆之梢爲最優。東坡作竹短而瘠，別試蘢葱在林僻，玉堂多暇圖一枝，復有小坡能畫石。前元作者李仲賓，琅玕卓立無纖塵。薊丘家世不易得，父子相傳俱絕倫。吳興學士趙公子，飛白之石誰能比？水晶宮中春日長，移得藍枝落窗几。後來又有柯丹丘，大葉長梢動冕旒。天顔有喜頻賜予，晚節衰颯江湖秋。諸公畫竹工畫影，隔簾彷彿瀟湘景。我欲鼓柁游瀟湘，碧雲萬頃浮天光。美人娟娟隔秋水，欲來不來空斷腸。我來乘風發清嘯，扁舟直過湘妃廟。中流鼓瑟聲鏗鏘，和取湖南《竹枝調》。何如曩昔行李遊京都，故人爲我共作《翠竹紅梅圖》。原父寫梅君畫竹，價重已壓青珊瑚。挂在成均之左廡，交遊軒冕觀如堵。天上歸來十二年，柴扉草閣荒山田，此君風節還依然。王君王君聽我語，我歌長歌君起舞。花溪水接雙溪長，與君百里遥相望。不如坐君西郊之草堂，歙坑舊硯犢而蒼，鵝溪素練雪色光。風晴老嫩任君寫，無使古人專擅場。

次何贊府遊壽山詩韻

我昔手持緑玉杖，遍觀壽山寺外崒嵂之奇峰。天風吹我衣，雲氣盪我胸。峰形峙爲五，煙霞有路遥相通。横秋雙澗橋，影枕寒潭空。上有欲落不落之怪石，下有半枯半活之欹松。一峰凌紫霄，曙色何曈曨。金雞喚醒海底日，絶頂尚有蒼凉蹤。一峰翠氤氳，恍如武陵之景迷西東。山泉春雨餘，流出桃花紅。左右一峰若覆釜，氣蒸雲霧秀所鍾。西看瀑泉吼飛雪，乃有一峰迥出，倒挂虹影於晴穹。一峰後顧復何似，贔屭儼若蟠蛟龍。輸青獻翠千萬狀，并視培塿誇豪雄。香爐紫煙遠莫致，廬山謾詑金芙蓉。伊昔當年紫陽翁，二三賢俊題名同。嗟予寥落生苦晚，不得親陪杖履遊其中。兜率臺高花雨濛，金仙趺坐青蓮宮。何當復約哦松公，靈巖石室幽絶處，笑揮白玉麈尾，盡日相過從。

章三益匡山行 戊戌後作。

仙人休吹紫鸞笙，聽我一曲《匡山行》。青蓮居士讀書處，至今石室丹霞明。龍泉西南百餘里，四面崢嶸翠峰起。先生結菴當畫圖，正與匡山景相似。屋前屋後皆種松，坐看百尺蒼精龍。苔皮深含霜雪古，鐵榦返走風雲從。一亭下浸蒼波泠，縹緲煙雲成萬頃。中有神魚長比人，翠鬐翻動玻瓈影。一亭上與浮雲齊，赤闌干外青天低。分明投壺笑玉女，彷彿出海聞金雞。東南一亭隱林樾，地位清高隔炎熱。人間赤日如火流，疏篁琅玕自蒼雪。最其秀者環中亭，周遭萬朶芙蓉青。朝來爽氣落吾袂，蘿風吹日天冥冥。鶴怨猨驚歸未得，繡衣今作青雲客。故山回首五情摇，歸夢時時到寒碧。自古山林鐘鼎同，先生况有前賢風。少待功成拂衣去，入門依舊山花紅。

雨過許叔大

山雨霑衣濕，江雲度水寒。也應如杜甫，曾此過蘇端。緑蟻春漿甕，青絲野菜盤。平居謝拘束，與子罄相驩。

紅梅

滿林紅雪影毿毿，夜靜和春浸碧潭。却憶騎驢二三月，杏花小雨看江南。

暮歸

山腰小路曲如蛇，薄暮疏疏雨潤沙。醉裏亦知春色老，西風開遍木棉花。

明詩綜卷十三

小長蘆　朱彝尊　録
錫山　秦道然　緝評

管訥三十六首

訥字時敏，松江華亭人。洪武中，徵拜楚府紀善，陞左長史，乞致仕。王請命于朝，留居本國，禄之終身。有《秋香百詠》《蚓竅》《還鄉紀行》等集。

丁鶴年云：時敏詩氣象雄渾，襟懷曠達，用事親切，措辭醇雅。黄文獻公謂「文章莫難乎詩，詩莫難於近體。」時敏體製嚴整，間出新語，亦復清俊，非文獻所云難者與？又云：「五七言律，至晚唐氣漸衰靡，不可爲法；惟絶句詩，至晚唐尤爲精緻。宋人不得其門而入，元人惟龍麟洲、范清江、虞青城得其三昧，餘或偶得之而不純。時敏絶句，俱有法度，豈非常私淑於三公故邪？」又云：「時敏詠物詩，形容精密，非筆頭有五色花者不能。」

胡粹中云：長史古製近體，春容乎意度，鏗訇乎節奏，追琢乎文章。其言麗以則，其思深以遠，其義葩而正。温柔敦厚，不迫不切。方諸古人，亦未多讓。

吳孟勤云：長史樂府五言，有漢魏體。律詩源出於盛唐，如碧海沖融天光，萬頃汪洋，莫窺其涯涘。

楊仲舉云：長史文章，務以理勝，尤長於詩。

廖鳴吾云：長史詩清新幽柔，可與袁景文并駕。

《靜志居詩話》：昔人名集，往往自謙。若殷文圭曰《鏤水》，張舜民曰《畫墁》，晁補之曰《雞肋》，林敏修曰《無思》，葛立方曰《歸愚》，薛季宣曰《浪語》，樓鑰曰《攻媿》，王與鈞曰《藍縷》，王翰曰《敝帚》，洪希文曰《軒渠》，未易悉數。明初猶然，劉基、朱同皆曰《覆瓿》，高啓曰《缶鳴》，董紀曰《西郊笑端》，華幼武曰《黄楊》，周是修曰《芻蕘》，黄淮曰《省愆》，雷貫、李馨皆曰《知非》，羅泰曰《覺非》，王文靜曰《蠅聲》，管訥曰《蚓竅》是也。管師事廉夫，集經鶴年論定，春容疏越，豈出景文之下？而說詩家入選寥寥。卧子、舒章生長五茸，知有袁而不知有管，竟置不録。徑寸之珠，詎可遺哉！

聽松樓爲國學林敬伯賦

涼颸度中林，長松發清響。震蕩出巖巒，蕭騷納天壤。初疑繁絃作，復訝驚濤上。倏爾若崩奔，悠然亦平廣。大音本無聲，至理奚有象。復動陽始生，姤靜陰已往。達人居高明，會兹適真養。心靜聽轉聰，慮屏神逾爽。豈彼廛市間，啾啾局塵坱。好招陶隱居，山中一清賞。

和陸伴讀閬過梅根

江行愜素懷，遐覽匪游冶。開蓬望九華，隱隱白雲下。素波明遠川，青天入平野。煙樹澹欲無，風泉斷還瀉。因知渼陂舟，差勝習池馬。斯游樂未央，我輩胡爲者？

丁鶴年云：辭嚴意新。

和吳教授晚泊大信阻風

樓船遡流上，高帆阻長風。大江浩無際，一氣何鴻濛。囬望天門山，峩峩相長雄。洪濤走其下，屹立西與東。不有浮海歎，豈無濟川功。大鵬度寥廓，斥鷃守卑叢。物理固有定，世事徒忽忽。張燈啓華筵，一笑杯酒中。

曉起

真館曉晴初，官清遠塵俗。怡然對簡編，庶矣忘榮辱。遥峰擁歸雲，高城澹微旭。落盡冬青花，江南雨新足。

寫懷

朝回憩公館，殘陽坐來瞑。疏雨過高林，華泉出東嶺。流光晨復晡，朱顔豈吾永。故園歸何時，悠悠發深省。

二隱圖

溪上放舟回，山中負薪暇。一笑偶相逢，於焉遂清話。寧知有秦晉，况復論王霸。回首總忘機，青山夕陽下。

從征古州蠻回途紀驛

怡溶

王程不敢緩，四日下辰陽。古木將軍廟，春波使者航。城依山勢險，江納雨聲長。莫上觀瀾閣，傷心在異鄉。

石頭口

曹公兵敗處，今識在嘉魚。赤壁三分後，烏林百戰餘。橋浮春渡闊，舟泊夜江虛。千古英雄事，悲涼太史書。

魚山

桃花江上驛，春水賣新魚。滿尺銀堪比，千鱗錦不如。因歌悲客裏，每食感王餘。江海親朋少，誰傳一紙書。

銅爵妓

銅爵高臺上，西陵古墓邊。君恩徒自重，妾貌竟誰憐。羞掩歌時扇，愁登舞後筵。惟餘漳浦月，三五夜空圓。

答友雨中見寄

雨聲連曉夕，牢落閉幽扉。屋漏頻移榻，江寒更覓衣。野烏飢自下，水鳥濕還飛。爾亦忘機日，終同理釣磯。

郊居

移家雖偪側，只此足幽居。茅屋三間小，春田十畝餘。人來論稼穡，自學把犂鉏。東舍催租急，烹雞酌小胥。

姚氏野春堂

野外茅堂不掩扉，堂前風日散晴霏。梨花門巷清明近，春水池塘燕子飛。每約鄰翁同社飲，更從田畯勸農歸。明朝我亦尋春去，小試東風白苧衣。

答吴高士見寄

青鞵布韤木棉裘，合是山中隱者流。舉世可無劉越石，薦賢誰是呂婆樓。秋風泖蟹年年上，春水沙鷗日日浮。好爲攜琴并載酒，三高祠下放扁舟。

送瀘州判官孫彦博

新除貳守向瀘川，西上長江萬里船。行李莫辭爲客遠，判花政喜得君賢。官鹽歲汲千家井，火米時收五月田。緩帶從容有佳興，寄詩細寫薛濤牋。

寒食

三月東風大放顛，今年爲客倍淒然。杏花時節偏聽雨，寒食人家不禁煙。千里故鄉愁共遠，一春白日夢相牽。天涯草色青青處，衹憶千山墓下田。

對雪

半年南國不雨落，一夕北風吹雪來。城中米價政爾貴，江上梅花空自開。騎驢朝士曉未出，射虎將軍夜不迴。寒齋獨坐更愁絶，飢烏下啄青莓苔。

題陸二闓墨梅

青禽枝上月如霜，夢覺羅浮欲斷腸。却憶故園池館裏，看花一月不燒香。

墨窗爲越人趙撝謙賦

女媧立極斷鼇足，羲畫之先無刻木。始觀鳥跡製文字，夜鬼哭天天雨粟。篆隸變化生八分，行草復作何紛紛。六書古制既茫昧，載籍況遭秦火焚。後之作者不可數，形聲寥寥眇千古。更論得法神妙間，自信臨池心獨苦。君居於越文獻邦，家藏金石書滿窗。磨穿青州老未已，萬斛巨鼎疇能扛。吳興宗人已物故，浙河東西誰獨步。君今有志繼絶學，砥柱中流見孤注。剡溪百番水雪光，玄霞一斗松煤香。滿堂賓客看揮灑，風雨颯颯龍鸞翔。我嗟塗鴉手如棘，屢欲從君問奇畫。君還許我載酒來，我捧千鍾勞君筆。

稼村贈鄉人孫原璘

我家三里汀前住，茅堂政近桃花渚。學經不明欲歸耕，佃得官田廿餘畝。有書盡賣買農具，甘作東屯種田父。侯彊既足把犂鉏，餉婦猶能載筐筥。田中蟊稗日自除，牆下蠶桑春可取。秋風禾黍既登塲，冬日雞豚復盈圃。全家衣食幸餘饒，老穉那知有辛苦。東鄰擊鼓送農官，西舍烹羊祀田祖。且喜征科一事無，況是豐年好官府。縣吏催租不下鄉，半夜無人打門戶。官糧輸足私債無，一村帖然如按堵。自信於焉老此身，豈謂年來繫簪組。汩汩黃塵沒馬頭，白水青山竟虚負。羨君學稼如老農，久抱長材隱家墅。奉親菽水喜平安，教子書詩識今古。我今不蠶亦不耕，素餐厚禄知何補。幾時上疏乞東歸，白頭相尋願爲侶。與爾擊壤歌堯年，五日一風十日雨。

仝將軍歌

仝將軍，壯且武，前年去年殺兩虎。受賜黃金百兩歸，釃酒椎牛宴同伍。意氣驕矜不可當，自謂千人何足數。今年搏虎東城下，虎亦憑陵肆其怒。一抉將軍雙目睛，可憐竟作荒郊土。烏乎，勇不可恃，利不可取。汝不侮渠，渠敢侮汝？不見東海之濱釣魚父，白頭龍鍾八十五。

桃花歌次韻答季翔

春來看花須及早，莫待韶光去如掃。年年花發看應遲，幾多狼藉被風吹。今年無風亦無雨，千樹桃花紅爛吐。香塵繡轂動游人，流水瓊筵出歌女。天氣豔陽三月時，倚闌吹徹玉參差。百壺送酒莫停飲，祇恐落花辭故枝。落花飄盡春無迹，著意留春花可惜。花開花落一番春，與君莫作傷春客。會須日日醉花前，不放閒愁到酒邊。有花可看酒可飲，但願以此終殘年。

鷹雛行

白日中庭忽風過，鷹攫雞雛半空墮。誰家失之無處尋，家奴拾得如拳大。毛血淋漓殊可傷，性命幸脫飢鷹腸。山妻叮嚀勤餧飤，愛護真如孤鳳皇。錦毛漸長雙冠聳，可愛花陰鬬時勇。我雖老饞不爾烹，留取年年作雛種。

春江捕魚圖

玄真坊中老孫子，老去今年不知幾。綠蓑短短僅遮身，自小求魚足生理。魚倉蟹舍小蓬門，一帶編籬住江涘。昨夜青山得雨多，門前三尺桃花水。大家漁具都上船，水面紛然若浮蟻。小兒捩柁立船梢，老婦供炊在篷底。大繩屬網絶中流，東船纔下西船起。須臾兩船相向開，來往風波疾如駛。前船得魚先上城，後船回篙刺沙觜。此賓此主尚杯盤，樵青已卧蘆花裏。醒者尚釣醉者眠，東去西來隨所止。不欠官家魚税錢，榮辱從來不干己。我家江南山水間，煙樹參差絶相似。作客天涯未得歸，一見此圖心獨喜。俸錢幾時當買山，小築茅堂三泖尾。白頭方是謝官時，也學漁家從此始。

少小

少小從行伍，而今作飲徒。博錢尋劇孟，買劍問風胡。結伴軍中戲，嗔人醉後扶。黄金三萬鎰，誓娶陸家姑。

獨坐

獨坐茅堂上，長吟不下牀。亂書堆几席，疏雨過陂塘。野燕銜簾入，江花度水香。應須存晚計，次第學耕桑。

寄淞上友人

憶昔都門把臂時，殷勤索我送行詩。客邊賴爾能相慰，别後令人有所思。芳草暮雲愁忽忽，落花春雨鬢絲絲。東歸艇子如堪買，定擬尋君瀫水湄。

題王秉正雲林清隱

青林白谷水雲鄉，隱者深居一草堂。百道松泉當戶落，四時花雨入簾香。門前車馬紅塵遠，座上琴書白日長。滿目故家風景在，不須重畫輞川莊。

題伴讀董時貢所藏山水

公館多清暇，林泉愜所探。人家如谷口，風景似江南。斷逕荒深蘚，崩厓老巨楠。鯨波通海去，鳥道與雲參。江艇維晨渚，巖扉掩暮嵐。雨田收赤黍，霜圃摘黃柑。未築清風屋，先尋白石菴。醉來休荷鍤，老去願投簪。許我閒身在，從渠俗慮眈。偶然忘世累，聊謝望雲慙。

墨蘭

青草三間亭下，蒼梧二女祠前。欲采幽芳寄遠，月明秋水涓涓。

送馬駿赴京

黄鶴磯頭上驛船，柁樓撾鼓下晴川。客行二月梨花後，人別東風燕子前。

贈別

草色青青漢水新，異鄉聽雨怕逢春。客懷最是今年惡，頻向東風送故人。

題畫

柴門春盡動鷗波，樹色山光雨後多。老去無官長自在，醉眠江閣聽漁歌。

吴農四時歌三首

家有田盧泖水東，門前九朶翠芙蓉。鄰翁報我田官至，明日花朝候勸農。

浜北浜南雨一犂，陰陰桑柘鵓鳩啼。木龍閒挂茅檐下，百畝青秧已插齊。

種得紅芒與白秈，五風十雨似堯年。高田無旱低田潦，多辦今年賽社錢。

林温 一首

温字伯恭，永嘉人。官長史。與弟常俱以詩名。有《栗齋集》。

盤山道中

盤山嶺頭春雨多，天台雁蕩雲相摩。鷓鴣啼入竹林去，我行不得君奈何。

貝翱 二首

翱字季翔，崇德人，助教瓊之子。洪武中，官楚府紀善。有《平澹集》。

《詩話》：紀善集以「平澹」名，故管長史寄詩云：「花竹臨窗筆硯清，初秋一雨便涼生。錦囊平澹詩千首，近日新編幾卷成。」詩如「夕陽山好樓中見，春水船齊樹杪行」，信乎平澹矣。所云山者，蓋指殳史二山。

擬古

妾有緑綺琴，中含鳳皇音。不彈《黄鵠操》，試作《白頭吟》。河中錦鴛鴦，比翼相因依。落花隨飄風，各自東西飛。物情有不同，貞心以爲保。春葩折秋霜，容華豈嘗好。芙蓉出渌水，見别污池中。白璧薦泥塗，乃與瓦礫同。妾有五色絲，爲君製衣裳。朝朝勤拂拭，夜夜爲薰香。將心置君腹，知君不相忘。

吴門會故人樓文淵

憶曾相識自兒童，二載雲間席硯同。深院鈔書桐葉雨，曲闌聯句藕花風。當時壯氣凌諸子，今日衰顔對兩翁。高卧田園真自樂，宦遊愧我尚西東。

張璧 一首

璧字景辰，陳留人，徙華亭。洪武初，鄉舉，除潞城知縣，終蜀府典寶。

《詩話》：陳留張樞夢辰，徙家華亭城東門，築室曰「讀書莊」。陶南村贈詩云：「幅巾短杖林和靖，斗酒長篇李謫仙。」又云：「寫書竹簡拈鮮碧，臨帖箋藤寫硬黄。」或勸之仕，不應。日與弟子講《春秋》，人目之曰林泉民。貝廷琚爲作傳。其弟景辰亦能詩，有《過嘉禾》詩云：「梭頭艇子輕于葉，雪色沙鷗白似鵝。」可入畫也。

横溪

扁舟東來歌扣舷，四顧雲水心茫然。蛟龍欲唾先作霧，星斗滿身如在天。打鼓賣魚江雨歇，看山濯足溪風顛。解衣典取酒一石，醉伴忘機鷗鳥眠。

浦源 六首

源字長源，無錫人。洪武中，晉王府引禮舍人。有《浦舍人集》。

錢受之云：長源聞林子羽老於詩學，欲往訪之，無由；以收買書籍至閩。子羽方與其鄉人鄭宣、黄玄輩結社，長源謁之。衆請所作，至「雲邊路繞巴山色，樹裏河流漢水聲」，驚歎曰：「吾家詩也。」遂邀入社。

沈山子云：舍人詩如舞草從風，偏反有致。

《詩話》：長源居九龍山中，築聽松軒，凌彦翀爲作記。其後舟經淮河，溺死。故王達善祭以文云：「長源之文，豔若天葩，云何不幸，竟墮泥沙。」詩雖與子羽同調，然才不逮林，當與二玄伯仲。句如「聽雞曉闕疏星白，走馬春郊細柳黃。」「細雨疏燈聞落葉，斷雲高樹見明河。」「雨中黄葉孤村路，湖上青山遠寺鐘」，「三月春陰垂細雨，幾家寒食起新烟」，「春潮渡口停官舫，夜雨山頭見驛燈」，「衣上暮寒吳苑雨，馬頭秋色晉陵山」，「潮生漁浦罾看下，雨過鄰家竹許鉏」，「官路暝烟迷驛舍，郡城寒火出更樓」，「青山馬尾彎弓見，畫角城頭帶月吹」，「暮雨燈明湖上塔，秋風砧響郭西家」，「杏花寒食春江店，榕葉熏風瘴海船」，「今夜風傳何處笛，他鄉月照故園衣」，「寒廳掩雪晨衙散，暮郭連山夜燒明」，均有風韻，匪僅「雲邊」「樹裏」一聯而已。亦善畫山水竹石，學倪雲林，程原道詩所云「雲林弟子浦長源」也。

結交行

敵國不在遠，舟中乃可見。炎凉不在時，交情乃可知。昔作通家好，齊言永相保。一富有一貧，便成行路人。相逢不相識，薄夫堪歎息。我不願傾北海尊，亦不願書翟公門。但願同心二三子，百年無改共生死。

送賈文學入京

春城送别已斜陽，花發官亭酒正香。遠騎青山江上路，新鶯細柳禁中牆。疏星北闕趨朝早，澹月南宫聽漏長。誰謂賈生年最少，獨能陳策輔君王。

悼潘處士

先生愛酒不憂貧，賣藥城隅幾度春。夜雨忽銷丹竈火，秋風偏拂繐帷塵。空山送葬多遺老，片石題名有故人。我欲持觴酹丘上，野煙芳草謾傷神。

留别甘露行師

秋山松柏正毵毵，游子登臨酒半酣。今夜阿師雖對面，明朝江北望江南。

送友人

孤舟春别萬花西，雲淡山清水滿溪。料得客愁何處是，緑陰官舍聽鶯啼。

懷湖南周包二山人

每懷周益能歌詠，况復包撝善講論。夢繞南湖春草碧，夕陽微雨掩柴門。

陸闓 一首

闓字伯陽，揚州興化人。楚府伴讀。

江上暮雨

荻蘆沙上風，竹樹山頭霧。疏雨忽新凉，惆悵川光暮。遥遥孤帆征，渺渺滄江渡。停櫂問漁人，長干幾程路。

桂衡 一首

衡字孟平，仁和人。洪武中，錢塘儒學訓導，遷山東；建文庚辰，授谷府奉祀。

錢受之云：孟平刻意於詩，日課不輟，又喜爲小詞。瞿宗吉極稱之。

題蕭翼賺蘭亭圖

使星東犯斗牛來，猨鳥忘機豈見猜。莫笑老僧藏不得，昭陵玉匣有時開。

《詩話》：復州裂本《蘭亭》，卷首有錢舜舉畫《蕭翼賺書圖》，陶南村謂雁行定武，宋理宗賜賈平章一百十七本，此其一也。舊藏吾鄉郁氏。

杜環 一首

環字叔循，廬陵人。晉王府録事。

題畫

每愛江山趣，停杯看畫頻。千峰青不斷，萬里碧無垠。雲樹參差晚，鷗波浩蕩春。扁舟何處客，飄泊正愁人。

張紳二首

紳字仲紳，一字士行，濟南人。仕明爲浙江布政使。

徐子元云：方伯詞格清健，管見一斑，知其爲豹。

錢受之云：方伯詩文不經意，而自成一家。蓋北方豪傑之士也。《詩話》：方伯工大小篆，精於賞鑒，法書名畫，多所品題。撰《法書通釋》一卷，自稱「雲門山樵」，亦稱「雲門遺老」。齊東自周公謹而後，復有此人。其詩不藉雕琢，琅然可誦。如《湖中玩月詩》：「地與樓臺相上下，天隨星斗共沈浮」。亦佳句也。

題畫

高樹漏疏雨，滴瀝下銀塘。美人卷簾坐，寶鴨添生香。風吹緑荷葉，露出雙鴛鴦。

送人赴安慶幕僚

舒州城在大江邊，我昔過之曾繫船。年豐米穀上街賤，日落魚鰕入市鮮。山起正當官舍北，潮來直到驛樓前。知君此去紅蓮幕，民訟無多但晝眠。

李時遠云：眼前景物，信口道出，自不可及。

陳約　一首

約字博文，嘉興人。洪武中，官大理寺卿，出爲山西布政使。與弟絅、繹、緝，并有詩名。

錦屏

赤城多奇峰，錦屏亦殊勝。不知何仙人，遺蹟在幽徑。松霏灑石牀，竹雪墮風磴。徘徊對巖花，忽送一聲磬。

董紀　一首

紀字良史，以字行，更字述夫，上海人。洪武初，官江西按察僉事。有《西郊笑端集》。

張汝弼云：良史詩率漫，若弗冀有傳者。

《詩話》：述夫，元之耆舊，其詩賴善卿編之《大雅集》中。《題海屋》云：「過橋雲磬天台寺，泊岸風帆日本船。」亦不爲率漫也。

短歌行

山鳥日日喚提壺，勸君酒盡須更沽，莫計囊中錢有無。人生百歲幾時好，大是愁多歡樂少。朝見開花暮落花，昨日朱顔今日老。爲君起舞爲君歌，少年不樂奈老何！

謝肅 一首

肅字原功，上虞人。舉明經，歷官福建按察僉事。有《密菴集》。《詩話》：原功謁貢禮部玩齋於吴山仰高亭，進曰：「先生之門，亦有瑰偉倜儻拔出之士乎？」時貢奉詔漕閩廣粟，當泛舟大海，貢語曰：「子能從吾游乎？」對曰：「丈夫觸蚊龍、犯風濤，如行衽席上爾。」遂同載至海昌。屬海上多警，因留居州北，執經問難。凡一詩之出，一文之就，折衷論議，必當於理乃已。既而貢没於寓舍，原功經紀其喪，刊其遺集。及出按漳、泉，坐事被逮，孝陵御文華殿親鞫，肅大呼曰：「文華非拷掠之地，陛下非問刑之官，請下法司。」乃下獄。獄吏以布囊壓死。夙與唐處敬齊名，號「會稽二肅」。其詩雖不及處敬，亦磊落不凡。

馬陵行

客行忽不樂，停車馬陵間。上有悲風古樹之蕭瑟，下有哀壑流水之崢潺。陰深壞道餘古雪，嶄巖兩壁堆積鐵。石面苔封勁箭痕，草頭露滴將軍血。青熒燐火黄昏明，呼號木魅啼山精。應羞刎頸償斷足，此氣千載真難平。西流沂水東滄海，勝負孫龐兩安在？爲提寶劍舞尊前，落日雲霞射光采。

藍智七首

智字明之，崇安人。明初應薦，授廣西按察僉事。有《藍澗集》。

《詩話》：二藍出處不同。《藍山》《藍澗》二集，選家誤有參錯。今依明初雕本刊正。

客建上將歸山中留别鎦典籤

入山願遠遊，出山願早歸。羈懷苦無悰，芳序倏已非。瀰瀰江海流，紛紛花絮飛。清霜變玄髪，游塵化緇衣。驥危迹易乖，少壯心轉違。雲鴻每獨往，梁燕當疇依。野樹滯殘雨，荒臺淡斜暉。浩歌緑水曲，空拂黄金徽。

書懷寄示小兒澤

昔我南澗來，遂謀西園居。瀟瀟桑柘陰，下有比屋廬。交枝囀黄鳥，澄波躍文魚。花香入戶牖，草色連階除。衡門閉白日，高詠古人書。目送遠山雲，心游天地初。貧賤固可樂，富貴將焉如。

河池縣

連峰入河池，路險徭人村。喬木盡參天，白日爲之昏。上有高石崖，下有清水源。蕭蕭篁竹叢，落日聞哀猨。職當觀民風，載驅隰與原。俯念遠人苦，來宣天子恩。撫此風景異，懷哉惟故園。

雨

黯黯雲垂野，瀟瀟雨滿林。晚山歸鳥盡，秋草閉門深。落葉蕭條樹，空城繼續砧。煩憂兼獨立，誰識此時心。

曉發來賓縣

宦遊同逆旅，侵曉逐征塗。候一作空。館殘燈小，長江落月孤。鄰雞催去馬，城柝起棲烏。物色兼人事，忽忽歲欲徂。

出雲藤驛

又出雲藤驛，扁舟更向東。地蒸秋有瘴，江闊夜多風。旅夢驚啼狖，鄉心託斷鴻。天涯看月色，不與故園同。

雨中同孟原僉憲登嘉魚

高閣流鶯外，荒城駐馬前。江寒三月雨，春老百蠻天。折柳悲橫笛，飛花落釣船。乾坤總羈旅，把酒意茫然。

王佑二首

佑字子啓，沂弟。洪武三年舉教官，擢監察御史，出爲廣西按察僉事，改知崇慶州。有《長江萬里稿》。

陳一德云：子啓壁立千仞，不負所學。雖賴蕭氏刻集以傳，而其得意者無幾。

梁用之云：子啓先生以校官舉，與永豐丁堅子節。同邑劉穀原寔等一十八人，俱同日俱拜御史。所爲詩沉渾雅淡，質而不俚，華而不媚。

《詩話》：王氏二妙，子啓詩遠遜子與。其擢御史也，事在洪武三年五月二十一日，中書吏部奉旨，選天下教官入覲奉天門，適太史奏文星見，帝親擢十八人俱爲監察御史。次日詣武樓下，賜袍帶。二十五日之任，臺官傳命賜燕。集中有《紀恩詩》七首，其《柬胡僉事子祺詩》云：「聖主親除十八人，與君同郡最情親。」《寄秦郎中文剛詩》云：「奉天門下共恩榮，十八人中第二名。」《寄趙合州夔馬綿州真詩》云：「人生良會不可常，聖恩同擢那能忘。」是文剛也，夔也，真也，皆在十八人之列矣。而《實録》載：「與選者十九人，吉水胡子祺、桐廬魏潛、王納，河西李顔、永豐丁節、永嘉許宏士、萬安夏瓚、樂清李時可、衛輝陳士舉、龍泉劉穀、蕭暉、合肥夏起、瑞安馬漢、分宜劉沂、平陽孔希普、永新歐陽子韶、泰和王子啓、安福歐陽楚、廬陵胡伯清。」而無文剛等三人姓名。恐國史所書，未若子啓詩集之得其實也。又海乘陳氏《書王僉事事蹟》第云：「以僉事除崇慶知州，已而得投閒歸鄉。」而集中有《獄中述懷》三首，其一云：「有枉不能直，呼天天不聞。厥初正田賦，思以上報君。豈其被蛇虺，糾結情紛紜。嫌疑既先入，真僞無由分。」其二云：「沃壤袤千里，曾無水旱憂。亂來地無主，官賦籍未收。下車日經理，比屋皆予仇。太倉得稊米，憲網增罪尤。吾豈厚歛者，仰天思悠悠。」其三云：「蜀州古險塞，其俗凶且強。有司坐罷愞，譬以羊將狼。紀綱稍自振，蠻毒不可當。我徒剛易折，衆以凶爲良。」誦其詩，可得獲罪之由矣。蓋子啓政尚嚴厲，其在廣西時，尋适爲按察使，胡子祺曰：「古刑新國用輕典」。子啓曰：「蠻方素昧君臣父子之分，黷倫傷化，不及此明禮法以示勸懲，後將難制。」适從其議。其牧重慶，征科未免過嚴，因而坐累，迹近重歛。此陳氏諱而不言也。

次梧州

蒼梧平遠水如苔，日出官船盪槳開。五筦江從南海去，九疑山跨道周來。乘槎蜑戶緣流住，輸粟猺民出峒回。聖代分巡方遺使，咨詢敢憚遍蒿萊。

荊南舟中寄華容孫景賢

故人不見十年餘，聞就華容早卜居。湖上屢停千里櫂，嶺南不寄一行書。别來每恨知心少，老去翻令會面疏。題句荊南煩去客，早春問信向茅廬。

彭正德一首

正德字伯仁，溧陽人。明初以薦，官福建廉訪使。

西州即事

一雨洗空碧，江城獨倚樓。山銜殘照沒，水挾斷雲流。燈影深村夜，鐘聲古寺秋。西州舊遊地，薄宦此淹留。

程國儒三首

國儒字邦民，歙人，徙居德興。至正進士，授餘姚州判官，攝紹興録事。洪武初，知南昌府，被逮，暴卒。有《雪厓集》。

越城謡

越州城，城何高，四十五里之周遭。窪地填爲基，坡坨鑿成濠。白晝鞭笞夜擊坨，石民之骨灰民膏。越城雖高越民勞。越民勞，勞未已，我田未耕又科米。忙忙築城歸種禾，又恐無米供官科。禾苗未青得秋雨，城吏打門夜如虎。爲言雨後新城摧，要我荷鍤城上來。城泥不乾不敢回，又恐夜半聞驚雷。城頭一雨城一動，越民登城向天慟。民心似與雨有讎，天意實謂城無用。當年當年天下平，天下無賊越無城，乃知在德不在兵。

信州糧謡

信州糧，糧何艱，十鍾一石萬里間。朝發錢王隄，暮過嚴陵灘。柁尾白浪如銀山。朝渡蘭溪州，暮宿龍丘灣。峻如牽車上鬼關。督吏馳檄夜傳箭，布帆無風河水乾。去年糧船未及岸，今年又運八百萬。只知彼地荒，不知浙東天亦旱。只知彼地饑，不知役戶家無飯。家無飯，儂莫愁，願化鐵騎爲耕牛，願銷鋒鏑爲鉏耰，戰場闢作畎與溝。壯士荷甲歸田疇，風雨時調禾黍秋。禾黍秋，飯不足，浙東又移何郡粟。

次欒秉德韻

傷心世事淚潸潸，已付餘生作等閒。羝乳尚能持漢節，雞鳴那得出秦關。黄花時候多新酒，緑樹門庭是故山。日夜思親頭盡白，何人爲賦大刀環。

金絅 一首

絅字子尚，嘉興人。元季舉鄉試。洪武初，知蘇州府，以上書請減賦額，賜死。

《詩話》：子尚在元季，雅負詩名。家有詠軒，周致堯爲賦詩。其守蘇州也，以百姓苦官民田賦不齊，里胥因緣爲姦，乃上疏請減賦額，觸高皇帝怒，賜死。王文恪《姑蘇志》、柳太守《嘉興志》具書其事。考洪武中蘇守三十人，左讁者吳懋；坐事去者何異、張亨；被逮者王暄、丁士梅、湯德、石海、王繹、陳彦昌、張冠、黄彦端；坐贓黥面者王文；而子尚與魏杞山皆坐法死。當日領郡者，亦不易矣。

王彦強破屋風雨圖

讀書幽澗濱，茅屋走風雨。窗疏木葉鳴，月暗燭花吐。隱憂不可寫，俛仰慕前古。美人何由招，娟娟隔秋浦。

馬琬 一首

琬字文璧，江寧人。洪武初，仕爲撫州知府。有《灌園集》。

《詩話》：文璧以畫名，詩亦清脱。

西湖竹枝

湖頭女兒二十多，春山兩點明秋波。自從湖上送郎去，至今不唱江南歌。

盧熊 一首

熊字公武，崑山人。元季吳縣教授。洪武初，授中書舍人，出知兗州府，坐累死。

遊銅井山

行春入銅山，披榛訪苔碣。展席具琴尊，譚詩愒林樾。溪柳漸生荑，谷鶯未調舌。文漪細含風，小梅清映雪。眷彼素心人，寒香不堪折。

馬治 一首

治字孝常，宜興人。初爲沙門。洪武初，知内丘縣，終建昌知府。有《荆南倡和》《海漁集》

張公祠

張公古仙伯，不樂雲間遊。騎驢穴山腹，古洞開清秋。空青凝丹室，積翠結石樓。玉女跪而化，銀漿冷不流。芝田水精鹽，華屋珊瑚鉤。神界杳莫測，鬼工信難侔。勢輕壺公壺，量狹禹九州。繞出具區底，仰見崑崙丘。烟然一束緼，吾欲窮其幽。

甘瑾十首

瑾字彦初，臨川人。明初嚴州府同知。一云：官翰林待制。

張仲舉云：彦初詩如美女簪花。

徐子元云：彦初工於律，矛戟森然，望之可畏。

顧玄言云：二守思頗清僻，如「一瓢風外樹，雙屐雨中山。」「錦衾成獨旦，羅扇覺先秋」，亦是高唱。

《詩話》：明初臨川詩派，專學唐人者，揭孟同、甘彦初也。尚有張可立、甘克敬，惜其詩不多見。

題何梅閣山居

迹不到城市，逢人無厚顔。一瓢風外樹，雙屐雨中山。流水春喧碓，歸雲暮掩關。憂時心未已，祇益鬢毛斑。

題張氏竹園別業

避難疏狂客，長貧少定居。采芝空有曲，種樹豈無書。擬製東山屐，看馳下澤車。肯容疏懶迹，來與狎樵漁。

贈人戍襄陽

漢水荒城外，頻年汗馬場。舟車通饋餉，部曲雜耕桑。幕府文書暇，烽樓警邏長。山公有愛將，日醉習池旁。

梅溪宿徐橘隱者寓舍別後寄謝

不見故人久，吟愁入鬢絲。試呼村舍釀，細論草堂詩。夜雨西窗燭，春風別墅棋。滄洲如有約，歲晚共襟期。

讀文丞相傳

萬里水天泣楚冠，南雲歸計路漫漫。尚圖一旅興王易，不念孤兒立國難。樓櫓海門西日暗，劍歌江介朔風寒。九原負痛遺編在，朔雪殘燈掩淚看。

水南晚眺

山風蕭蕭群木落，寒日黯黯孤雲低。江雲欲雨復不雨，野鳥將棲還未棲。歸人入夜望煙火，行子傷秋聞鼓鼙。水南山川遶城市，正好買地躬耕犂。

社日

楓樹林邊雨脚斜，兒童祈賽競諠譁。雞豚上戊家家酒，鶯燕東風處處花。野逕歸時扶醉客，叢祠祭罷集神鴉。瀕湖生意傷多潦，預祝汙邪載滿車。

寄張可立

旅泊他鄉有歲年，南塘水竹卜居偏。得錢日閉君平肆，載酒秋尋賀監船。葭葦近通門底巷，荆榛遥帶郭西田。東歸亦有尊鱸興，矯首滄浪若箇邊。

西師

中興寔藉群公力，反正終歸萬姓心。霧雨銅標蠻徼闊，山河鐵券漢恩深。明珠翡翠殊方入，天馬蒲萄遠使臨。北極即瞻佳麗氣，南雲足聽凱歌音。

雨中書懷

南窗坐掩讀殘書，落盡棃花雨點疏。短夢或因中酒後，輕寒已過禁煙餘。芹香墮几初歸燕，泉脈通池欲上魚。搔首故人懷别久，欲憑尺素問何如。

張著 一首

著字則明，永嘉人。元季游學至吴，遂居常熟。洪武三年，領鄉薦知膚施縣，遷臨江府同知。

秋興

故園東望海西頭，幽事長懷九月秋。竹几山明渾見畫，糟牀酒熟不知愁。霜寒秔稻肥黄雀，水淨芙蓉映白鷗。隨分耕漁聊自適，無端垂老向延州。

蕭翀 一首

翀字鵬舉，泰和人。蘇州府同知。

《詩話》：鵬舉爲劉子高弟子，編其師集以傳者也。詩格卑卑，不如其師遠甚。

宿平陸村

昔年曾此宿，今日是重遊。兵後人煙少，村中草樹稠。霧開螢照夜，月霽雁鳴秋。明發前塗去，逢人問鎮州。

包聖 一首

聖字師聖，江陰人。岳州府同知。

和韻答陳漢章

風塵滿眼宦情微，卜築從今與世違。棊局未收山月上，爐煙將斷洞雲歸。謀生底用千金産，送老惟甘一布衣。肯共野人忘爾汝，來朝騎馬到荊扉。

白範 一首

範字以中，紹興山陰人。洪武中，黄州府同知。

薊州

西來山盡處，始見薊州城。地擁三門峻，天回一面平。人煙多戍卒，市語雜番聲。回首松亭道，秋風幾日程。

周矩 一首

矩字仲方，吉水人。洪武中，官中牟知縣，遷台州府同知，謫戍廬陵，用薦爲廬陵訓導。

題宋徽宗雙燕

江南簾幕重重雨，艮岳湖山處處花。兩地舊巢傾覆盡，西風萬里入誰家。

練高 一首

高字伯上，新淦人。洪武中，知起居注，以直言忤旨，出爲廣德州同知，歷臨汀、鎮安二府通判。

王子充云：伯上詩温厚而豐麗，大江以西能繼范德機、虞伯生、揭曼碩而起者。

送趙將軍

崆峒一劍倚秋陰，誰識將軍百戰心。老去功名餘白髮，閒來歌舞散黄金。呼鷹大澤風竿勁，射虎南山雪羽深。敲缺唾壺銀燭短，時人不解《隴頭吟》。

陳汝言九首

汝言字惟允，吴縣人。明初官濟南經歷，坐法死。有《秋水軒稿》。

嚴蓀友云：惟允精於山水詩，如「秋水濃於酒，山雲白似衣」，詩中亦有畫也。

《詩話》：吴縣二陳，居船場巷，并有雋才。俱善詩，工畫山水，又皆多鬚，故有「大髯」「小髯」之目。張氏據吴日，惟寅隱居不出，惟允爲參軍，頗親信用事。南濠都少卿《譚纂》載：「洪武初，王叔明爲泰安知州。廳事後有樓三間，正對泰山，叔明寫爲圖，張絹素於壁。每興至，輒一舉筆，凡三年而圖成。時惟允爲濟南經歷，一日胥會，值大雪，叔明欲改雪景，惟允曰：『如傅色何？』沉思良久曰：『得之矣。』爲小弓夾粉筆，張滿彈之，粉落絹上，儼然飛舞之勢，相顧以爲神奇。叔明就題其上曰：『岱宗密雪圖』，因以贈惟允云。」後惟允坐法當死，臨刑猶從容作畫，畫畢乃就戮。張司丞來儀紀以詩云：「若人悟懸解，委蛇順天刑。忼慨赴東市，一日爲千齡。李公悲上蔡，陸子喟華亭。識機若不豫，達生良可經。朱紘亦易絶，仄景不可停。從容灑芳翰，炳焕若丹青。好藝永傳世，精魄長歸冥。披圖懷平素，涕淚緑襟零。」説者以兵解之法推之，謂之畫解。《密雪圖》陳氏世寶之；松江張學使廷采往觀，坐卧其下兩日；徐武功尤愛之。後以三十千歸吾鄉姚雲東，未幾火作，此圖遂付煨燼，烯矣。予嘗見惟允山水真蹟，積墨清潤。與叔明不相上下，宜當日兩人相契之深也。

古詩

皇風去已遠，王霸不復論。空遺聖經在，學者誰能尊。物情何溷濁，干戈相并吞。禮樂既不作，安使風俗淳。撫几三歎息，哀哉吾道淪。

蘭

蘭生深山中，馥馥吐幽香。偶爲世人賞，移之置高堂。雨露失天時，根株離本鄉。雖承愛護力，長養非其方。冬寒霜雪零，緑葉恐彫傷。何如在林壑，時至還自芳。

軍中與劉公宣分韻得夜字

日暝川路遥，江寒木葉下。嗚笳發洲渚，偃旆泊清夜。肅肅南雁翔，耿耿銀河瀉。委身服戎事，行役豈云暇。孰不感所懷，當知歲時謝。

舟過錢塘有感

錢塘江上水悠悠，落日扁舟送客愁。雲氣欲含千嶂雨，潮聲遠帶大江流。征帆且復停洲渚，晚飯應須上柁樓。見説西湖載歌舞，春風不似舊時遊。

送黄尚書之江西

驛路花如霧，春江水似苔。尚書今日去，從者幾時回。解纜聽潮落，張帆趁曉開。相思南浦上，明月滿蘇臺。

題靈巖寺

靈巖之山山木稠，山僧結菴居上頭。蒼松風裏作龍吼，白雲窗前如水流。憑闌始悲人世迫，舉目更感江山秋。千年霸業俱陳跡，落日寒煙生客愁。

送謝從義知杭州分題岳王墳

荒墳秋樹影蕭蕭，只有孤僧伴寂寥。二帝游魂歸不得，百年枯骨恨難消。山空永夜愁寒雨，江闊悲風起暮潮。若到錢塘逢故老，傷心切莫問前朝。

雜詠

空庭清晝永，花落見春暮。誰念未歸人，草色江南路。

歸來

春城踏踏馬蹄輕，醉裏歸來鼓二更。月滿青樓人不寐，政將新曲按銀箏。

陳輔 一首

輔字里未詳。仕爲推官。詩附見《滎陽外史集》。

出郊

雨歇山晴鶯亂飛，水清沙暖日暉暉。竹籬緑路酒帘出，野樹漲陰梅子肥。千里鄉心隨夢遠，一春樂事與人違。年華過眼慙無補，零落青衫尚未歸。

王蒙三首

蒙字叔明，吳興人，自稱「黄鶴山樵」。元末官理問。洪武初，爲泰安知州。錢受之云：陶九成《弔黄鶴山樵詩》序云：「洪武乙丑九月十日，卒於秋官獄」。考《清教録》，僧知聰招云：「十二年正月，往胡丞相府，見王叔明、郭傳、華克勤，在彼喫茶看畫。」則知叔明坐罪，亦以胡黨也。

《詩話》：倪元鎮詩畫最自矜重，不輕許人。獨《題叔明畫》云：「筆精墨妙王右軍，澄懷卧游宗少文。叔明絶力能扛鼎，五百年來無此君。」其誠服若此。高青丘云：「叔明爲趙文敏外孫，而其畫法，自立門戶，别具一種姿態，與文敏無一筆相似。」其筆格不下文敏，宜矣。蓋文敏書畫詩皆尚工緻，而叔明意在活脱，所寫溪山林木，或有柯無葉，畫家謂之不了樹。惟詩亦然，往往不費推敲，而有自然之致。乃知善得師者，不在循行矩步也。

閒適

綠楊堪繫五湖舟，袖拂東風上小樓。晴樹遠浮青嶂出，春江曉帶白雲流。古今我愛陶元亮，鄉里人稱馬少游。不負平生一杯酒，相逢花下醉時休。

過姑蘇

山圍平野綠煙中，江葦蕭蕭兩岸風。誰種闔閭城外柳，年年飛絮入吳宮。

陳惟允荆溪圖

太湖西畔樹離離，故國溪山入夢思。遼鶴未歸人世换，歲時誰祭斬蛟祠。

劉秩 一首

秩字伯序，豐城人。洪武中，知崇明州。有《秋南集》。

李時遠云：伯序古體高古，近體秀麗。

《詩話》：伯序詩亦整鍊，如「芙蓉隔浦聽秋雨，楊柳長亭看晚潮」，「沙浦寒霜肥紫蟹，野園秋雨熟黄瓜」，「楝花落處風飄樹，魚子生時水滿田」，「林下一篷冬聽雪，樓中半榻日看山」，亦琅然可誦也。

雞鳴曲

馬初嘶，雞初鳴。夜待旦，晝兼程。昨日晚出長安城，今日早望橋山行。東西相去四百里，明日山北還晨征。不緣薄宦苦相縈，何得如此勞吾生。君不見，路無窮，人易老，離家不如在家好。吾家萬里在江南，回首天涯歸不早。

吴植 一首

植字子立，嚴州人。以處士徵，授藤州知州。

寄張國録孟兼

昔别意何長，重來歲華改。沉憂誰與娱，懷人邈江海。褰衣涉汀洲，秋風被蘭茝。日夕零露繁，芳馨爲誰采。嘉會諒難并，良辰詎容待。思君如明月，夜夜望光彩。

史遷三首

遷字良臣，金壇人。洪武中，用辟召，除蒲城知縣，遷知忻州，復知廉州。錢受之云：良臣追和《元遺山樂府》三百餘篇，楊君謙録其詩文入《大明文寶》。今問之鄉人，不能舉其姓氏矣。

漫興二首

貧居村塢長無事，誰復能過野老家。只有春風太情重，小桃深巷也開花。

瀼東煙樹杜陵家，百尺深潭似浣花。布袖龍鍾笻竹杖，也勝裘馬在天涯。

暮春

緑陰窗下春草碧，無數柳花吹近牀。一雙蝴蝶總無賴，飛到小闌還過牆。

張率一首

率字孟循，廣信人。吴元年，徵知嘉定州。有《張嘉定集》。

答周檢校

衡茅晚計卜溪南，水石幽期得縱探。詩社往來青玉案，仙經借送紫泥函。漁村過雨行秋霽，龍洞開雲坐晚嵐。種樹書成嗟已老，煩君多致洞庭柑。

吴文泰五首

文泰字文度，吴縣人。洪武中，涿州同知。有《愚菴集》。

《詩話》：文度與同郡丁遜敏學，專事苦吟。嘗閉戶共爲詩，人見其終日突無煙，往視之，方瞠目相對，忘其未食也。評者謂其詩「僻蹇似孟郊」。今觀其集，頗淺易，不煩冥索乃爾。

有懷義興崔同仁

日嫋嫋兮涼風，山中人兮何所。籠軒兮夜月，薜牆兮秋雨。丹桂發兮巖阿，荷花落兮江渚。我思君兮不來，望南山兮延竚。

楚江清曉圖

曨曨曙光啓，湛湛楓江白。河漢縱復橫，分明見秋色。天空爽氣清，露濕千峰碧。微茫雲夢渚，迢遞潯陽宅。五柳高且疏，涼風正蕭瑟。孤鶴横江來，扁舟正攜客。

送何子方還吴中兼簡一二同志

城頭烏啼朝日黄，城門送客歸故鄉。邊風吹沙道路長，南登鴈門踰太行。顧我垂老不得將，蕭颯短髮垂秋霜。爲君此別淚霑裳，歸心遠逐浮雲翔。吴山崢嶸牛斗旁，五湖浩蕩煙波蒼。故園桑梓連崇岡，萬里愁思何茫茫。君家田園亦不荒，歸來此樂殊未央。兒女歡笑羅酒漿，遠行辛苦憂俱忘。故人若逢滕與梁，爲言思君愁斷腸。勸君莫辭酒滿觴，來宵見月遥相望。

送人之巴蜀

煙波迢遞古荆州，君去應爲萬里遊。倚櫂遥看湘浦月，聽猨初泊渚宫秋。雲開巫峽千峰出，路轉巴江一字流。若見東風楊柳色，便乘春水泛歸舟。

酬陳孟敷見寄

南浦蘼蕪生緑煙，憶從分袂是何年。歸來還對山中月，老去惟耕隴上田。幾樹蟬聲凉雨後，一川霞采夕陽邊。思君東望堪乘興，潮落晴江好放船。

鄭潛 一首

潛字彦昭，歙人。元季泉州路總管。洪武初，以故官起，除授寶應縣主簿，遷潞州同知。有《白沙稿》《樗菴集》。

程以文云：彦昭詩駸駸乎格高律熟，而入於精者。

玄石行爲貢尚書賦

尚書階前有玄石，流落江湖舊曾識。當時重者惜餘貲，今日移來乃神力。初看尚爾混泥沙，熟視灑然供拂拭。黑雲風斷涌峨眉，紫氣霞開見靈壁。終朝靜坐無磷緇，扣之則應聲相隨。梅花點點上烏几，柳絮緜緜縈硯池。湘沙驚落孤雁鶩，東海躍出生蛟螭。千年誰鑿渾沌竅，半夜誤擊珊瑚枝。人生遇合還如是，尚書感慨親留記。姱容麗質豈高人，錯節盤根知利器。坡仙空作仇池夢，愚翁信遂移山志。爲公歌此玄石行，颯颯霜風度寒翠。

朱模　一首

模字子範，休寧人。元季六安州判官。洪武三年，爲賊所害。有《白沙行稿》。

張伯雨云：朱子範詩，有虞揭遺響。

送張總管赴鄱陽

近聞使節向鄱陽，已報前軍到武昌。好過黃州問蘇仲，曾遊赤壁訪周郎。一時人物皆陳迹，三國英雄此戰場。舉酒煩君酹江月，匡廬秋色晚蒼蒼。

梅頤二首

頤字昌年，永嘉人。以明經薦，除都昌主簿，遷夔州判官。

夏日

松下桃笙酒半醒，石根流水碧泠泠。片雲將雨窗前過，分得新凉入研屏。

秋日

黄葉蕭蕭獨掩關，屏風小幅盡江山。酒醒夢入湘雲去，不管秋聲在樹間。

烏斯道七首

斯道字繼善，慈谿人。明初以薦，起知石龍縣，調永新，以疾去官。有《秋吟稿》《春草齋集》。

張惟靜云：繼善詩興寄高遠，瀟灑出塵，一掃元人過巧之弊。

《詩話》：繼善與兄本良性善，并著才名。鄉人目性善爲「春風先生」，繼善爲「春草先生」。宋學士濂稱其文云：「俊潔如明月珠，洶湧如春江濤。」楊布政子器稱其詩云：「疏秀若雨後春山，綺麗若雲中翠巘。」矜許至矣。戴叔能贈詩云：「達士不羈世，投身向寬閒。」又云：「不有同心人，誰其慰枯槁。」知非營營名利者也。句如「四顧闃無人，一鳥空中鳴」，「江水豈吾限，可以相往還」，「朝陽煦游鯈，晴風送飛翼」，「寂焉千載事，傷此百年身」，「落日近崦嵫，於何從遠道」，「鶴鳴子不和，徒然有哀音」，具饒清氣。其言曰：「詩之作，非得夫天地之精氣者不能也。」信然哉！

馬食粟

馬食粟，一閑二百匹，一食一百斛。去年大旱人苦飢，草根食盡食木皮。官司徵粟喂官馬，馬何貴重人何微？人心不敢怨，只願官馬肥。官馬肥，走若飛。江南江北正格鬭，將軍殺賊要馬騎。

題寒林遠岫圖

游子念故山，歲晏不得歸。出門見林薄，日暮煙火微。關河渺千里，猨狖聲正悲。况爾霜雪繁，鳥道不可躋。陽春固伊邇，奈此寒無衣。衣寒何足歎，所憂美人違。

邀友人胡舜咨姚晉道劉庸道北郊夜坐

美人集江郊，員月湛秋夕。天闊星宿繁，地迥雞犬寂。供具雖不殷，各取意所適。抽辭託卮匜，燕坐更几席。既盡遐邇懷，復有新故益。凉風激庭柯，澄波照林石。零露不作寒，層霄愈凝碧。緬思江海內，軒蓋相馳激。酬酢過爲歡，友道諒匪得。

澤畔

上征天無風，遠游槖無金。種蘭蘭不芳，行吟向江潯。漁父曠達者，庶幾知我心。鶴鳴子不和，徒然有哀音。踟蹰當奈何，湘水清且深。

陳卧子云：古拙。

過西山訪章願學鍾聲伯二隱者兼與同遊諸公分韻得深字

冬雨久不作，水霜謝窮陰。予因積遐思，於焉事追尋。西山數君子，幽居託雲林。岡巒負城郭，在樂不在深。旨酒罄良覿，嘉言諧素心。巖花照紋楸，松風墮鳴琴。詎謂兵革餘，得以疏煩襟。人生易彫謝，何時續斯今。離别奚足歎，願言懷德音。

雜言

荆棘開好花，娟娟耀芳春。羅生及周道，未嘗罹斧斤。斧斤或相加，芒刺反傷人。朔雪貸其死，后土固其根。人力媿孱弱，天地胡不仁。崇岡有松柏，日夕摧爲薪。

次韻酬范運中

讀書窗前煙草深，三年獨守荒山陰。出門駕輿輿脱輻，閉戶燒鉛鉛不金。唾壺擊出慷慨意，青燈照見平生心。故人苦道不相見，寄詩復欲招我吟。

馮伯初 一首

伯初字正始，嘉興人。洪武初，官府同知。

崔貞姑廟

貞姑遺廟練塘坳，古瓦漂零補白茅。影帳有煙香細細，明妝剩粉玉磽磽。連村未輟雞豚社，獨樹長懸鸛鶴巢。右族博陵銷歇盡，尚餘彤史一題鈔。

《詩話》：郡丞子妻馮孺人遠祖也。《馮氏族譜》載其詩三十餘首，予少日，僅録其一。今予外弟金灤無後，譜不復可得矣。貞姑廟在練浦塘一螺清東南，廟外有橋，土人以貞姑爲土穀祠，春秋社祭。府志失載，陳處士靈茂詩：「雲衣金粉蝕，煙帳蕙蘭銷。」亦過廟下作也。有好事者補張堯同百詠，則廟其一乎。

陳伯康 一首

伯康字仲進，長樂人。江山知縣。有《南雅集》。

寄郕縣喻知縣

寄語郕州長，何時過洛中？相看兩舍許，不得一尊同。客思瞻秋月，鄉書遲早鴻。覃懷臨別處，每憾太忽忽。

莘野 一首

野字叔耕，歸安人。洪武初，由本縣儒學訓導，遷棗強知縣，致仕後改麗波巡檢，卒官。有《環洲集》。

春日登城有感

憑高獨立午風輕，望入平湖眼更明。白鳥影邊陽羨樹，青山堆外闔閭城。樓臺霽色千家日，楊柳春聲幾處鶯。滿眼故人零落盡，野花芳草不勝情。

林子森 一首

子森温州平陽人，舉秀才，爲臨洮府經歷。

鎮遠道中

行盡荒林晚未休，鷓鴣聲斷碧山秋。逢人數問前程路，九十長亭是貴州。

俞貞木 二首

貞木初名楨，以字行，更字有立，吳縣人。洪武初，以薦知樂昌縣，改都昌。一云南安府南康縣。有集。

錢受之云：都昌罷官家居，郡守姚善延以訓子，以鄰人事連坐，逮詣京師卒。建文三年七月也。劉鳳謂「勸姚守起兵，爲衛尉執送，死之」，誤矣。

《詩話》：明府有雕本集二冊，子嘗見之於里中王山人翃書齋。山人頗稱其詩。而今訪之藏書家，遂不復得。又有《日録》亦無存。當日若金侍郎問、陳簡討繼，皆其弟子也。

題王孟端山水

喬木靄春霽，野水浸平沙。山脊浮雲合，巖腰細路斜。攜琴向江寺，沽酒到漁家。歸去幽居晚，山童掃落花。

題趙仲穆畫馬

房星方墮墨池中，飛出蒲梢八尺龍。想像開元張太僕，朝回騎過午門東。

王澤 五首

澤字叔潤，天台人，僑居山陰。洪武中，官華亭縣丞，有《青霞集》。

徐子元云：青霞天廚之珍，自然適口。

錢受之云：全室泐公有《送王叔潤詩》云：「平凉來又去，官滿復之官。」則叔潤任平凉之華亭，非松江華亭也。

《詩話》：叔潤詩，音聲嘹亮，亦是作家。

寄友人

我本東海人，家住東海頭。自從丱角時，便向西州遊。邇來西遊十九載，夜夜思歸夢東海。此身厭逐戎馬間，落魄惟存壯心在。今年始欲向東還，便將歸老天台山。相隨仙人養雞犬，笑弄緑水桃花間。

况聞溪上桃已熟，仙女嬋娟面如玉。春風綰髻雙緑鬟，舞腰解按山鷓曲。去年群仙遥見招，謂予自是王子喬。山中何嘗識酒禁，日日爛醉吹璚簫。昨日纔經四明道，故人相見驚絶倒。間關萬死得生還，顏色還同舊時好。忽聞天吳落海隅，到海要拾明月珠。大風三日撼天黑，海底吹折紅珊瑚。洪濤如山老蛟怒，白日江皋塞煙霧。仙山咫尺不得歸，目送冥冥塞鴻去。櫂舟惆悵却西回，側望仙山心欲摧。空懷帝子芙蓉闕，遥望中天兩玉臺。愁來昏昏枕書睡，呼酒狂歌不成醉。丈夫出處真可憐，往往長遭不如意。作詩爲謝丹霞仙，金堂石室無清緣。有心未罷歸來約，更待秋風海月圓。

錢受之云：是時方谷真據温、台，叔潤阻兵，不得歸，故作是詩。

姑蘇感事

天星夜落水犀軍，又見吴宫走鹿群。睥睨金湯徒自固，愴惶玉石竟俱焚。將軍只合田横死，國士寧無豫讓存。風雨明年寒食節，麥盂誰上太妃墳。

徽宗畫餅中桂花

玉色官餅出内家，天香誰貯月中花。六宫只愛新凉好，不道金風卷翠華。

小游仙

中山千日酒初醒，却愛玄都夜景清。起坐天門吹玉笛，月中珠樹起秋聲。

竹宫青鳥

阿母瑶池信不通，茂陵松柏老秋風。野垣春雨叢篁緑，青鳥猶來認故宫。

程煜 一首

煜字彦明，揚州人。寶坻縣丞。

題明皇并笛圖

華清宴罷卷霓裳，重立東風并海棠。鳳琯莫吹新製曲，有人乘月倚宫牆。

陳玄 一首

玄字□□，東莞人。洪武辛亥進士，官縣丞。

資福寺

聽經猨去已多時，梧竹風標入夢思。暗粉尚留多寶壒，長廊空見捨田碑。石池雨過添新水，老柏年深換舊枝。聞道靈源高閣上，至今人誦小山詩。

吳斌 二首

斌字藴中，休寧人。洪武中，用薦授平陽縣主簿。有《韫玉山房集》。

量田謡

朝量水田雪，暮量山田月。青山白水人如雲，朝暮量田幾時歇？尺田寸地須盡量，絲毫增入毋留藏。

時暘時雨欣時康，我民欲報心未央，年年增賦輸太倉。安得長風天外起，吹倒崑崙填海水，更出桑田千萬里。

醉歌行

登高取醉散我愁，倒卧城南百尺之酒樓。出門但知行路苦，醉鄉可以逍遥遊。君不能遺身天地上玉京，又不能營名將相專金城。徒將緑髮染春雪，風塵羈紲終無成。不如且飲一壺酒，酒盡愁消更何有。

汪禹乂云：章短氣長，學太白，神似太白。

戴奎一首

奎字文祥，台州人。洪武中，齊河縣主簿。有《介軒集》。

秋夜有懷

欲憑詩句寄秋風，吟到宵分蜜炬終。月色如銀庭樹冷，一絲和露墮青蟲。

《詩話》：「風定小軒無落葉，青蟲相對吐秋絲。」秦淮海句也。文祥移入夜景，可謂青出於藍。

葉子奇二首

子奇字世傑，龍泉人。用薦主巴陵簿。

《詩話》：世傑坐事繫獄，於獄中撰《草木子》。又有《餘録》，紀元季明初事頗詳，可資國史采擇。詩特餘技爾。

岳陽晚興二首

洞庭萬頃秋月，君山一點晚煙。安得幅巾無事，酒船吹笛江天。

暮雨漁村春暝，曉霜楓葉秋酣。人世花開花落，山光湖北湖南。

金慎一首

慎字子肅，嘉興人。洪武初貢士，官典史。

柿林新居

喜得移家秀水濱，此邦風物舊相親。爲農久已知農事，近市還能遠市塵。鵝散墨池迎洗硯，鷗當漁屋看垂綸。蔬畦藥圃終吾老，未必溪花解笑人。

《詩話》：柿林，今之新城鎮也。去嘉興府治西北三十里，而近。城本作塍，宋曾魯公嘗監秀州新塍酒稅。金尉一詩，格調雖卑，然微官能詩，足以見當時文教之盛。

薛敬 一首

敬字原理，鄞縣人。洪武初，舉茂才，授龍泉税大使，歷國子監博士。有《江天集》。

與范宣之何約之重游隱學寺

薄言山寺去，兩度出東郊。湖草添新漲，山禽改舊巢。煙霞野衲路，鹿豕故人交。鐘磬雲深處，來聽幾度敲。

任原二首

原字本初，休寧人。明初以捍禦功，授顯武將軍，雄鋒翼管萬戶。有集。

《詩話》：本初雖歷戎行，實爲環谷東山談經弟子。其詩互刊唐仲實《白雲集》中，今從燉煌程氏《新安文獻志》定爲任作。

見鄉人程大

少年策馬辭鄉邑，落魄天涯幾秋色。鳳池昨遇故鄉人，不道姓名應不識。布衣拂却長安塵，相看感歎念情親。青春作客無遠近，白髮從軍多苦辛。以兹失路誰相顧，我向東流子南去。歸夢不離滄海雲，邊愁遠挂青楓樹。楓樹叢林隔海天，百年聚散一茫然。簪纓故舊應誰在，萍梗江湖祇自憐。臨岐執袂須傾倒，明朝又别關山道。心隨征雁向斜陽，愁對離憂醉芳草。

贈同舟從軍林生

青天無盡碧波長，百尺雲帆挂夕陽。海路音書何處寄，西風吹雁不成行。

明詩綜卷十四

小長蘆　朱彝尊　録
茶院　朱逢源　緝評

周致堯四首

致堯字焕文，崇德人。平江書院山長。有《山長集》。

《静志居詩話》：山長舊有鈔集存崇德縣學，有閩人知縣事者，攜之歸，遂失傳。今所存者，《檇李英華》《湖海耆英集》所收一二而已。曹能始《石倉詩選》載山長詩較富，或在閩得覩其全爾。予友高念祖謂予：「山長名棐，以字行。」而蔣布衣楚穉則云：「字焕文，致堯其名。」攷陳緝熙文，有《送周焕文從唐伯剛之吴興》作，疑布衣之言，得其實也。

懷古

我愛陶淵明，所居惟種柳。與世實寡諧，委懷在杯酒。不有千古心，誰識千載後。意欲從之游，斯人復何有。

夏夜宿流虹寺有感

馳騖竟朝暮，似緑飢凍迫。如何百年間，區區爲形役。世塗寡相知，覥顔徒自飾。所獲既匪寶，所喪良可惜。生理固草草，進退量我力。聖道卒未聞，怛焉增内惕。

西津夜泊

孤帆夜落石橋西，橋外青山入會稽。卧聽海潮吹地轉，起看江月向人低。一春衰謝憐皮骨，萬國艱虞厭鼓鼙。何處商船歌《水調》，令人歸思益凄迷。

寄沂陽劉廷鎮員外

故人相與最從容，尚憶論詩向一作五。夜中。白首無家千里別，青山何處一尊同。夢回孤館燈前雨，目斷西風塞上鴻。誰識離懷愁絶處，野亭依舊穆陵東。

劉渙 二首

渙字彦亨，紹興山陰人。至正間，薦授三茅書院山長，道梗不赴。卒于洪武間。《詩話》：彦亨受學楊門，不離書樓舊染。

絶句 二首

白玉搔頭金步摇，春衫紅勝海棠嬌。只因記得當年事，重到桃花第四橋。

鬢薄雲鬆緑霧凉，春風額點麝臍黄。背人撲得雙胡蝶，滿扇薔薇露水香。

凌雲翰二十首

雲翰字彦翀，錢塘人。元末蘭亭書院山長。洪武初，以薦授四川成都教授。有《柘軒集》。

瞿宗吉云：先生兼工諸作，不以一善成名。

陳光世云：柘軒詩諸體悉備，莊敬而不褻，和樂而不淫。雖無刻苦麗密之工，而平易典則，發乎情之自然，有足觀者。

《詩話》：柘軒學於陳衆仲，故其詩華而不靡，馳騁而不離乎軌。五言如《陪祭作》，七言如《鬼獵圖》，才情奔放，不可羈靮，直可搴郁離之旗，摩青丘之壘。集中《與張行中論詩》云：「艱深文淺近，臭腐化神奇。每到真成趣，由來不費辭。」其自得之深矣。

奉和許彦章檢校陪祭有作三十韻

學古始入官，爲有民社寄。此理均人臣，矧職居相位。祀典遵百王，法守由一揆。丘陵以爲壇，陶匏以爲器。既嚴神祇稱，復辨上下次。成象本乎天，成形本乎地。牲牢貴腯充，禮樂尚明備。瞻仰民所崇，財用國攸繫。兩儀同乾坤，七廟異澳萃。日臨齋戒期，卜叶享祀利。不慤斯不忘，能備乃能祭。皇風浩無垠，盛世寧有替。於時蟄蟲驚，應候玄鳥至。風霆爲昭明，山川載神氣。鍠鍠鳴鼓鐘，秩秩陳簠簋。翩然靈之來，允矣誠所致。有美文武臣，夙抱純一志。燎明夜向晨，月白天在水。鵠立儼當中，駿奔走其際。欣欣神樂康，簡簡福相熾。湛露流玉階，泠風襲瓊珮。方當感格時，已著充滿意。禮行士無譁，樂奏神所莅。益之以十朋，介之以繁祉。祈報止春秋，敬恭止壇壝。玉燭一鼎調，金成萬寶遂。三獻迄有終，九府均被賜。豈期康衢民，獲覩放勳世。雷動車馬還，日出海波沸。作詩聊記年，皇明甲寅歲。

送趙永貞改丞德化縣

舟行何遥遥，南風颺旗尾。江上無雜花，青青盡蘆葦。于時潮已平，波動日光煒。中流雙艑鳴，愛此兒郎偉。餞行豈無詩，成章媿其斐。會看展驥足，如公信無幾。

畫菜

高田宜種蔬，下田宜種穡。歲饉與饑同，安敢望肉食。雨餘理荒畦，甲坼資地力。會看根本長，取之戒勿亟。天公憐我貧，此物頗不嗇。便如終歲謀，十甕擬可得。含笑披畫圖，流涎欲霑臆。長能齩菜根，天下無此色。

趙大年蘆雁圖

平林帶煙波渺渺，風低葭菼秋聲小。望中疑是彭蠡湖，十百爲群盡陽鳥。楚天未雪無雨霜，南來豈必謀稻粱。哀音若訴雲路迥，老翅不厭關河長。汀洲水落成平陸，散亂鳧鷖聚沙曲。低飛不肯伴寒鴉，猶繞荒村破茅屋。屋中有客揮五絃，從之不得心茫然。何人圖畫能著此，趙氏丹青稱大年。徽廟元年頒鳳曆，此圖正是當時迹。便從宣和到靖康，艮岳禽聲起秋夕。古往今來幾盛衰，摩挲老眼竟成悲。良工心苦人莫識，似寫周宣鴻雁詩。

包山翫月次瞿宗吉韻

昔我曲江觀怒濤，越山不及吳山高。如何古有任公子，一釣乃能連六鼇。我今杖藜尋翠麓，地有白雲人不俗。丹房火冷碧窗虛，夜半秋聲撼林竹。踏歌連臂下仙壇，目斷西山吳彩鸞。桂花飛簾作香雪，轉首便覺秋闌珊。人生歡樂難再得，始信光陰如過客。陶令空披漉酒巾，謝公謾著登山屐。菴前堵牆如白虹，洞門不掩來江風。分師半席師已許，經筵蠟燭摇秋紅。郊何爲寒島何瘦？新雨能來寧論舊。今宵爛熳得好晴，知是何人補天漏。少壯而老理則常，胡能不死彫三光。放麑西巴誠不忍，歌鳳接輿無乃狂。兹游可繼五君詠，祀事同陪匪乘興。中庭坐待明月來，樹影團團一時并。

關山雪霽圖

前峰後峰雪糢糊，東村西村春有無。快雪時晴入佳想，况復見此關山圖。關山迢遞相聯屬，玉潔珠光眩人目。扶桑飛上金畢逋，暗水流澌度空谷。野橋行過路三叉，青旗插檐沽酒家。驅驢倦客得少憩，悵望遠道還咨嗟。詩翁好事常起早，天寒祇恐梅花老。柴門時有故人來，階下白雲須用掃。此圖一日落塵寰，筆法依希荆與關。人生遠遊固云樂，何似在家長看山。我本識字耕夫耳，占祥便作豐年喜。田園歸隱會有時，麥飯飽餐茅屋底。

送謝鐵厓游龍虎山

有美人兮懷遠游，逍遥九州復九州。暫來淮楚與吴越，五雲飛上千金裘。八公山在淝水上，草木尚若森戈矛。澄江如練誰解道，况聞好鳥喧春洲。東山薔薇幾回落，昔人何處青苔稠。錢唐故宫盡禾黍，帝子一去江空流。客兒亭前高興發，便欲著屐窮深幽。天雞三鳴更五點，海日湧出黄金虯。瑶笙聲斷白鶴遠，知有子晉從浮丘。蟠桃開花今已實，似許方朔重來偷。如何去作龍虎客，遠慕漢代張留侯。我聞仙翁號虚靖，草菴宛在山之陬。長乘丹光翳彩鳳，或有紫氣垂青牛。子能候之問至道，黄庭内景非難求。四方上下遊已遍，歸來十二仙人樓。樓中長嘯弄明月，握手一笑三千秋。

陳居中進馬圖

明王慎德蠻夷賓，尺天寸地皆王臣。遠人重譯貢龍馬，流沙萬里來麒麟。金丸聲動拂郎國，寶劍氣接明河津。不知何年離榆塞，但見此日朝楓宸。毛騧生來玉琢鼻，錢驄隱起花攢鱗。最後赭白信無敵，如此丹青疑有神。騰驤欲飛使者喜，控制不得奚奴嗔。我聞陳閱善匠意，無乃韓幹爲前身。按之圖中得所似，惜哉世上遺其真。驪黄牝牡不易索，九方皋後知何人。

鬼獵圖

終南進士乃好武，野魅山精皆部伍。蒐田也欲從四時，作氣恍如聆一鼓。銅鉦先鳴地欲裂，皁蓋後張風爲舉。蹇驢足跛不受鞭，良犬尾摇何用組。錦絛未許縱蒼鷹，鐵緪猶能縛玄虎。跳踉衆鬼爲卒徒，矍鑠一翁作謀主。或爲狼顧背拔鎗，或作猱升前試斧。鴟鳴口應已張弓，蛇偃肩擔來彀弩。身憑大盾宛轉遮，手弄飛槌高下舞。坐作擊刺衆莫當，進退超驤孰敢侮。猙獰似覺口吐牙，輕捷渾疑臂生羽。逐禽不假御車輿，獲獸何勞施網罟。亦如塵世有司存，頗類神仙足官府。畫工後輩效前人，戲筆何年追舊譜。已無吴生名擅場，復有顏輝好奇古。《周易》取象車載一，韓子《送窮》名數五。如斯情狀不易知，更欲形容亦良苦。且須留取作歲除，竹爆一聲春滿宇。

《詩話》：畫終南進士者，南唐周文矩，蜀石恪，汴京楊棐。其初類設色爲之，至龔高士聖予，易以深墨。其法師趙千里《丁香鬼》，離奇變化，自比書家草聖。於是詩林多作長歌，自聖予而外，若宋子虛、李鳴鳳、王肖翁、韓性、陳叔方、楊廉夫、李宗表、劉伯温，各事摹寫，要未若柘軒之淋漓盡態也。

鍾馗畫

北風吹沙目欲眯，官柳摇黄拂溪水。終南進士倔然起，蝟磔于思含缺齒。袍藍帶角形甚傀，烏帽裹頭鞾露指。白澤在旁口且哆，馴擾不異麟之趾。手持上帝書滿紙，若曰新歲錫爾祉。一聲竹爆物盡靡，明日春光萬餘里。

湘湖草堂爲貢友初賦

湘湖卜宅似江郊，梅柳同栽已放梢。春雨漏時愁在屋，秋風怒處憶飛茅。蓴絲流滑羹長用，荷葉分香飯屢包。買得扁舟梭樣大，呼童繫在石塘坳。

清江文會詩爲崔驛丞賦

清江之水如練澄，盍簪此地皆良朋。一錢尚懷會稽守，二松好效藍田丞。忘機鷗鳥偶到座，入饌鱸魚還可罾。蘭亭陳迹在圖畫，新詩莫惜傳溪藤。

林塘幽乃會稽陳惟賢軒扁又號西疇因贈詩

賀監湖頭一曲開，林塘幽處著亭臺。青山在上水在下，黄鳥自啼鷗自來。棋局不移長對奕，酒船纔放即銜杯。會稽我昔曾遊地，杖履何時得重陪。

曾瑞卿所作山水圖

山關迢遞野橋斜，策杖幽尋豈憚賒。路轉峰回連佛寺，雞鳴犬吠隔人家。白雲作雨多如絮，紅葉驚風少似花。不是褐夫能貌得，空令泉石老煙霞。

夏日書懷次沈欽叔韻

黄梅子熟暑蒸潤，冬青花開雲作陰。昨宵北牖雨聲急，明日西湖流水深。論才子建得八斗，換酒太白輕千金。幽懷欲寫託長句，又聞緑樹新蟬吟。

送孫敬義還鄉

孫綽曾聞賦遂初，陶潛亦復詠歸與。田園偶爾成圖畫，道路依然畏簡書。老去還鄉非是速，醉來題句未爲疏。翻思映雪寒窗下，客夢時時到故廬。

岳鄂王墓

前相汪黄後相秦，力圖恢復竟何人。朱仙路近旌旗晚，古汴城高草木春。江月照空蘊劍獄，邊沙遮斷屬車塵。棲霞嶺下將軍冢，夜夜悲風起石麟。

題畫

山雨忽開霽，溪流繞茅屋。時有濯纓人，雲端看飛瀑。

次徐總制韻

燕子來時花滿城，海棠絲雨半籠晴。行人最愛西湖水，流入官河也自清。

劉文質松溪小像

爲聽松風直過溪，長琴分與小童攜。白雲不隔天台路，千樹桃花一鳥啼。

胡奎六首

奎字虚白，海寧人。寧府教授。有《斗南老人詩集》。

《詩話》：虚白泊舟鄱陽望湖亭，見石刻東坡「黑雲推雨未遮山」絶句，次韻和之，書之於壁。俄見一叟來，誦其詩曰：「子非斗南老人邪！」乃爲長揖，回顧不知所之。因以「斗南老人」自號。高青丘《贈胡校書詩》所云：「簸弄明月琵琶洲」者是已。其詩功力既深，格調未免太熟，誦之若古人集中所已有者。吾鄉雲東逸史曾手書其稿，舊藏項氏天籟閣，繼歸高氏稽古堂，今爲華山馬思贊所藏。余借觀，録其六首。

秋夕

月出萬井秋，商聲在高樹。風條絡緯鳴，露葉流螢度。天河一杯水，流向西南去。坐念素心人，佳期渺何處。

吴江月夜汎舟

餘霞斂遥岑，微靄生近浦。江行得凉夜，月出嗚柔櫓。茫茫天欲浮，歷歷星可數。水螢乍明滅，沙禽或翔舞。此意與誰同，三高渺千古。

鴛湖舟中翫月

團團三五月，挂在鴛湖東。方舟汎流光，坐我青天中。低頭看月月在水，倒影姮娥呼不起。三更露下苧袍凉，恍然濯足銀河裏。城南斗酒真珠紅，與月共醉鮫人宫。醒來月落不知處，張帆且趁清明風。

吴江竹枝詞三首

青裙女兒雙髻螺，唱出吴宫《子夜歌》。酒醒月明眠不得，秋風吹起太湖波。

第四橋邊楓葉秋，青裙少婦木蘭舟。月明打槳唱歌去，驚起蘆花雙白鷗。

西山日落東山黄，儂唱竹枝行晚凉。十幅蒲帆弓樣滿，南風吹送白龍堂。

李延興十七首

延興字繼本，東安人，占籍北平。至正丁酉進士，授太常奉禮，兼翰林檢討。洪武初，屬典邑校。有《一山集》。

《詩話》：一山北方之學者，其詩文頗拔俗，長歌尤擅塲。洪武中，雖未仕于朝，集有《與友人書》云：「從東安丞李遂招致，親夏楚事。」未幾逼爲訓導。又有《移教房山留别雄縣周尹》詩。又《涞水縣學記》云：「延興猥以譾才，代匱學職。」又《自敘》云：「洪武戊午，永清劉宰招致，攝其鄉學。」則其典邑校者屢矣。故《自贊畫像》有云：「雖同乎今之人，而以聖賢爲矩墨；雖食夫今之禄，而視軒冕猶泥塗。」然一山本元進士，而《上總戎詩》則曰：「大將軍，出沙漠，萬里河山盡開拓。獲其名王歸，四面凱聲作。功成獻俘蒲萄宫，天清日白開鴻濛。遂使樓煩之壤，化爲冠帶、衍爲提封。」未免言之太盡，無復一成三戶，《黍離》《麥秀》之思矣。

江皋圖

江晚月未上，白煙滿芳洲。雨止山氣佳，衡扉在巖幽。浦迴沙漫漫，松深露浮浮。水田早稻熟，稍欣獲有秋。曠爽來清風，朱夏炎歊收。野人樂江居，垂綸水西頭。得魚送鄰家，酒好仍見留。童丱喜相隨，浩歌送蜚鷗。古時放達人，傲睨輕王侯。焉能繫塵鞅，憧憧爲身謀。

壁間雜畫

山中之人氣奕奕，愛畫雲山與水石。遠山近山恣一揮，頃刻生綃數十尺。今代只數高尚書，妙處不減米家筆。後之善畫者爲誰，青山白雲久蕭瑟。忽驚座上煙靄生，漠漠平林翠如織。平生夢想不可到，乃在君家雪色壁。花發窮林破曉紅，水合長天蕩晴碧。蘆邊雁影落回汀，沙上漁蓑曬斜日。白髮蒼顔四老人，棋罷松閒坐爭席。筍皮笠子大如钀，歸去不愁山雨濕。爐經九轉鍊丹成，杖挂百錢沽酒喫。眼看此景不可親，況復憧憧事塵役。會須結屋山之阿，更求好田水之側，野人生理日有餘，耕歸牛角懸書帙。茅檐夜火促寒機，古甸秋風收晚栗。安車若便下丘樊，爲勸先生不可出。

松雪翁畫馬

西海之西，天地翕合敷靈氛，天産天骨超崑崙。月窟而東，而北幾萬里，是馬乃能籋星辰。踰渤澥、掃空冀北凡馬群。曹將軍是開元以來善畫者，蚤以絶藝動紫宸。不問驪黄與牝牡，筆力到處春無垠。往時嘗見一二本，世之畫者徒紛紛。吴興學士昔在詞林舘，畫人畫馬咄咄能逼真。玉堂朝日射碧瓦，瑣窗晴雪吹青春。文章之暇奉詔寫龍種，水絹萬幅清無塵。此圖神采更飄逸，妙處不減曹將軍。飛雲滿空散靈雨，五花凌亂曉濕蒼龍文。人言此是明皇御愛者，天香滃鬱飄滿身。瑶池渴飲雪滉瀁，霜蹄迴踏雲嶙峋。黄鬚圉官似是太僕張景順，自幼調馬馬亦馴。想當牽來赤墀下，皎如飛龍下天門。山齋看畫白晝靜，丹粉如沐清心魂。龍媒一逝九霄隔，龍沙泱漭霜風昏。縱今有馬無善畫，誰與寫之傳世人。吴興自有古作者，高風遠韻不可聞。九京安得起公死，請公爲我放筆電掃層空雲。陳君愛畫不弱南金與西玉，百回展玩當爐熏。南金西玉可力致，嗟此神物敻然獨立而無鄰。烏乎！神物爲物固有神，直恐變化爲龍，飛上清都紫微之帝閽。

石鼓歌

乾坤清淑之氣，蜿蟺扶輿亘西極，化作岐山之陽石鼓十。六丁二酉，剷斷崑崙之瑶峰，縹緲雲根墮穹碧。層厓秋碎方祇愁，大星宵隕圓靈泣。中虚不露疏鑿文，太素猶涵渾沌質。偉哉周家宣王中興時，戈鋋彗雲九縣一。明堂受朝群后來，天威不違顔咫尺。岐陽之狩載揚國之靈，王氣騰霄何赫奕。八鸞聲戛秋風高，九旗光動朝暾赤。歌《車攻》，詠吉日；張皇維，昭帝績。泰山盤石之祚，炳烈千萬春，勒之貞珉古無匹。其形如鼓，不可叩之鳴；其體渾朴，絶似大造無痕跡。其字遒逸，宛是篆與科；其文古雅，髣髴周之什。吉甫歌，史籀筆，制作森嚴照岐邑。年多物化理則然，金字半滅無人識。老蛟摧裂野火焚，古墨淋漓苔雨蝕。青城學士昔在大德初，見之林下久歎息。入朝亟爲丞相言，如此至寶，何可以弃擲？大車彭彭輓致來孔庭，天地風雲亦動色。我嘗愛此十鼓文字奇，撫玩摩挲不知日之夕。荏苒光陰數十春，春風吹愁髪生白。近時再過石鼓旁，階草蒙茸沒雙屐。細看字畫轉么麽，徙倚回廊淚霑臆。東安鄧尹彈琴清桂林，議論文章脱塵格。平生好古如古人，直欲蒐抉周秦之故實。里中更有朱先生，白首著書窮日力。寄書遠訪石鼓文，細字滿箋珠的皪。書中宛宛見高情，識者見之爭愛惜。乃知先生好古不減吾，鄧侯吾徒委瑣豈復如？先生喜新厭舊猶戲劇。吾友秦郵李希文，新來小篆亦傑出。夷門梁君子宜苦學張顛之草書，電掃千番爛如拭。我生雅恨不能書，每見名家如有失。朱先生，古遺直；甚欲相從不可得。山中茅屋書滿牀，何時一到虚軒分半席。直須和我石鼓歌，戰退蘇韓入堅壁。烏乎，古之作者往往苦用心，豈惟杜預雅有《春秋》癖。今人無復見古人，徒勞紙上賞遺墨。魚目滔滔久混珍，後來此鼓誰收拾？燕之石，等圭璧，荆之璞，同瓦礫。古風不返天茫茫，何如爛醉林皋卧苔石。

雙鶴吟

若有太古之仙，迺在瀛洲之上，方壺之間。門前雙鶴，不知幾歲月，雪飛風舞，迥隔青雲端。天空月白雙影靜，玉笙合奏瑶臺寒。石壇暝踏松子落，林蹊晴啄苔花殘。仙翁手執相鶴經一卷，逸思汎若孤雲間。興來引雙鶴，笑入三茅山。三茅山中瑶草碧，九皋雨散春煙濕。鶴飛亂點層峰青，彩鳳蒼鸞往往與相識。價重不減雙南金，質瑩不弱雙白璧。不慕懿公之華軒，不逐王喬之飛舄。不巢西湖處士之孤山，不憩黄州謫仙之赤壁。棲紫霞，護丹室，六翮淩層曝朝日。友茅君，呼木客，盡日聽琴香案側。

山中之人問訊時相過蟬聯飛繞羊公石。鶴之逝，風翩翩，遥空雲落秋無邊。鶴之返，山娟娟，紅塵不到芸窗前。恍如元方季方在潁谷，倏如陸機陸雲來洛川。燦如同潁之禾敷秀唐叔壤，宛如王雎之鳥著美《周南》篇。薛公之鶴何其夥，趙抃之鶴何其偏？異哉兩仙骨，不偏不夥全其天。問鶴往時託巢在何許？邈在遼海之東華表柱。問仙豢鶴到今凡幾春？前五百年嘗與令威一相遇。鶴飛來，向何所？不渡海之涯，不涉江之浦。直欲飛近天上神仙之官府。天門寥闊不可通，誰到十二瓊樓最高處？鄧林之廣豈無一枝之可棲，何爲乎涉雲霄冒風雨，春去秋來恣軒翥，仙亦竟不留，鶴亦更不駐。山邪鶴邪笑我蹩躠於風塵，相隨直上青雲去。

早過五門二首

曙色動高城，鐘殘櫪馬鳴。千門春放暖，十日雪開晴。勳業非吾事，詩書寄此生。青衫王粲老，猶欲俟河清。

霜白掖樓曉，寒鴉城上啼。微雲閶闔外，斜月建章西。憂國心常切，成功計轉迷。十年京闕下，貧病尚羈棲。

丙申歲詠懷三首

白首殊方客，奔馳戎馬間。時危憂母老，歲晚寄書還。凍雪連荒野，寒雲出亂山。蒼茫西日外，痛哭倚柴關。

辛苦憐吾弟，荒山久避兵。素書連月斷，白髮滿頭生。雪翳窗燈影，風沉戍鼓聲。寸心憂百結，寂寞度殘更。

妻子何時見，淒涼病轉侵。虛傳千里信，已負百年心。茅屋飛霜滿，空階落葉深。白頭吟正苦，回首淚霑襟。

贈境上人

山館夜蕭蕭，天寒酒力消。雁行衝雪斷，燈影隔江遥。渡口人爭岸，船頭客待潮。倦途誰慰藉，風景不相饒。

晚出

短策扶衰病，輕衫受晚風。煙花連浦白，霜葉墜林紅。骨肉兵戈裏，乾坤涕淚中。飄飄江海上，回首愧漁翁。

自述

八口凄涼生事微，中原羽騎日騑騑。天寒歲晚歸難定，水遠山長信轉稀。青眼故人頻送米，白頭慈母尚縫衣。蕭蕭漢渚蒹葭老，好向兒時舊釣磯。

河上

宛宛寒山入暮煙，河流直到寺門前。店頭買酒風吹幔，浦口义魚雪滿船。翻覆世情堪大笑，寬閒野屋得清眠。虛堂月色明如晝，獨坐清彈五十絃。

京口夜泊

醉客滿船歌月明，隔江燈影逐人行。帆衝雨脚回京口，鐘送潮頭打石城。南渡衣冠愁北望，東皋簫鼓報西成。桑田海水依然在，不管人間有變更。

沙河

沙河市頭黄葉飛，沙河道上行人稀。天陰古冢狐狸出，雪滿霜田雁鶩肥。百錢魯酒足供醉，十歲奚兒能打圍。别家三月不得信，關塞蕭條何日歸。

别易水諸公

一家遠隔萬重山，古道人稀獨自還。夜月屢傾燕市酒，春風又度雁門關。晴天雨散千峰外，野屋雲生半席間。兄弟何時重會面，燈前相對話時難。

袁華三首

華字子英，崑山人。洪武初，府學訓導。有《可傳集》。

《詩話》：子英名其集曰《可傳》，東維子序之曰：「吾鐵門稱能詩者，南北凡百餘人。求如張憲及袁華輩者，不能十人。」又《題吕誠敬夫詩》曰：「蘇支邑凡六，獨崑山多才子，魁出者往往稱『呂、袁』，子英、敬夫也。」然其序郯韶九成詩，則曰：「吾求之東南，永嘉李孝光、錢唐張天雨、天台丁復、項炯、毗陵吳恭、倪瓚，有本者也。近復得永嘉張天英、鄭東、姑蘇陳謙、郭翼，而吳興得郯韶也。」序郭翼羲仲詩曰：「合吾之論者，斤斤四三人焉。蜀郡虞公集、永嘉李公孝光、東陽陳公樵其人也。繼其緒餘者，亦斤斤得四三人焉，天台項炯、姑胥陳謙、永嘉鄭東、崑山郭翼也。」顧子英不與焉。然則東維子之餘論，固無一定矣。東維《與李五峰論詩》謂「梅一於酸，鹽一於鹹，食鹽梅而味常得於酸鹹之外。」若子英之詩，僅一於酸鹹而已。羲仲卒于至正二十四年，朱珪《名蹟志》載有《盧熊墓志》可據。虞山錢氏乃云：「洪武初，徵授學官，度不能有所自見，怏怏而卒。」誤矣！

和鐵崖先生蹋踘篇

冶家女兒髻偏梳，教坊出入不受呼。蹙金小韈飛雙鳧。飛雙鳧，曳雙袂。玉圍腰，珠絡臂。

哀宋姬有序

宋姬者，宋肅王樞之女也。幼戲水濱，得玉印一文曰「金妃之印」。靖康遭掠入金，金主強納爲妃，或云符印之讖。夫父讎不共戴天，況國亡家滅之餘，猶委質以求全者，君子不取也。

吾觀姬之心則不然，欲求其死，以不死耳，故甘屈身，爲巾櫛之侍，箕帚之奉，冀一言以晤主聽，庶幾二帝生還，雖血濺金庭，骨糜鼎鑊，亦不惜也。否則蓄謀藏機，俾其禍生於衽席閒，以雪大辱大恥。然則不幸而誅戮，雖死猶不死也。至後又徙二帝於五國城，姬驟諫而主怒，以匕首殺之。予哀姬之志不克伸，而嘉姬之死得其所。嗚呼，處變而不失常道者，其惟宋姬乎！迺作辭以哀之。其辭曰：

膏吾車以北征兮，歷黃龍之故城；山川蚴蟉以盤鬱兮，實完顏氏之所京。當二世之雄特兮，日從事乎兵革；何靖康之多難兮，身降庶而竄殛。維肅王之有女兮，亦俘纍而在行；符玉文之印識兮，充下陳於旃房。甘伏節而委命兮，羌殺身其何益？俟機隙之或可乘兮，雖九死而不惜。彼得雋而騁姦兮，又將徙二帝於窮山之陰；昧大義而共戴天兮，荃不媿於中心。陳讜言之謇謇兮，諫不從而繼以死也；何彼蒼之不鑒其忠誠兮，竟捐生於寸匕也。噫吁！身既失兮讎不能復；謀弗克兮遭殺戮。河流湯湯兮征鴻；肅肅泰陵兮拱木。金源兮走鹿些；吾辭兮弔貞淑。魂其歸來兮故國。叶谷。

客海津送郭秀才

草低沙軟見牛羊，煙霧蒼茫落日黃。燕女如花不相識，笑傾馬湩勸人嘗。

殷奎一首

奎字孝章，一字孝伯，崑山人。洪武初，以薦例授州縣職，以母老請近地，忤帝意，除咸陽儒學教諭，卒于官。門人私諡曰「文懿先生」。有《支離稿》《婁曲叢稿》。

絶句

霜落水禽啼，寒流遶大隄。長魚不受釣，躍過石梁西。

邵亨貞十一首

亨貞字復孺，嚴州人，徙居華亭。明初爲松江府學訓導。有《蛾術集》。

錢受之云：復孺自號貞谿。有復孺詩帖云：「僕從軍吳秀閒，近始謁告還家。有『儒冠不解明韜略』之句。」錢應康詩帖云：「復孺先生自軍中回署，其年至正乙巳也。」王原吉詩稱復孺爲「屯田」。復孺《祭伯文》云：「己亥之歲，以屯役宿留吳門。」則復孺蓋嘗有事行間也。

《詩話》：貞谿詩辭氣和易，比於袁景文、管時敏則不及，方諸陶九成、顧謹中，似爲過之。

送傅子初先生之信州録事

去年十月交，冬淺寒輒沍。客居江城館，燈火在風露。君從錢唐來，舍舟縱游步。一見心爲開，問勞出情素。番陽與雲間，相望千里路。會合匪偶然，況是夙所慕。江左古世家，粲粲美風度。射策衣繡歸，春生五陵樹。文章天機錦，到手眩昏瞀。坐談極疇曩，歡然獲知遇。自冬更徂春，不閒朝夕晤。君於稠人中，走獨心所寓。傳舍稍密邇，泥濘亦枉顧。開卷析疑義，沛然決東注。賞音風雅閒，神會見天趣。平生耿耿懷，不爲流俗具。因君頗呈豁，欣快未易喻。誓將與此老，結納視親故。款洽豈有極，忽復報瓜戍。録曹雖民職，未足展抱負。行者崇令德，政化藹先務。分違坐契闊，引領不可遡。中年别親友，作惡若深忤。梅風彭蠡寬，歸鷁慎速渡。後約仍綢繆，中情尚能賦。芳洲蹇誰留，懷哉美人暮。

沙湖

凌晨出沙湖，杲杲寒日赤。望路指西南，趁風挂帆席。行行數里閒，舟底盡沙磧。歲暮寒水落，過者總煩劇。篙師力支撐，進寸乃退尺。叫呼問鄰舟，始得指所適。中流植萑葦，表以深水迹。由兹遂無阻，四望始充斥。迢遞達岸旁，回首日已夕。嗟予匪徒行，衰謝牽物役。人生苦多虞，仰羨投林翮。

青梗

夜寒宿秣陵，曉霽度青梗。旁臨總溝壑，不啻瞰眢井。俯視層水横，照目光炯炯。輿人亦良苦，交馳畏肩并。霧昏迷轍迹，有力不敢騁。我時舍車行，屐滑不憚整。殷憂莫暫置，懷抱常耿耿。山川不我厭，衰晚負清景。何當問蒙莊，寸心若灰冷。

寒食次雲翁韻

春信催玄鳥，客愁聞杜鵑。一村寒食雨，三月杏花天。物色知誰賞，風光亦可憐。西湖長入夢，人在采香船。

還家舟中口號

人語荒村晚，船行逆水風。平蕪鷗外緑，落日雁邊紅。奔走生涯拙，歡娱往事空。故園看漸近，喬木有無中。

横泖雜言

廣厦人來少，青山遠對門。緩潮通曲港，高樹接遥村。井記袁崧宅，鄉連宰我墩。行吟聊適興，心迹未須論。

袁崧宅、宰我墩，皆在數里間，遺跡存焉。

横溪夜思

宿霧隨雲斂，寒星著水明。客舟移遠岸，戍柝報初更。老覺驅馳倦，愁思喪亂平。故人雞黍約，歲晚更多情。

貞溪初夏次南金韻四首

雨後深林竹筍肥，渡頭風急柳花飛。柴門不掩緑陰静，人在閒窗試苧衣。

巡檐燕子掠晴絲，隔塢茶煙出院遲。草色入簾人不到，午風吹暖夢回時。

楝花風起漾微波，野渡舟横客自過。沙上兒童臨水立，戲將萍葉飼新鵝。

小巷繅車霜繭熟，前村社鼓野人來。鵓鳩聲在樹陰裏，竹下柴扉晝不開。

虞堪三首

堪字克用，一字勝伯，宋丞相雍公八世孫，家長洲。洪武中，爲雲南府學教授。有《鼓枻稿》。

《詩話》：勝伯避兵笠澤，吳興施縉爲創義塾，延以爲師，趙郡蘇大年、會稽姜漸爲紀其事。又力購雍公遺文刊行，一時名士，若遂昌鄭元祐、吳郡沈右、吕楨、王謙、周砥、鄒奕、豐城余詮、魏文彝、會稽韓友直、陶澤、高平范成、張緯、王廓、臨邛魏奎、河東王瑕、薊丘聶鏞、大梁申屠衡、蜀王立中、黄夔，咸賦詩美之。今雍公集終無傳，惜矣。《鼓枻集》中《題松雪畫》一絶，特工。

踏車謡

一春多風復多雨，田頭踏車最辛苦。去年種田田無收，還租賣却牛一頭。今年城西盜賊起，北巷南村盡燒毀。城頭土崩日夜修，壯者服役老者憂。晨食糟糠每忘晝，妻子長飢面皮瘦。公家喫酒歌呼奴，不念農家租不敷。公家若念農家苦，水澇祈晴旱祈雨。

題錢舜舉畫蠶桑圖

桑中鳴琴巧如鳩，吳孃養蠶夜不歇。暖雨寒風惱殺人，正是江南三四月。苕溪遺老白髮翁，畫蠶畫葉摇春風。千金難買吳孃笑，故寫生枝椹子紅。

題趙松雪畫

王孫今代玉堂仙，自畫苕溪似輞川。如此青山紅樹底，可無十畝種瓜田。

顧禄 二首

禄初名天禄，字謹中。松江華亭人，明初以國子生，除太常典簿，遷蜀王府教授。有《經進集》。

解大紳云：謹中詩嘘吸風雲，奔走造化。

張汝弼云：謹中詩雄肆環奇，簡知高皇帝，宜也。

錢受之云：大紳目無一世，顧盛稱禄詩。豈其才情爛熳，不經師匠，略有相似者與！

《詩話》：謹中《過鄱陽湖賦詩》云：「臨行釃酒酹湖神，打鼓開船出要津。雲霧氣蒸迷日月，波濤聲撼震乾坤。放歌今日容豪客，破敵當年想至尊。咫尺南昌城郭近，且將雙足洗征塵。」孝陵聞之，命盡進所作，披之便殿。桂彦良所云「秀句新傳鳳榻前」是也。說者謂因「破敵」句受知。竊疑《正韻》書成，無有遵之作律詩者，謹中特合真元韻并用，此其所以深契帝懷爾。

秋夜

一寒一暑相推移，四序平分秋最悲。山川蕭條草木萎，金風淅瀝吹羅帷。夜何長兮晝何促，欲眠不眠歎幽獨。樓上寒更聲斷續，飛蛾翩翩繞殘燭。

題王叔明所畫松下奕棋圖

十日一水五日山，王侯妙筆無荆關。山如蒼龍騰入霄漢表，水似白虹瀉出溪潭閒。長松直下有巨石，風雨剥落莓苔斑。兩翁對奕盤礴坐其上，笑語自若終日無愁顔。飢來豈待事煙火，瑶草紫芝俱可餐。不知何年修習到此地，知有神仙境界無人寰。我今讀書三十載，抗塵走俗猶未閑。問翁不語愈覺心自恚，高風逸韻邈矣終難攀。安得翁能示神異，授以九轉入爐丹。圖中之景果然真有否？便欲御風一去何須還。

曹孔章一首

孔章字子文，長興人。官府學教授。

閒齋書事

林響溪雨來，蕭蕭客窗暝。瑶琴倦不彈，石闌晚猶凭。煙深鳥依樹，花落風滿逕。隔岸誰誦經，泠泠發清磬。

朱昇一首

昇字彦升，無錫人。洪武初，舉明經，任本縣訓導，陞上虞教諭。

擬古

霜露悴百草，蟋蟀鳴聲悲。朔風寒以厲，良人久無衣。時服委深篋，路遠難致之。仰視投林翮，還依故巢飛。物性有如此，念君歸無期。矧當苦寒節，坐傷音問違。

周启 一首

启字公明，號溪園叟，吉安人。訓導。

夏日雜興

一片殘紅落紫苔，笙歌無夢到樓臺。山雲晝鎖石橋斷，溪雨夜添春水來。江上客扶歸馬醉，柳陰人喚打魚回。不知上苑花開否，無分行看羯鼓催。

黎貞 一首

貞字彥晦，新會人。洪武初，舉邑訓導，不就，坐事戍遼東，尋放還。有《秫坡集》。

《詩話》：秫坡爲孫仲衍門人。仲衍就誅，解衣裹尸，負其棺萬里歸葬。鄭巨君而後，不多見也。陳公甫云：「高山景行，吾鄉先輩，黎秫坡一人而已。其推崇若此。詩多庸實，予游嶺南，借得鈔本，録其一篇。

行路難

君不見天上浮雲任舒卷，白衣蒼狗須臾變。又不見瞿唐嘈嘈水倒流，奔湍激石能覆舟。人情有時亦如此，紛紛輕薄何足比？平常意氣同死生，急難何堪託終始。嶺南狂客窶且貧，長將青眼待時人。豈知此道不足貴，翻使皋鶴儔雞群。不如託身與鷦鷯，蓬蒿之下同逍遥。

鄭涔 三首

涔字起深，黄巖人。洪武末爲樂清訓導。有《直正齋集》。

《詩話》：廣文詩不多傳，跌宕自喜。

客夜

西風蕭蕭木葉稀，秋深作客何時歸？城頭月出照擊柝，江上露寒催擣衣。燕鴻附書孰可致，烏鵲繞樹還驚飛。三更不眠欲起舞，躍馬卧龍誰是非。

梁家堰

梁家堰頭桑扈啼，早潮帶雨草平堤。煙中碧樹依江重，天外浮雲接海齊。客店上帘沽白酒，商船結纜度青泥。十年猶在江湖上，何處經行無鼓鼙。

劉氏菴

風急落花紅滿林，孤村月色晝沉沉。一百五日寒食近，七十二橋湖水深。世路難行甘屏跡，鄉關入望苦經心。古今萬事知多少，抱膝聊爲《梁甫吟》。

吴舜擧一首

舜擧字士源，歙人。洪武初，以耆儒擧，除本府教授。有《石溪吟稿》。

秋日

覽物悲摇落，傷時厭亂離。二毛潘岳賦，三峽杜陵詩。壁潤蝸行字，窗晴蟢吐絲。物情還自適，人事苦難期。

朱應辰一首

應辰字文奎，吳人。明初爲本府儒學訓導，改江陰。有《潄芳集》。

題管仲姬畫竹

夫人寫竹如寫字，不墮畫家蹊徑中。料得山房明月夜，晴窗葉葉動秋風。

曹睿一首

睿字從善，歙人。洪武中，舉明經，授府學訓導，遷遼府審理。

紫陽觀席上作

紫陽山麓神仙家，青山遶屋生煙霞。枯林風過落黃葉，寒菊雨餘開白花。隻雞斗酒自可樂，千駟萬鍾何足誇。興闌攜手過橋去，斜日稻田飛亂鴉。

王娊一首

娊字伯純，揚州人。松江府學訓導。

送秦東海法師游上清觀

爲愛仙山絶世氛，蒼苔寂寞路難分。白羊歲久渾成石，瓊樹春深半是雲。洗藥泉香龍蜕骨，吹簫臺迥鶴爲群。隱文祕訣無人識，我欲相逢一問君。

鄭真十二首

真字千之，鄞縣人。洪武壬子鄉試第一，授臨淮教諭，秩滿入京，賜燕，陞廣信教授，引年歸。有《滎陽外史集》。

《詩話》：千之文極爲宋潛溪推重，裴典簿中嘗屬其撰《著存堂記》，别請潛溪爲之。千之記先成，潛溪見而歎曰：「人徒慕吾名爾，使我執筆，焉能過之！」後數年，典簿復請於潛溪，答曰：「有鄭先生記在，發明洞徹，使之獨步，可也。」千之既領解，與計吏偕除臨淮儒學教諭，歷九年進牌朝於奉天門七、奉天殿十四、華蓋殿二十七、文華殿三、武英殿一、中右門二，賜酒饌者十一，命賦《早朝》，賜宴。及續御製「菊綻西風露脂楓葉」等詩，微員之受恩遇，至矣。攷明初士子舉于鄉者，例稱鄉貢進士。樊餘慶詩云：「聖代新開進士科。」而千之《送閩人黄彦機詩》，亦云：「兩省同年進士科」是也。如南海孫蕡、番禺李德，皆鄉貢進士，而緝地志者削去「鄉貢」字，竟稱「進士」。錢氏《列朝詩集》遂謂「蕡中洪武三年進士」。不知洪武三年，第下科舉之詔，以是年八月爲始，未嘗會試天下士；後雖下三年疊試之詔，惟辛亥有登科進士爾。此一誤也。嘉興、湖州二府，明初屬之直隸。故《實録》於洪武九年十二月書：「直隸、湖州、嘉興諸府水災，遣戶部主事趙乾等賑給。」十一年五月，敕工部定歲造軍器之數，其書湖州、嘉興，亦冠以直隸字。至十四年四月，復置巡檢司，嘉興府一，嘉興縣之杉青牐，湖州府三，烏程縣之後潘；德清縣之下塘、新市，仍以直隸文冠之。考是年十一月，始以二府改隸浙江布政司。故千之《跋同年録》云：「洪武壬子秋，浙省承詔旨，合九郡之士試之，得四十名，上諸京師。」又《送何本道還金華序》云：「洪武五年，詔命三年疊試，於是浙江所屬九郡，以其名上之行省，而金華何本道與焉。」其云九郡者，嘉湖二府，斯時尚屬南畿，不在其内也。庚戌鄉試中式，相傳嘉興則有許信孚、俞志文、馬思明、王鏞、毛永昇、潘椿年、朱楨、王貞，海鹽則有盛潛，德清則有王軫，此當載於南國賢書，不當載於浙士《登科録》。顧張氏朝瑞，宜書而不書，陳氏汝元，不當書而書，又一誤也。壬子浙闈，千之名居第一，是科四十人中式，故王用吉詩云：「桂籍題名四十人。」明州自鄭真外，有郭可學、樊餘慶、黄夢熊、顧釐、吳振、王廷直、王用吉、孫原仲、吳倫、陳希貢、汪義方、何操、陳仲賢、汪瓚，共一十五人。若陳氏所載，鄞縣王藹、王道顯二人，明州府鹿鳴宴不之及，我不敢信也。又黄自強、王景、何本道，見於千之他文；上虞李繼先、烏程陳咨，見於府縣志；餘若王麟、王驥、趙惟一、杜誼、沈新民、徐思誠、翁希顏、俞尚禮、駱文凱、吳佐，俱載陳氏録中。姓名可知者，三十人。顧陳氏以真、倫、元仲、義方、希貢、餘慶，分屬之辛亥科，此又一誤也。草昧之初，舊聞放失，總緣修地志者不得其人。於古事則芟除之，於近事則混書之，譌以傳譌，非得《滎陽外史》百卷集，何由訂其實乎！

北關經楊左丞營

長營何盤盤，云是苗猺洞。悲哉楊將軍，紛紛甲兵弄。劍妝白玉鐔，馬按青絲鞚。短袴百褶裙，前鋒誇勇衆。戰功稱上多，胡爲恣貪縱。人心失所歸，地險馬足用。禍機暗中發，喧然強敵鬨。彷徨欲何之，宛若蟲鼠甕。尚能不辱身，一死誠足慟。伯氣久消歇，頹基荒草葑。我行寒雨中，塵沙深沒鞾。過眼閱盛衰，春風吹過夢。

黿山水母廟

青山如伏黿，巨石壓晴浪。岡巒相起伏，隱隱城郭狀。憶惟南渡餘，金戈嚴保障。封疆南北分，放歌一悽愴。鐵鎖錮支祁，禹功千載上。吁嗟水母稱，誰能辨誣謗。

清流關

峩峩清流關，形勝壯淮甸。南來入江海，北去通潁汴。粵昔五代餘，諸侯日酣戰。蟠李有餘枝，遐陬寢席奠。設險禦中州，紛紛甲兵繕。俄傳點檢來，威聲炎火煽。良將致生擒，面縛轅門獻。一笑滁州平，凱歌錫芳宴。肆令歐陽公，登高情眷眷。我行入濠梁，居然腰脚倦。前登最上頭，目力窮視盼。前修有佳句，鑿鑿蒼石片。風流今百年，有如親覿面。臨流一徘徊，棲棲雲物變。僕夫催進程，山風急於箭。

日食詩

辛丑四月朔日有食之既，氛祲煙雲相盪摩，天地山川忽蒙翳。省垣大臣威令傳，從官車馬咸紛然。正笏峩冠向玉闕，瓣香百拜哀籲天。嗇夫奔馳庶人走，叫嘯嘔呼亦良久。路塗錯莫若半夜，仰見明星大於斗。城中編戸百萬家，喧闐金鼓紛相撾。何物妖蟲肆呑齧，奮戈我欲淩雲霞。人言七政失躔度，曆家推演錯昏暮。清臺路阻兵革深，萬里不聞傳救護。須臾爭訝紅光還，將相公侯開笑顔。羲和重整六龍轡，夕陽倒景明西山。我年三十誠罕見，憂國憂家心戀戀。九重神聖正當陽，天象何爲召斯變？舉頭問天天不言，人事祇今殊可憐。聖筆昭然示訓戒，春秋二百四十年。

寄烏繼善先生

紅心驛外望家山，颯颯西園兩鬢斑。繫雁書成霜滿地，飯牛歌罷月臨關。誤傳海外蘇公死，終許羌村杜老還。客舍不知身健否，何時訪我白雲閒。

用韻答夏原威述懷

雉堞煌煌壯國都，移家住近月明湖。秋風籬落花長好，夜雪庭階草不枯。煙遠山庖供晩爨，雲春野碓急秋租。浮生已付形骸外，何羨商巖隱者徒。

石梁謡二首

土塹爲家似燕巢，秋來風雨怕蕭蕭。馬通拾得團成餅，曬向牆頭作炭燒。

東屯西屯雲晝陰，上關下關淮水深。淮水遠從天上去，美人不見愁人心。

王莊驛

日落山西一片霞，愁來有路不容遮。秋風三徑陶彭澤，正待南歸看菊花。

題李璋梅花

三年爲客海東涯，萬里羅浮一夢賒。霜月夜寒天地白，開門曾憶看梅花。

題墨梅

先春遠寄墨淋漓，折得寒香第一枝。夢遶西湖山月暗，漆紗窗外影參差。

題蘭

國香散落翠巉巖，曄曄芳叢玉露涵。楚佩可憐零落盡，春風春夢過湘南。

陳燧 一首

燧字民初，永嘉人。訓導。

《詩話》：民初詩不多見，《送邵鍊師》作亦稱具體，他如「江湖千里去來易，故舊一尊離別難」，正自不俗。

送邵鍊師歸江陰

青門隱者人不識，騎鶴來尋華蓋君。姹女夜棲丹鼎火，玉妃春繡紫衣雲。愁聞南國旌旗暗，愛聽中天歌吹分。此去元都舊時路，碧桃紅雨正繽紛。

陶振 一首

振字子昌，吳江人，徙居華亭。洪武中舉明經，授吳江縣學訓導，改安化教諭。有《釣鼇集》。

錢受之云：振歸隱九峰間，授徒自給。一夕死於虎。王達善《輓詩》云：「昔爲海上釣鼇客，今作山中飼虎人」。「釣鼇客」，振自號也。

《詩話》：子昌詩多率爾成篇，故選家恒置不録。其《哀吳王濞長歌》云：「哀吳王，汝非他人姓，系本卯金刀。高祖封汝沛，五十三城壕，冀汝犬牙相制磐石牢。汝胡招致亡命，即山鑄錢，海水私自熬？下收民心蠲賦徭，睥睨劉家社稷使動摇。汝之初，有反相，高祖臨遣汝，訓戒嘗昭昭。汝後以子故失藩臣禮，文帝不加戮，賜汝几杖老不朝。汝之末，反兵起，馳書六國，膠東膠西并受招，連山大澤羅旌旄。景帝又殺諫臣錯，謝六國，復汝削地，赦汝元惡，而頭不汝梟。汝胡殺使者，不奉詔，氣益驕。嗚呼吳王，汝獨不聞前時烹韓盧，醢彭越，剪伐九江王布如蓬蒿。胡乃視死輕鴻毛？漢家條侯將中豪，奉揚天兵誅汝曹。刳汝腸，蹀汝血，擣汝穴，破汝巢。汝子授首，汝母將安逃？致令六國灰飛而煙消。嗚呼哀吳王，汝之罪，何滔滔，千古竹帛猶腥臊。」斯蓋指斥長陵而作。顧紀述建文遺事者，莫之采焉，因具録之。

送章彦德游錢塘

錢塘之地何雄哉，秀壓元圃超蓬萊。大江如龍天際起，山從佛國西飛來。雲閒三百六十寺，含丹凝紫開樓臺。湧金門前浪花白，好峰兩點青如苔。宋朝文物已草莽，荒碑遺碣高崔嵬。黄龍白虎消王氣，金凫玉雁飛寒灰。鴟夷浮江去不返，渺渺萬里雲濤堆。吾生守拙門不出，結屋低傍山之隈。會稽未及探禹穴，赤城未及游天台。每懷此地不得到，矯首遐望空徘徊。君今遠游別我去，南風十幅蒲帆開。望湖樓前吹鐵笛，冷泉亭下傳甆杯。問君此去何時回，安能西子湖頭放歌逐君去，一洗胸中結轖之塵埃。

趙宜生二首

宜生字德純，餘姚人。洪武初訓導。

黄太沖云：德純本宋宗室子，至正中晦迹耕牧，自號「騎牛野人」。洪武初，舉爲鄉邑訓導。宋無逸詩「往來慰衰暮，感慨寧無同」者，謂德純也。其詩五言學陶，七言仿佛李長吉。

自輓二首

嗚呼騎牛人，汝往一何速。形神如此癯，壽命終亦促。壯歲即抱病，有書不能讀。守兹固窮節，不能養親禄。既無耕種力，靡適水與菽。日月忽不淹，今晨當就木。大化已云終，何勞妻子哭。

先輩多達士，後人罔知死。苦爲聲色迷，蚩蚩竟如彼。我當半百年，已悟此中理。富貴隨所望，貧賤隨所以。布衣及蔬食，適足充諸己。修短自由天，氣化返爲鬼。哭者何必哀，爾豈不然爾。田横有悲歌，秋風起蒿里。

張庸 一首

庸字熙載，江陰人。洪武中舉明經，授本縣儒學訓導。

江口晚發

四月南風紫楝花，扁舟春水白鷗沙。阿儂近住雙溼口，一趁回潮即到家。

林賜 一首

賜字□□，莆田人。洪武癸酉鄉試第一，官溧陽訓導。

題翁石山房

玉澗隨處深，蘿衣謝時早。幽棲同鹿門，勝地即蓬島。緬懷京國游，却戀雲山好。何日賦歸來，相將拾瑶草。

高嵩一首

嵩字子高，閩縣人。洪武中教官。

立春日題壁

漂泊江淮老廣文，昨宵黌舍又逢春。月支二石五斗米，録著諸生四十人。鄉遠已拚歸夢數，身閒不厭在官貧。笑看朝日盤中味，可有青青泮水芹。

張時二首

時字敏中，錢唐人。洪武中訓導。有《自怡集》。

《詩話》：張君《自怡集》，鄉里罕傳。康熙戊寅，客福州，從林秀才侗借觀鈔本，録其二首、歸。詢之武林耆舊，未有知其姓氏者矣。

匡廬精舍圖

巍哉江上之廬峰，東南諸山無與同。丹梯石磴杳難度，層巒疊嶂相爭雄。凉飈翻空吼霹靂，嵐光射日開芙蓉。香爐沉沉紫煙裏，瀑布上與銀河通。九江秀色在指掌，五老雲氣長鴻濛。我昔壯游事歷覽，秋濤滿耳來松風。星子灣頭蕩輕楫，石頭渡口聆晨鐘。今日披圖倍悽愴，信知此樂難再逢。賢哉公孫慕高隱，結屋正在山之中。詩書滿架恣探討，雲林對戶蟠心胸。幽禽引雛白日静，老鶴叫月秋林空。只今公已嚮時用，故山可望不可從。繪爲丹青揭坐側，傳示藝苑無終窮。

過枝江縣

近峽江逾窄，推篷路轉斜。丹青山外寺，紅白雨中花。暮警官船鼓，晨吹野戍笳。亂雲千萬里，何處是京華。

林常 三首

常字伯庸，永嘉人。長史温之弟。本府儒學教授。

風雨過鄱陽湖有感

三月雨多風滿天，湖中水高難繫船。大魚跳浪白如雪，好山隔岸青於煙。去官莫過彭澤縣，讀書擬上匡廬巔。人生百年苦行樂，帝鄉遥摇心自憐。

北苑造茶即事

青州州前溪水漣，殘紅滿川花可憐。垂髻何處采茶女，落日去家呼渡船。緑陰青子山雨歇，游絲飛絮春風顛。荒村遠客官舍静，新愁惱人聞杜鵑。

陳德甫溪山春曉圖

郭外長溪接遠江，磯頭新水白鷗雙。萬山雲氣翻春雪，一枕松聲響夜瀧。賓客不徵綺里季，子孫終老鹿門龐。何時我亦來同隱，多種桃花映酒缸。

邵誼一首

誼字思宜，休寧人。洪武中，由薦辟授本縣儒學訓導，轉黟縣學教諭。有《鉏雲集》。

春日同諸子郊行

黟縣設自秦，至今少城郭。人稱小桃源，煙霞護叢薄。四山如龍蟠，蜿蜒分脈絡。群居寡喧囂，宇宙覺開廓。爲問塵網人，何如在丘壑。

明詩綜卷十五上

小長蘆　朱彝尊　録
毗陵　徐永宣　緝評

劉仔肩三首

仔肩字汝弼，鄱陽人。洪武初，用薦應召至京。

《静志居詩話》：汝弼一應鶴書，旋集都人士詩，爲雅頌正音，而以己作附之，殆游大人以成名者。是時許中麗仲孚，則編《光岳英華》；偶桓武孟，則編《乾坤清氣》；賴良善卿，則編《大雅集》；沈巽士偁，則編《明詩選》。雖擇焉不精，然草昧之初，干戈甫戢，風雅未墜於地，至今得存，不可謂非群賢揚扢之功也。

贈張時敬還荆南

隨牒適荆土，倦游滯京畿。謀生苦拙訥，事與心恒違。朋儔一疏闊，山川復間之。音問曠莫達，何爲遽來斯。世故有變遷，歲月成推移。顏藻減丹渥，衣塵化爲緇。稍欣披雲霧，復覩聯珠璣。意愜苦不早，情深發彌遲。夕語厭促漏，晨遊恐斜暉。論舊已慨歎，況乃重乖離。春草滿南浦，時花匝郊圻。乖人無爲歡，感物悲路岐。昔別已三載，重來復何時。幸兹書軌同，遠邇無不宜。逸足志四海，羈禽戀故枝。言念屬繁翰，聊以敘所思。

春曉曲

紫絲複帳流蘇結，雲母屏風疊香雪。門前嬌柳乳鴉啼，暖漏丁丁曉將徹。花枝入簾紅尚小，蘭露著衣香不歇。江南行客歸未歸，芳草春風滿城闕。

望闕口號

閶闔排雲玉一作寶。殿開，千官鳴珮一作鵷鷺。早朝回。不知誰獻升平一作王褒。頌，得奉君王萬壽杯。

陳謨二首

謨字一德，號心吾，泰和人。明初聘脩禮書，辭歸。有《海桑集》。

劉子高云：先生鉅篇大軸，流播郡邑，幅巾野服，翺翔山水之間。門生兒子，扶攜後先，使人望而敬之，狎而愛之。

羅子理云：先生詩文，出入古今，變化不可測。

《詩話》：徵君大德遺民，雖應弓招，未縻好爵。楊東里、梁不移，皆其弟子。洪武庚戌，曾校文廣東，則孫仲衍乃其所取士矣。又嘗主奉新清節書院講席，其没也，蘇平仲輓以詩云：「道德宗前代，詩書啓後人。」

胡光大詩云：「文章漢彝鼎，聲價魯璠璵。」

楊詩云：「純明程伯子，灑落邵堯夫。」

梁詩云：「立志希濂洛，研精續考亭。」諸公推許若是。

其《論詩》云：「稱詩者曰：寂寥乎短章，舂容乎大篇。短章貴清敻纏緜，涵思深遠，造其極者，陶、韋是也。大篇貴汪洋閎肆，開闔變化，不激不蔓，超乎人者，李、杜是也。韓退之、蘇子瞻二公，雄渾傑特，非絺章繪句之比，此詩之至也。」知言哉！

游天慶觀登衆妙堂

堂有玄元像，奇古。而蘇公小大二碑，及居士泉，皆廢。蓋戍卒居之。

琳宫宅兜牟，褻汙衆妙門。試窺擣衣砧，上有眉山文。上堂羅兒婦，下堂飼雞豚。塑像古且奇，稽首玄元君。端居燕穆清，誰使居人群。亦有居士泉，澄源爲之昏。那無一寸膠，可洗千丈渾。

聞道

聞道潼關下，黄流似海深。由來天設險，過者日傷心。漢殿芝房冷，唐陵玉甃沉。不應有佳氣，鬱鬱尚如今。

金信三首

信字中孚，金華人。以茂才舉，不就，隱居自怡，人稱「漫吟先生。」有《春草軒集》。

《詩話》：中孚爲鐵厓入室弟子，嘗序其詩云：「金華金信從予游於松陵澤中，談經斷史，於古歌詩尤工。如《古琴操》《趙璧辭》《荆卿篇》《博浪椎》《月支王頭飲器歌》，其氣充，其情激，其辭鬱以諧。吁，信之詩有法矣。」今鐵厓所稱諸篇，皆不可得見，惜也。阮元聲《金華詩粹》

謂「仲孚於明初，召入中書省，進講經史。」以《實録》考之，蓋至正戊戌年事。

洞庭曲二首

浩蕩太湖水，東西兩洞庭。吹簫明月裏，龍女坐來聽。湖上望蘇臺，水與青天遠。長風送飛帆，忽到長洲苑。

太陽嶺淨刹菴

林緑生晝寒，蕭然水晶域。今日復重來，青苔見行迹。雲生身上衣，月照松下石。坐久聞疏鐘，空山未眠夕。

郲經三首

經字仲誼，仁和人。元進士。有《玩齋稿》。

《詩話》：仲誼元之舊臣，沭景顒編《滄海遺珠》，以其詩壓卷，蓋明初徙滇者也。

春陪吕志學曾彦魯劉仲原同登虎丘賦呈居中長老

虎丘山前新築城，虎丘寺裏斷人行。梵僧自識灰千劫，蜀魄時飄淚一聲。漸少松杉圍窣堵，無多桃李過清明。向來游事誇全盛，曾對春風詠太平。

《詩話》：《虎丘詩集》一卷，王高士賓所録，吾鄉項氏萬卷樓藏書也。中載仲誼是詩，同時和者，吕敏志學云：「山上樓臺山下城，朱旗夾道少人行。」曾朴彦魯云：「闔閭冢上見新城，無復行人載酒行。」僧寧居中云：「公餘聯騎入山城，老衲追陪得散行。」又周南老正道有《至正丁酉冬督役城虎丘》詩八首，一云「奉檄趨功城虎丘」，一云「四疊新城遶澗隈」，一云「百萬城春落杵齊。」虎丘築城，吴人亦鮮有知者。予嘗泊舟山後，見遺址尚存。

題映雪圖

夜雪明書几，寒風入緼袍。如何燒鳳蠟，只解醉羊羔。

絡緯圖

牽牛風露滿籬根，淡月疏星夜未分。燈下有人挑錦字，機絲零亂不成文。

郭文 一首

文字仲炳，號舟屋。滇中詩人。

楊用脩云：滇中詩人，永樂間稱平、居、陳、郭。郭名文，號舟屋，其詩有唐風，三子遠不及也。其《登碧雞山太華寺》一聯云：「湖勢欲浮雙塔去，山形如擁五華來。」一時閣筆，信佳句也。但全篇未稱耳。

《詩話》：舟屋《竹枝詞》，顧仲瑛編入《玉山雅集》，則是詩元季已流播矣。用脩稱是永樂間人，其集既不可得，無由臆決。偶閱柯暹《東岡集》附録《滇南別意詩》，則平、居、陳、郭四人之作皆存焉。平名宣，武林人；居名廣，海昌人；陳名謙，吳人。東岡跋云：「郭、居皆武士中賢者。郭善詩文，征南將軍、都督沐繼軒璘師之；居精吏事，總府辟掌簿書數十年，得官；陳官鎮撫，有詩名；宣則松雨先生子也，黔府西塾，薦升廣南府通判。」所云松雨先生者，知藤縣事顯，字仲微。考東岡引疾去滇，在景泰二年七月，《別意詩》

即是年之作。郭於元時撰《竹枝》，入明八十四年，未必尚存。用脩雖稱見其全集，竊疑《竹枝》非集中詩，《玉山雅集》所載，當別是一人也。

竹枝詞

金馬何曾半步行，碧雞那解五更鳴。儂家夫壻久離別，恰似兩山空得名。

呂誠 二首

誠字敬之，崑山人。

閏月二十四日陪館士秦文仲陸良貴奉省臣命祭劉龍洲先生墓

黄鵠磯頭風雨秋，中原一望使人愁。群臣誰決和戎議，九廟猶銜誤國羞。慷慨魯連寧入海，凄涼王粲重登樓。荒岡四尺先生墓，再拜酹之雙玉舟。

感興

靜室無塵少客過，新篁陰曳小坡陀。朝來始悟春歸盡，風裏楊花似雨多。

鄭昂四首

昂字處抑，温州平陽人。有《密菴集》。

閏八月歸故山

負郭曾無二頃田，何由辦得買山錢。秋風八月又八月，客路一年還一年。鸞鳳俱垂赤霄翅，麒麟不受黄金鞭。功名富貴真細事，只問平生不問天。

棲遲

棲遲久慕王官谷，飄泊仍依謝客巖。貧賤誰能從趙孟，行藏我已卜巫咸。冥鴻豈解投矰弋，老馬惟思脱轡銜。却笑杜陵生計拙，晚將身世託長鑱。

感懷

王粲淒涼仍去國，杜陵老大竟飄蓬。荊州豈免依劉表，蜀道終須謁鄭公。三禮賦成追昔日，七哀歌罷起秋風。青青亦有江南草，鸚鵡洲邊恨不窮。

小景

水驛山橋四五里，楓林茅屋兩三家。何人踏雪尋僧去，潮退春船閣暮沙。

范再 一首

再字續卿，休寧人。有《緝齋耕隱稿》。

乙卯冬自陜回至中牟夜與牛車同行故題驛亭

我經中牟道，夜并牛車行。何人問牛喘，鞭撻勢伶仃。更罹軛下苦，犢兒隨母鳴。車夫爲我言，吾家懷慶城。來此數百里，執役難具名。流囚與軍裝，日夜不少停。黄昏伴牛卧，飯牛到天明。漢月皎千里，風霜淒十程。牛死急應官，欲哭還吞聲。白刃尚可蹈，蒼天終無情。吾家有老父，日暮還力耕。無糧可充飢，無衣可蔽形。行人聞此言，泣下如雨傾。我亦征塗閒，垂老重飄零。何時息干戈，時康歌太平。

沙可學 一首

可學永嘉人。元進士，行省掾。

《詩話》：楊廉夫有《送沙可學序》，其略云：「某官來總行省事，求從事掾之賢能者。首得一人焉，曰沙可學氏。又得一人焉，曰高則誠氏。又得一人焉，曰葛元哲氏。三人者用而浙稱治，三人者，天府登其鄉書，大廷榮其高等，而拜進士出身，賜任州理佐理之職者也。」可學僅存《詠懷詩》，蓋憶庚申君北狩而作，首句指賈魯挑河言也。

詠懷

疏鑿功成王氣衰，九重端拱尚無爲。貪夫柄國忠良没，巨敵臨郊社稷危。萬里朔雲沙漠漠，六宮禁御草離離。金輿玉輅無消息，腸斷西風白雁飛。

游莊 一首

莊字子敬。

所聞有感

麈飛鹿走力難任，巡幸沙邊悔恨深。鳥篆未經銜軹道，龍文先自徙汾陰。空傳行在淪孤憤，無復寰區遏八音。聖德神功俱泯滅，英雄千載一沾襟。

《詩話》：此詩蓋聞庚申君之訃而作也。是歲庚戌，北元人謚曰惠宗，其子嗣立於應昌，改元宣光。頒示高麗，高麗不奉詔，故云「無復寰區遏八音。」既而北元主走和林沒，謚昭宗。見鄭麟趾《高麗史》。

王旬 一首

旬字子宣。

《詩話》：高季迪以詩得妻，王子宣亦以詩得妻。子宣《宮詞》，諸家多誤作王叔明詩，謂仁和俞友仁見此詩，歎賞曰：「唐人得意句也。」遂以其妹妻之。考凌彦翀《柘軒集》有《悼王叔明室張氏》詩云：「結髪爲夫婦，齊眉若主賓。山同黄鶴隱，書逼彩鸞真。蘭樹人皆羡，蘋蘩爾獨親。情傷坦腹者，臨穴重沾巾。」則叔明娶於張，非俞也。故定以爲子宣作。

宫詞

南風吹斷采蓮歌，夜雨新添太液波。水殿雲廊三十六，不知何處月明多。

高廷禮云：婉麗絶似王龍標。

李時遠云：盛唐音響，所謂「千首不爲多，一首不爲少」也。

陳卧子云：亦杜牧、李益耳，何遽盛唐？然景調俱佳。嚴蓀友云：子宣《宫詞》不可謂不工矣，然不若薩天錫之入妙也。

薩詞云：「清夜宫車出上央，紫衣小隊兩三行。石闌干外銀燈過，照見芙蓉葉上霜。」

李鐸 一首

鐸字振道，隴西人。

《詩話》：吴人徐達左良夫，司訓建寧，游乎武夷，寫《九曲櫂歌圖》，書昔賢吟詠於前，自紀其後。復屬同人題句卷後，題者隴西李鐸、臨川劉廉、浚儀趙友士、西甌馮回、括蒼張思齊、鉅鹿林熙、樵川蕭子和、龍伯章、隴右李裕、三山周□、甌寧葉俊、建安楊恭、葉季原、蘇埣、葉銘、葉勝、李佑、龍虎山人梁鵠，凡一十八人。續題者良夫兄子徐濟、及青城王璲也。良夫居太湖之濱光福市，闢耕漁軒以延名士，集其詩文爲《金蘭集》。其好事亞於顧仲瑛云。

題徐良夫九曲櫂歌圖

徐君江海人，雅有山林想。遠游賦幽尋，徘徊脱征鞅。長揖虹橋仙，飄飄欲偕往。牽舟泝岸回，著屐緑厓上。萬壑風泉渟，層巖土化長。采鸞載玉笙，隱隱遺清響。幻迹杳難窮，真源豁而敞。永懷紫陽翁，訢然契心賞。

馮回 一首

回字景淵，福寧州人。

武夷大王峰

亭亭大王峰，壁立何嶤屼。昔聞武夷君，於兹蜕真骨。鳳駕杳不還，虹橋忽焉没。惟餘巖際松，年年挂秋月。

葉俊 一首

俊福寧州人。

武夷

武夷山下萬年宫，九曲溪頭一棹通。流水落花尋古道，平林過雨見群峰。幔亭人去雲連壑，華表仙歸月滿松。正好相期問丹訣，天風午夜客船東。

汪德懋 一首

德懋名天應，以字行，休寧人。環谷東山弟子。

和商山書院諸公韻

覆雨翻雲已十春，恨無詩酒對芳辰。秦彊再世終歸漢，周弱何人共戊申。邊境旋聞烽火息，南風喜見稻花新。爲霖更得成豐歲，願作陶唐擊壤民。

田子貞 一首

子貞寧波人。

題安分軒圖

一室蕭然萬慮忘，幽棲真似斛斯莊。春晴野澗多藜藿，秋晚山田足稻粱。待富却慙居易拙，送窮應笑退之狂。看君已在羲皇上，老去從教白髮長。

趙次誠 一首

次誠字學之，樂清人。有《雪溪集》。

早梅

江南冬，十二月，溪上梅、三兩花。載取小舟香影，月明獨櫂回家。

杜仲之 一首

仲之温州人。

感興

吾昔搓長絲，繫彼渭川竹，直鈎魚不吞，何以充吾腹。此心苟無嗜，藜藿亦自足。寧使不得魚，吾鈎終不曲。

季應期 一首

應期字均鐃，瑞安人。有《菌翁集》。

寄吴彦升

積雨連朝過客稀，亂紅墮地緑陰肥。江南祇是歸耕好，水遶孤村燕子飛。

范宗暉 二首

宗暉以字行，寧波人。

《詩話》：范君詩載《滄海遺珠》，亦徙於滇者。

古意二首

積雨可沉舟，群輕能折軸。巧言必譸張，利口多翻覆。苟不塞其源，涓流蔽川谷。稂莠終亂苗，珉瑜頗相類。君子與小人，顏面亦不異。辨之如不早，斯爲名德累。

李道生一首

道生字本立，休寧人。有《清意味集》

雨後

山中曉起喜新晴，杖屨尋詩獨自行。幾樹好花春盡發，滿溪流水夜來生。游絲拂地應千尺，啼鳥喚人時一聲。趁暖田家曝蠶種，明朝節候是清明。

劉逢原 一首

逢原字資深，會稽人。

挽鐵厓先生

已矣楊夫子，春秋天下名。醉生唐李白，節死晉淵明。雲暗九山碧，水洄三泖清。游魂招不返，悽惻故鄉情。

周翼 二首

翼字子羽，無錫人。

中秋與楊氏昆季泛舟鵝津

八月十五夜，何其，鵝湖漾舟人未歸。水生金浪兼天涌，雲度青冥傍月飛。鴻雁沙寒微有影，芰荷秋冷不成衣。故人一去渺何許，黄鶴舊磯今是非。

雁來紅

翔雁南來塞草秋，未霜紅葉已先抽。緑珠宴罷歸金谷，七尺珊瑚夜不收。

王中五首

中字懋建。

黄俞邰云：洪武辛亥進士，有沁水王中；甲戌有同安王中。未知即其人否？要不敢以臆定也。

中秋述懷二首

潦倒羈棲客，傷心兩鬢華。塗窮惟有淚，世亂更無家。暗雨聞寒雁，悲風急暮笳。艱難今一槩，何處問生涯。天下兵長鬭，山中客未歸。塞鴻南度早，星使北來稀。草草年光换，悠悠世態非。自憐同社燕，幾處傍人飛。

黄家洲客舍留別

數載俱流落，相逢鬢已秋。生涯同寂寞，書劍祇淹留。沙闊隨天盡，江平帶日流。別離殊不愜，回首思悠悠。

田家雜興

煙火中林靜，秋風歲律賒。清霜催橘柚，落日照蒹葭。石徑通流水，山橋卧古槎。武陵非境外，不必問桃花。

泊鏡口

日暮風濤穩，扁舟泊此隅。雲山歸夢杳，鄰舫語音殊。片月寒江永，平沙旅雁孤。無才合漂泊，不敢恨窮塗。

陳安二首

安字克盟。

中秋有感

畫省曾陪冠蓋游，華筵詩酒宴中秋。星河不動天如水，風露無聲月滿樓。皓齒纖腰催象板，珠簾涼影上銀鈎。於今寂寞江城暮，烏帽西風歎白頭。

題高理贍所藏小景圖

昔年爲客楚江邊，雨霽江南二月天。楊柳畫橋深淺水，桃花春岸往來船。新篘白酒浮杯釅，旋買青魚出網鮮。因見畫圖驚舊夢，東風吹面鬢蕭然。

錢子義 一首

子義，無錫人。

錢受之云：馬孝常有《續胡曾詠史》，子義不仍舊題，别成一百五十首，大率《兔園冊》中語耳。程克勤《咏史》絶句，亦采之。子義兄子正有《緑苔軒詩》，王學士達爲之序。

題畫

夕陽淡淡柳絲絲，遠浦長天欲暝時。腸斷楚山春雨後，鷓鴣啼向女郎祠。

梁蘭 七首

蘭字庭秀，一字不移，泰和人。贊善潛之父。有《畦樂先生集》。

王希範云：先生養高丘園，攄其悠遠之思，著爲歌曠然有古高士之節。

王達善云：畦樂先生之詩，出於自然，默契靖節於千載之上。

胡若思云：誦先生詩，蕭散閒澹之趣，悠然於篇詠之間。

鄒仲熙云：梁君隱居樂道，其詩沖澹閒雅，有自得之致。

西畦自適

守拙一圃閒，衡從五畝餘。藝麻在高丘，雜以果與蔬。春至百草生，趁晴聊荷鉏。筋力豈不勞，蕪穢亦已除。家人會知我，慰以酒滿壺。偶坐斟酌之，日落西山隅。歸來北窗下，我心一事無。

留别楊分昭

君還既不久，我行復有期。憶昨君未歸，日久徒憂思。忽聞車馬來，僮僕走相隨。入門一會面，酌我金屈卮。人生最歡樂，莫若新相知。歡樂苦不長，明當與子辭。大夫且行役，敝車日驅馳。吾徒本貧賤，奔走何足悲。但恐後來時，君將復何之。

題素扇

團圓復團圓，月圓尚有虧。致身君懷袖，無有盈虧時。知君重貞素，采色亦不施。物微幸相親，願言常自持。寒暑固代謝，用舍適其宜。古來婕妤怨，此意君諒知。

荆湘道中

江入瀟湘近，山連楚塞高。兩厓如積鐵，一水不容舠。慣客寧辭遠，藏身豈憚勞。同門多宦遠，漂泊媿吾曹。

寄劉珪

春日已多夏日臨，軥輈晝啼苦竹深。野棠雨餘新水綠，石壁樹杪浮雲陰。安知天地有終極，不覺歲月還相侵。我思劉郎何可見，徒使遲回勞寸心。

寄呈東原公劉子彦

北闕前年一上書，歸來高卧楚郊墟。西風短褐雙蓬鬢，落日空山一草廬。道直不殊梁太傅，賦成端擬漢相如。别來又是春三月，盡日逢人問起居。

客舍秋雨

燈前細雨夜初闌，枕上聞雞夢轉難。壯節豈因今日改，旅懷纔向故人寬。江天雨色連窗白，草樹風聲入室寒。景物已殊歸計遠，殘年飽飯共相看。

陳絅 一首

絅字簡文，嘉興人。布政約弟。

題畫

五湖煙水渌生波，一葉扁舟鼓枻歌。愁殺故園戎馬後，千章喬木已無多。

陳緝 三首

緝字熙文，絅弟。

沈客子云：四陳之中，熙文詩秀倩可誦，直逼晚唐。

和大兄八月十四夜月

桂老金爲粟，蟾孤玉作團。明朝應更好，此夜不勝寒。弟妹他鄉共，關山幾處看。南飛有烏鵲，未得一枝安。

春日

湖頭誰復載吳娃，鷗鳥多情戀白沙。涪萬春深無杜宇，武陵何處有桃花。雨餘石燕晴歸穴，市近山𪇆午報衙。看到前朝丞相墓，野人翻土種桑麻。

竹枝

贈君曾出雙南金，別君曾彈紫綺琴。斷金還比阿儂意，斷絃持比阿郎心。

鄭濶 一首

濶字仲養，浦江人。

《詩話》：浦陽義門有三：其一黄氏，自度至逢吉；其一王氏，自芟至子覺；皆止數世而已。惟麟溪鄭氏，族大且久，先世自滎陽徙歙，再徙睦州，其居麟溪自淮始。淮之孫綺，乾道中賜號沖素處士，朝請郎，新淦晏穆志其墓，是爲義門第一世。綺之子聞，聞之子運，運之子政，政之子德璋，德璋之子文融，文融嗣子欽。仲養，蓋欽之叔子也。凡歷五十三世，一千六百六十餘年，逮元季明初，門才益盛，曰深、曰濂、曰源、曰濤、曰泳、曰渙、曰淵、曰湜、曰濟、曰洧、曰渭、曰淏、曰沂，出處不齊，先後以才行著。一門群從，又有檦、梃、杕、枋、材、榦、彬、楷、模、桐、柎、棠、機、柏、栻、木，皆爲士林所重。於是公卿大夫，先後詩文貽贈者，編爲《麟溪集》二十二卷，洵盛事矣。嗟乎，江湖日下，櫌耡德色，箕帚誶罵，其不爲秦人之續者幾希。録義門子姓詩，爲之三歎。

海棠仕女圖

東風蕩漾百花潭，翠袖迎風酒半酣。好鳥隔窗催曉色，美人殘夢到江南。

金敬德 一首

敬德，樂清人。

鄭宜州蘆花淺水亭

新築茅亭也自幽，闌干曲曲面滄洲。一簾花氣都成雪，片石潮痕祇沒鷗。客醉有時迷夜泊，月明無處覓漁舟。老夫亦有滄浪趣，便欲移家住上頭。

吴子莊 一首

子莊，温州平陽人。

小景

杖藜日日看芝山，山下浮雲共往還。昨夜小溪新水漲，釣船流到寺前灣。

黎昶 一首

昶字伯輝，清江人。

同安謡

黄雲漲空雪欲飄，長江落日生暮潮。同安城頭獨延佇，悲風拂鬢寒蕭蕭。布蓬老翁年七十，鶴髮鶉衣道傍立。倚笻爲我説興亡，含憤未言先涕泣。前朝值亂戍守奔，土豪割據何紛紛。攻城拜將爭殺戮，同安賴有余將軍。將軍秉心盡忠義，訓練民兵久精鋭。城邊掘濠深百丈，城上嚴更列旗幟。朝廷消息久莫通，江襄群盜矜豪雄。樓船萬甲氣如虎，戎衣染遍秋江紅。將軍此時力匡國，執鋭開關屢迎敵。鐵騎交馳白日昏，雕戈上指青天拆。樅陽門前殺氣高，奮身寧辭征戰勞。江淮黎庶半爲鬼，僵死卧骨填空濠。同安拒守經七歲，破圍不見官軍至。銅柱難成馬援功，睢陽不屈張巡志。一朝群盜登城闉，揚旗百里飛紅塵。疲兵裹割不能戰，計窮豈願圖全身。將軍挺身出帥幕，竟逐飛星陣前落。半夜精靈出戰營，千秋廟食依江郭。聖人一出寰宇寧，鳳麟應瑞黄河清。當年逃亡命如蟻，豈期年老逢昇平。荆棘連雲戰爭地，近來茅屋方成市。山鳥如呼耆舊名，江流尚帶英雄淚。當年繁華何足論，聞翁此語傷吟魂。樓臺盡隨灰燼滅，人物風流今幸存。尊前感慨應未已，宦情總付東流水。長歌因賦《同安謡》，留與他年入詩史。

梁關 一首

關字用行，會稽人。

哀余左丞

世人孰不死，死義心所安。苟非明至理，捐軀誠獨難。偉哉青陽公，忠義爲膽肝。伊昔奉朝命，宣慰淮西藩。遭世方板蕩，荆襄肆兇殘。公時在安慶，寧忍視民患。率衆力拒敵，奮怒髮衝冠。抗節守孤城，援絶糧饋殫。勢迫不獲已，慷慨就清瀾。妻孥亦同逝，恥受污辱干。我昨聞其風，喟然發長歎。丈夫有如此，何愧天地間。遠繼張許流，千載名不刊。

王珙 一首

珙字廷珪，常熟人。明初處士。有《竹居詩集》。

王汝嘉云：竹居道者詩，無雕琢浮靡之習，有渾厚淳雅之氣。

張宗海云：處士治生富贍，構幽居於深竹之中，詠歌其情思，詩皆和平之語，治世之音。

徐以恭云：　先生詩富麗清奇，如秋月春雲，起人景仰。

李世賢云：　王君卜宅於虞山北之蕭溪，植竹萬竿，容與其中。興之所寄，輒形吟詠，其詩和平典雅，質不近於俚，澹不流於枯。

《詩話》：　竹居治生之餘，不廢吟詠華幼武一流也。詩嫌太熟。

溪橋晚步

日日陰雲思寂寥，偶因新霽過溪橋。不知門巷春多少，柳外一聲婆餅焦。

陳川　一首

川，天台人。

題夏圭溪山清遠圖

我家東南丘壑好，曲折雲林護危杪。澗沙流水春自香，石楠碎葉秋如掃。縛柴野橋松雨凉，鳴鐘破寺茶煙杳。山椒茅亭如笠大，石脚漁舟似瓢小。人家制度太古前，雞犬比鄰往還少。酒杯吹香小店門，落日漁樵多醉倒。六年不歸長夢見，白髮忘情負魚鳥。晴牕見畫三摩挲，舊夢微茫今了了。不知何處得此圖，覺我山居殊草草。安得溪南寫石田，便攜妻子從兹老。

陳汝楫 一首

汝楫字濟明，蒲圻人。洪武初舉明經，授徽州府通判，轉秦州茶馬司，謫知渭南縣，遷廣平知府。

桃花泉

桃花流水合荆溪，夜雨春波拍斷隄。偶爾今朝出門望，平疇雉鴝麥初齊。

李弘 一首

弘字德庸，蒲圻人。洪武十九年，授本縣訓導，遷國子助教。

西良湖

蕩舟歸去月黄昏，湖上人家半掩門。漁笛數聲何處起，冷香一樹玉梅根。

王叔舟 一首

叔舟，浮梁人。洪武中，以獻雪詩，授徽州同知。

三月三日雪應制

柳絮飛還早，梅花落太遲。天顔多喜色，瑞氣滿瑶池。

明詩綜卷十五下

小長蘆 朱彝尊 録
震澤 席永恂 緝評

鄭梴二首

梴字叔高，浦江人。元宣政院使渭之子。

擬古二首

秦箏一何哀，中有淒涼音。纍纍孤臣操，咽咽嫠婦吟。晨霜爲之寒，浮雲爲之陰。聽罷復三歎，不覺淚沾襟。披衣步庭皋，嘉樹鳴曙禽。嗒然吾喪我，情與海水深。

孤齋悄無人，絳燭夜吐芒。羽蟲忽飛來，投火欲自戕。知爲明所誤，曷不務韜光。子房願封留，淮陰喻弓藏。法戒既昭然，昧者何茫茫。高山有白石，行當煮爲糧。

鄭杕 一首

杕字叔韡，梃之弟，宋學士女壻也。有《學古齋集》。

懷宋學士

亦知離別遠，喪亂近何如。流水天涯路，征鴻塞外書。緜緜飛雪晚，點點落梅初。日月重回首，那堪已歲除。

鄭榦 一首

榦字叔恭，亦梃之弟，從宋學士游。永樂初，以薦授監察御史。

《詩話》： 叔恭宣撫廣東，民以取珠爲苦，至即奏罷。永樂十二年，年已七十有二矣，值長陵掃平沙漠，因進五言詩，帝歎曰：「可謂滿朝詩伯第一」。叔恭因告歸，帝予敕書許致仕，賜宴於禮部，畀以金繡衣。問「誰可代者」？叔恭舉從子煁，御筆即除御史。義門詡爲盛事。

寄宋仲珩

鷽斯桑下飛，青鳥海上游。如何不同調，羽翼有短修。故人昔相見，時時話綢繆。出入念同車，無衣念同裘。一朝參商如，豈不懷百憂。初盟儻不渝，在遠情愈周。但願似夙昔，烏用苦相求。

鄭桐 一首

桐字叔成，榦弟。洪武中，以薦授滁州判官。

春思

黎雲澹澹霧濛濛，人在青樓第幾重。鸞鏡未開簾未卷，羅衣先怯五更風。

高伯恂 一首

爵里未詳。詩見《光岳英華》。

寄梁紹輝

花時醉裏怱怱别，回首西風錦樹秋。明月相思隔江浦，素書不見到林丘。松陰塵榻晴還拂，池畔清樽晚更留。山水閒情宜共賞，碧雲涼雁思悠悠。

梁紹輝 一首

未詳。詩見《文翰類選》。

登小孤山亭子

飛亭結構半山隅，雲影天光入畫圖。清漲九江吞漢沔，高標孤柱限荆吴。風來舟楫欹危疾，雲暗魚龍變化殊。獨倚畫闌吟不盡，白雲飛處寸心孤。

張迪 一首

迪字文海，華亭人。

宋徽宗畫半開梅

上皇朝罷酒初酣，寫出梅花蕊半含。惆悵汴宮春去後，一枝流落到江南。

章闓 一首

未詳。詩見《皇明風雅》。

送張二貢士

煙靄散春晴，亂鴉深樹鳴。千山懸落日，一騎出孤城。急管催離宴，飛花惱客情。殷勤懷上策，謁帝向承明。

王超 一首

未詳。詩見《荊溪外紀》。

張緒歸舟

落日半帆收，張溪古渡頭。花明汀樹雪，香冷渚蓮秋。碧浪摇檣影，青山枕柁樓。曾知風景好，記此一停舟。

黎充輝 一首

充輝字睿之，臨江人。

府志云：充輝名慎。

山雲辭將歸作

清江兮淙淙，上有山兮穹窿。白雲兮谷口，一碧兮千峰。晻靄兮絶壁，挂偃蹇兮長松。朝迎兮秋陽，暮卷兮秋風。山之人兮雲從，被薜荔兮搴芙蓉。來乘雲兮朝九重，跨一鶴兮江東。點汀花兮白蘋，雨霜葉兮丹楓。忽雲歸兮人遠，山蒼蒼兮倚晴空。

丘輔仁一首

輔仁字友文，歸安人。

《詩話》：友文少有至行，不樂華靡，母衣之以綵帛，赧顔不服。長博通經史，恥爲章句之學。潘元明據湖州，使人召之，亡去。洪武初，始歸里，業農終其身。詩集失傳。

南湖

南湖二月水如天，羅綺東風醉少年。十里好山多看盡，琵琶催撥夕陽船。

謝林三首

林字璚樹，武進人，應芳子。有《雪樵集》《煮雪窩稿》。《詩話》：璚樹名林，本係一人。《列朝詩集》複出，誤也。

穎城鳳皇臺

鳳皇臺，臺何高？野雲黄葉風蕭騷。不聞孤鳳鳴，但見烏雀棲蓬蒿。梧桐摧折傾舊巢，鳳兮何處翔赤霄？無由再覩兮使我心勞。

梳洗臺

雲爲裳，月爲璫，鄭姬不見臺已荒。千年臺下土花碧，猶帶洗時脂粉香。今古繁華易衰歇，溱洧水流聲嗚咽。曾識宫中歌舞人，只有臺前舊明月。

青城虞勝伯顔丘氏小軒曰看帆爲賦律詩因以寄予次韻録奉彦章

風帆已逐歸雲盡，江水何如客意長。荏苒歲華駒過隙，飄揚生理雁隨陽。從知白髮非春事，醉看青山即故鄉。獨笑夢中忘未得，落花風起動回檣。

張端義 一首

未詳。詩見《鐵網珊瑚》。

送張吴縣之官嘉定分賦得錦帆涇

風吹闔閭城，花落錦帆涇。錦帆去不返，春流日夜生。故人在何處，恨滿城邊路。月明烏夜啼，霜冷丹楓樹。涇水抱城流，直通東海頭。布颿挂落日，相送練川游。

徐文舉 一首

文舉，武進人。

賦得百花洲

春花迷繡幄，春水漾金鳧。照影和明月，流香過石湖。錦帆應不見，沙鳥自相呼。感舊復傷別，愁傾雙玉壺。

《詩話》：金壇張德常起家吳縣丞，歷縣尹，遷嘉定州同知。其行也，諸名士分賦吳中舊蹟送之。廣陵成廷珪得龍門，廬山陳汝秩得采香逕，宛丘陳秀民得靈巖，吳郡鄭元得越公井，錢唐范致大得石湖，江陰張端得林屋館，青丘劉堧得虎丘，太原王逢得劍池，薊丘聶鏞得天平山，四明陳朴得白雲泉，會稽張憲得吳王井，四明陳椏得太湖石，勾吳周砥得洞庭山，晉陵張體得琴臺，巴西鄧德基得玩花池，清河張端義得錦帆涇，崑山盧熊得館娃宮，吳郡王行得放鶴亭，渤海高啓得響屧廊，高郵龔宜得梧桐園，吳郡黄本得白公檜，延陵徐文舉得百花洲，江陰張瑄得采蓮涇，海昌董翔鳳得辟疆園，無錫顧常得夫椒山，而遂昌鄭元祐亦賦采香逕，且爲之序。卷中賦鱸鄉亭者，脫去姓名。吳人朱存理編《鐵網珊瑚》，具載其詩。

余詮 一首

詮，豐城人。

海水操 陳母莊，傷其夫溺死於海作。

海水蕩潏兮茫無津涯，夫君一去兮杳無還期。爲死爲生兮曾莫我知，欲往從之兮襁褓有兒。同室同穴兮我志獨違，恨深海水兮曷其已而。

劉塤 一首

塤字公坦，江陰人。

題東章孟山水

廬江公子稱三絶，詩妙書精畫亦工。落筆多宗董北苑，高情不減米南宫。天低碧樹春雲合，潮滿滄洲暮雨空。却憶買船同載酒，城樓山館醉東風。

茹湜 一首

湜字季清，無錫人。有《爪膚集》。

楊白花

楊白花，身輕不由己。一夕長風生，飄飄度江水。江南處處好繁華，悠揚落地知誰家？知誰家，不復歸，永巷春深人迹稀。悲歌連臂空腸斷，回首長秋鴉亂飛。

馬麐 一首

麐字公振，崑山人。有《醉漁》《草堂》二集。

和楊廉夫新居韻

楊子樓居飲馬河，書舟日日檥晴波。未論栗里功名薄，總爲夔州詩句多。遠樹入簾秋若薺，亂雲渡水白於鵝。何當共把凌風袂，醉和仙人鐵笛歌。

蕭岐 一首

岐字尚仁，泰和人。明初，以賢良徵爲潭府左長史，固辭，謫楚雄儒學教授，改平凉學訓導。有《正固先生集》。

入閩

自入閩中道，偏諳物外情。田從山下種，船向石稜行。海味空多族，榕根盡倒生。連城公館好，驛使遠相迎。

顧協五首

協字允迪，無錫人。貢監生。有《鳴志集》。

《詩話》：允迪以諸生貢入成均，詩有「脱却朝衣换布衣」之句，則亦通朝籍者。詩頗清穩，五言如「亂峰烟外紫，殘日樹頭黄」，佳句也。

待鶴

白鶴去何之？想在蓬萊頂。月下漫沉吟，衣沾露華冷。夜久不歸來，立盡青松影。

次錢助教見寄韻

窮巷誰相問，蕭條獨掩扉。雨中花旋落，江上燕初歸。計拙身從嬾，才疏事轉違。思君長入夢，莫怪往來稀。

送張翰臣幕掾還廣西

曾持刀筆贊元戎，不數區區野戰功。青鬢消磨千嶂外，舊交零落十年中。雪晴官路梅花白，雨熟蠻鄉茘子紅。三十六原何處是，馬蹄輕踏緑楊風。

舟中次韻

西風吹老白蘋花，獨倚歸舟感物華。漠漠秋雲暗山谷，不知何處是吾家。

孟夏書事

脱却朝衣換布衣，始知今是昨來非。緑陰庭戶無人到，惟有一雙新燕飛。

陳鈞 一首

鈞字衡臣，羅源人。洪武中，以人才薦，官建德縣丞。有《退軒集》。

徐器之云：衡臣詩，體法聲調，一軌於正。

題金山壁間畫

空翠忽入戶，飛來何處峰？人家多傍樹，僧寺不聞鐘。流水衝橋急，閒雲出岫慵。何當撫琴坐，願學卧遊宗。

鄔修 一首

修字存誠，南昌人。洪武丁丑進士，歷官太平知府。

中秋分韻

秋月已成規，秋闈猶列戟。妙契結金蘭，今夕是何夕。時序有代謝，情懷增感激。對酒發新吟，此樂良難極。

劉欽謨云：沖澹和平。

《詩話》：革除四載，文獻無徵。成化初，吳人劉昌提督河南學政，得《建文元年湖廣鄉試棘闈倡和詩》，集中作者：豫章胡儼若思、鄔修存誠，廬陵謝矩子方、陳孔丘□□、鄱陽洪初善初、閩張勉學思哲、江陵熊釗伯機、蜀川郭璲孟温、聶潮貴廷輔、會稽陳安惟康、馬文炯□□、三衢張起師震、何遠思道、清江袁士誨文政、鄆筒王景應星、萬川冉通穎達、桂林唐昉景升、維揚李輅文載、柳州莫忠彦良、容山周迪遵道、廣饒袁本子中，凡二十一人。昌鏤板以傳，且序之曰：「是科所取第一人，實太師石首楊文定公，而胡公評其文，謂能爲董子之正言，不效公孫之曲學。」愚按，福建是科領解，則建安楊文敏公，明年文定、文敏俱成進士，而胡文穆廣、金文靖幼孜、胡忠安濙、顧端肅佐，皆建文庚辰榜釋褐者。

卞同 一首

同字孟符，吳人。

倪雲林畫

雲開見山高，木落知風勁。亭下不逢人，斜陽澹秋影。

梁寀 一首

寀字弘宇，南海人。

寄董宗輔

東江去悠悠，送子孤行舟。舟行復幾時，江鄉生遠愁。海水無定影，萍蹤忽飄浮。雖非千里別，出門成久游。采采芙蓉花，欲寄無輕郵。念昔攜好手，中情鬱綢繆。商歌寄逸響，素琴鳴芳洲。如何曠高躅，杳若隔山丘。馳情託縑素，日暮風颼颼。無由慰離索，一雁横高秋。

屈翁山云：取材古人，以離見合。

王敬中 一首

敬中字敬中，鄞縣人。洪武辛亥進士，刑部主事。

題丹丘

四窗山色秀可攬，雲根石屋高嶙峋。林閒遺舄曾化虎，洞口猢猴渾似人。奔流直下幾千尺，高蹈今逾四十春。靈光夜夜照丹室，應有飛仙來往頻。

陶琛二首

琛字彦珩，吴縣人。

過徐良夫耕漁軒次倪元鎮韻

西山久思往，經春復逾秋。回看岸傍樹，尚繫煙中舟。日月倏飛騰，不異川波流。至今遠游興，浩然殊未休。東風江上來，沄沄水生洲。便欲引雙屩，飛行紫巖頭。如何苦蹉跎，徒睇雲路修。谷鳥在林杪，鳴聲亦相求。今君展清讌，胡不邀同遊。開館集群彦，翩翩文采優。相逢尚難得，况兹旬日留。歡然對樽俎，情意兩綢繆。嗟彼丘壑賞，豈顧茅茨幽。愁來發清詠，獨倚城南樓。

《詩話》：吴中徐達左良夫耕漁軒，名士留題甚衆，朱德潤澤民爲作圖，仉機沙大用作傳，高遜志士敏作記，唐肅處敬作銘，王行止仲作序，楊基孟載作説，釋道衍作後序，因編爲《金蘭集》。其十二世孫大業，受業於予，出先代所遺詩箋百餘幅，正、草、篆、隸，靡所不有，如束筍然，皆元季、明初諸公手蹟也。未幾，以訟破家，悉爲有力者所得，過眼雲烟，不復可覩矣。惜哉自陶琛以下三人，均集中詩。

題江參長江圖

石出夜潮落，山明寒霧消。江空千里櫂，村迥一歸樵。樹色連沙嶼，人家傍野橋。還同舊棲地，風景日蕭蕭。

余震 三首

震字以聲。

九月廿一日偕范孟學李德輿訪徐良夫耕漁軒是夕乘月過溪寺登擁翠方丈分韻得下字

商飇發清秋，孤月耿深夜。玄賞悟真情，况兹幽林下。蕭蕭殘葉飄，瀏瀏飛湍瀉。鷩鵲鳴高枝，流螢遶空榭。芳絃既已歇，佳詠豈云罷。復與道人期，逍遥宿精舍。

月下聞琴别邵先生包秀才

孤光澹燈室，微煙繞香几。誰彈膝上琴，夜半離聲起。瑟瑟度凉風，泠泠寫秋水。流音松竹外，却憶空山裏。

過邵弘道先生墓次韻

孤墳四尺鳳岡前，此日重來又一年。新土有痕分草色，舊蹊無跡長苔錢。殘花自落山中雨，遠樹空迷嶺外煙。回首令人多感慨，賦詩揮淚寫長箋。

董遠 一首

遠字仁仲。

城頭烏示良夫

城頭擊柝邊月低，啼烏繞樹寒不棲。天邊明星白如日，空階落葉風淒淒。房帷靜悄夜何永，青燈無眠照孤影。蠨蛸在戶人未還，關河十月衣裳單。

謝常 三首

常字彥銘，吳江人。洪武中舉秀才，召試《丹鳳朝陽賦》，稱旨。帝欲官之，辭歸，隱震澤東溪。有《桂軒稿》《東溪集》。

《詩話》：彥銘楊廉夫弟子，詩尚纖麗。縣志稱：「洪武末舉秀才，帝欲官之，辭疾不拜。」考集中詩，事在洪武十五年八月，其詩云：「歸養慈親荷聖恩，喜傳天語出金門。河陽敢問花誰種，彭澤應知菊尚存。」則以養親辭，非以疾辭，而所辭之官，似屬縣令也。又《寄靈谷定巖長老》詩，序云：「不肖衰朽目昏，髩毛皆雪，幸有老母，百又六歲，荷蒙恩渥，勑許終養。」足爲明證矣。集又有永樂元年八月《陪祀縣庠丁祭》及《鄉飲分題》之作，句云：「喜當時盛陪清列。」或者曾攝邑校邪？

竹枝詞送別

闔閭城邊楊柳黄，吳姬如花明月璫。送郎不勸銀缾酒，持贈雲鬟金鳳皇。

和靖觀梅圖

孤山歲晚水迢迢，竹外横斜挂緑么。吟到暗香疏影句。黄昏月上雪初消。

攜琴訪友圖

秋林紅葉晚蕭蕭，寄興攜琴過野橋。人在翠微尋不見，白雲如練束山腰。

吴中 一首

中字宗本，自號青霞處士。有《林霏集》。

白鶴山

吴興多名山，兹峰特奇秀。不知自開闢，陰陽幾昏晝。云有未髭僧，冥棲刻蓮漏。香臺儼有在，祥室已新構。松下伏神龜，竹閒走飢鼬。白鶴不受招，仙蹤亮難究。伊昔屢登臨，空翠濕衣袖。窮搜不知疲，幽討寧嫌逗。巖扉與澗戶，一一爲重叩。和詩寄山靈，餘生敢多又。

劉子建 一首

字里未詳。

浦城慢興

清溪何似百花潭，谷口雲峰半夕嵐。借問子真歸隱未，鷓鴣春雨滿江南。

謝恭 一首

恭字元功，長洲人。徽弟，有《蕙庭集》。

過張水部樂圃林館和高季迪韻

故人非傲吏，舊隱勝愚溪。塵世人難到，空林鳥自啼。青山懸榻下，緑樹斷厓西。終日無餘事，長吟信杖藜。

潘子安 二首

子安，和州人。有《海天清嘯集》。

《詩話》：子安詩見《湖海耆英詩集》。其字未詳。吾鄉《郁氏書畫跋》載有潘伯濟《題畫》詩云云，全篇清婉，繹其名字，疑是一人。然未敢臆決，附録之，俟再考。

九日王時融招飲

喜見長缾破曉封，忽移春暈上衰容。故人已覺樽前少，佳節偏於客裏逢。千里暮愁連蟋蟀，無邊秋色醉芙蓉。而翁此際登高處，應在三山第一峰。

題畫

岷峩雪消春水急，瀟湘雨餘雲樹濕。迢迢翠嶼孤鶴迴，湛湛珠宫老蛟泣。征帆數點風濤中，出没不計天西東。鄉關杳渺在何處，矯首遥送雙飛鴻。

陳士楚 一首

士楚，揚州興化人。

書錫山驛

嗚嗚畫角冷涵秋，一曲梅花動暮愁。不管江南斷腸客，夜深吹上月明樓。

沈應三首

應字德虔，吳縣人。

元夕

燈月滿春城，金吾縱夜行。誰家無畫鼓，何處不銀箏。願以昇平樂，歡歌答聖明。

次錢文伯題雲林詩韻

紅葉橋邊草舍低，半灘斜照水平溪。舊時曾記題詩過，疏雨桐花一鳥啼。

看山

老年已免綴朝班，林下於今許我閑。流水小橋紅葉逕，杖藜隨意看青山。

史謹 一首

謹字公謹，崑山人。

過七星關

萬里投南徼，層關度七星。嶺雲和瘴黑，木葉向冬青。路遠家難問，愁多酒易醒。相逢但樵牧，何以慰飄零。

朱武 一首

武字仲桓，紹興山陰人。

張子正春雨鳴鳩圖

東風簾卷小紅樓，三月梨花喚錦鳩。曾記玉人將鳳管，隔花抵按小梁州。

吴倫二首

倫字文伯，吴人。

苕溪春曉圖

夜聽溪上雨，曉看溪上山。雨歇山更佳，尚在空濛閒。白雲掩疏鐘，緑樹迷遠島。居人想未起，村村自啼鳥。

賦得秋江送別

秋陰日易夕，江空歲云晏。惻惻傷物情，悽悽屬昏旦。聳秀林際峰，流響雲中雁。煙蕪銷遠緑，霜楓炫餘粲。時芳遞衰榮，人事更聚散。方敦金蘭契，遽念蠨蛸歎。夙駕嚴霜寒，晨起明星爛。揚船子夷猶，伏枕我羈絆。那知惜睽離，矧復值憂患。愁吟不成章，一辭愧能贊。

徐基 一首

基字立本，臨海人。

寧海道中

中歲事行役，勞生卒未休。大星垂野白，遠水際天流。土俗魚鹽富，民居橘柚稠。何年謝塵鞅，歸卧此林丘。

陳文東 一首

文東字同□，松江華亭人。

宿陜州横渠舖

獨客卧車上，群僕卧車下。車前或明火，時時照牛馬。

朱希晦 三首

希晦，樂清人。有《雲松巢集》。

《詩話》：處士元李與吴主一、趙彦銘隱居雁山，時稱「雁山三老。」明初不仕，有薦於朝者，朝命未至而卒。集爲七世孫玄諫刊行。其《夏日書懷》云：「白髮生涯人已老，緑陰時節雨偏多。」《寄友》云：「煙色春歸楊柳底，雨香紅入杏花初。」《傷時》云：「城邊向晚黄狐立，海外何年白雉來。」《自歎》云：家貧犓具千金帚，國難曾無一箭書。」《訪僧》云：「松陰夜静鶴初警，花院日長僧未還。」皆佳句也。

客邸中秋對月

去年中秋秋月員，浩歌對酒清無眠。煙霏滅盡人境寂，仰看明鏡懸中天。今年客裏中秋月，静裛金波更清絶。可憐有月客無酒，不照歡娱照離別。夜闌淅淅西風凉，月中老桂吹天香。悠然長嘯動歸興，坐久零露沾衣裳。浮世悲歡何足數，庾樓赤壁俱塵土。風流已往明月來，山色江聲自今古。

納凉

無事解衣坐，超然心境空。深林翳炎日，萬壑來天風。閒停白羽扇，拭拂朱絲桐。醉罷不知夕，月生滄海東。

寄友

雨過溪頭鳥篆沙，溪山深處野人家。門前桃李都飛盡，又見春風到楝花。

甘復二首

復字克敬，餘干人。有《山窗遺稿》。

曉出西園由谷中歸

披褐陟西園，煩襟散清曉。微風動高樹，零露下芳沼。始行幽谷中，忽出青林杪。流水漂餘花，修篘度啼鳥。身緣翠石回，思逐白雲杳。負杖孤賞懷，春闌緑陰悄。

送別

凉飇應秋氣，草木歛華英。客游總念歸，子有千里行。怱怱儔侶催，悄悄離思盈。丈夫懷志氣，孰不戀榮名。華薦起當路，使者促前征。追餞東門道，把酒哀絃鳴。蕭條野驛暮，泛灩江波清。密謀植帷幄，慰彼蒼生情。古來盛名士，多是起釣耕。

鄭洪二首

洪字君舉，永嘉人。有集。

《詩話》：　鄭君舉詩一卷，曹侍郎古林藏本。侍郎題是永嘉人，而鮮于伯幾《書趙子固水仙卷》稱：「元貞二年正月，同餘杭盛元臣、三衢鄭君舉觀于困學齋。」初疑君舉乃三衢人，然考周玄初《來鶴》詩，有永嘉鄭洪君舉之作，見《鶴林類集》，則君舉爲永嘉人無疑。來鶴事，一在至正十七年，一在十八年，一在洪武十四年，一在十五年，一在二十七年。

吳山白塔寺

江山襟帶尚依然。王氣銷沉已百年。八葉龍孫東渡海，六宮虎士北歸燕。銅駝荆棘荒山裏，石馬莓苔落照邊。玉匣游魂飛劫火，五陵無樹不啼鵑。

寄毛府判

南湖水長没蒹葭，西浦横橋對白沙。鴻雁來時菰有米，鳳皇飛處竹無花。石田賦寫張平子，雲閣書通蔡少霞。零落江陵千樹橘，青門猶戀故侯瓜。

朱友諒 一首

友諒，常熟人。詩見《鶴林類集》。

周尊師禱雨歌

道人鞭龍出潭底，黑雲一片山頭起。仰看紅日不見光，黑龍頭摇白龍尾。有時登壇步七星，一呼一吸成雷霆。白波翻空海水立，銀河落地天瓢傾。去年京師禱雨雨輒至，大田小田總霶霈，定知夜半拜封事，自有精誠感天地。王公貴人知其賢，屈師闡教來琴川。今年旱魃又爲虐，禾稼半死民熬煎。縣官投詞庶人跪，道人受命應且喜。笑書鐵牌役海鬼，疾驅一百五十里。甘泉龍居萬丈深，神符召集如飛矢。今朝雨脚來自南，半是吴江四橋水。頂山有龍名太白，口噀湖水成甘澤。道人驅龍喝龍出，五雷使者閒不得。龍兮龍兮，一噀日失色，金蛇掣電光千尺。再噀山氣黑，飄風盤旋走沙礫。上天有寳不愛惜，噴下驪珠千萬石。兩龍行雨勢未休，須臾潦水平田疇。疲農入城報沾足，道人一笑山雲收。

《詩話》：尊師世居嘉禾，從紫虚觀李拱瑞爲道士。李南谷，杜真人高弟也。

周伯温紀略云：「先生受法於顧養浩、步雲岡，雲岡受之張雷所，雷所受之王繼華，繼華受之莫月鼎。」

宋景濂傳略云：「霅川有莫洞一，授其徒王繼華，繼華授張善淵，善淵授步宗浩，宗浩以授尊師。」禱雨事，一在洪武元年，一在二年，永嘉鄭思先序之，思先詩云：「道人緑髮雙青瞳，自言前身河上公。欻騎黄鶴辭帝宫，歸來塵世發群蒙。海虞福地秀所鍾，七星老檜摩蒼穹。道人重來御泠風，屠維作噩歲式逢。季夏旱熯何爞爞，縣令延師師説從。飛書上奏徹九重，鐵券怒起神淵龍。左驅飛廉右豐靇，天地俄頃驚晦曚。甘霖注地疾若春，千村萬落沾渥同。頓回枯槁蘇疲癃，旋斡造化非常功。道人拂袖喜滿容，笑指霽日扶桑東。」其篇法頗與友諒相近，然不若朱之朗朗也。思先官至福建布政，而《温州府志》失載。

葉谷亮 一首

字里未詳。詩見沈巽《明詩選》。

邗溝懷古

丞相三軍出，曾聞此散亡。黄蘆今夜月，白骨舊時霜。世已尊王室，人猶說戰場。維舟重感慨，涕淚在衣裳。

胡温 一首

温字遵道，會稽人。

《詩話》：温，異人也，少落魄湖海間，後入閩。性好飲，不常得，人方置酒，不問主客，徑造飲酒盡，不謝而去。日出行市中，群小兒逐之，呼曰「風子」，温顧而自笑。夜宿古祠下，雖寒冬雪甚，衣布單衣，履草履，身不顫慄；人或遺以衣，行不數步，遇寒者輒解予之。駙馬都尉王恭守閩，孝陵賜以織金衮衣，僉具酒賀。温突入曰：「某亦賀公。」持酒覆其衣，恭不爲忤，温亦自若。漳帥徐玉好士，温特過其家，玉召飲同官，俄而温至，歌詩起舞，至慢駡坐客，玉亦不厭也。過元漳州守迭理迷世祠，酹之水，祭以文曰：「衆之生不如侯之死。侯之死，名長在此。萬歲千秋，元之臣子。」拜已，大笑而出。著書名曰《竹帛流芳》，載元忠臣義士、并貞烈女，敘其本末，系之以辭，類《鐃歌》，輕重皆有深意。一日告徐玉曰：「吾將歸矣。」負橐行三舍，爲關卒阻而回。發橐中，止有硯一，易酒飲之，起舞作《喜鵲之歌》，歌畢，仰户而死。時洪武七年冬也。玉葬之漳州西門外，天台林公輔爲作《胡風子傳》，其大略如是。公輔稱其生死如在己，蓋泠謙、張邋遢、周顛仙一流。

歌

閩山喜鵲少，越山喜鵲多。如何不歸去，其奈羅網何。

明詩綜卷十六

小長蘆　朱彝尊　録
中吴　徐惇復　緝評

方孝孺十三首

孝孺字希直，一字希古，臨海人。建文中文學博士，靖難兵至，首以身殉。没後嚴禁文字，門人王稌藏之。傳有《遜志齋集》。

徐子元云：希直文章大家，詩亦豪壯，非所長也。

李時遠云：正學詩渾朴淳正，大率如其人。

《静志居詩話》：正學先生文，昌明博大，開闔自如。雖有小韓之名，實與大蘇相埒。潛溪學士贈詩云：「方生來海上，玉立而春温。同餐太倉粟，共勘典與墳。漭蒼扣無始，溟涬窮無垠。宇宙所管攝，載籍所敷陳。終始鈎鉗之，若大樂建鈞。律吕按高下，宫商肅君臣。黄鐘壓瓦釜，庭燎滅鬼燐。以玆稽古力，可敵戡定勛。濡毫寫雄顥，勢足移峨岷。漏泄渾沌竅，出入造化神。盡抽神奇祕，不墮臭腐塵。所以自出之，愈見光景新。振古著作家，後先各繽紛。豈知萬牛毛，難媲一角麟。」

葉夷仲亦贈詩云：「雄文細字塞巨帙，雅辭宏論開心扃。其險遏雲漢，其幽通窈冥。贍如戈甲積晉庫，奇如盤鼎鐫商銘。麗如勾芒青春布花卉，壯如豐隆白日驅雷霆。千流萬派怒奔放，終然帖帖趨東溟。持以用世，不啻如養生之穀粟，濟疾之蔓苓。直須上追《虞書》媲周《雅》，於以作《春秋》之羽翼，爲禮樂之藩屏。」其傾倒也，至矣！說者謂先生詩非所長，然五言熟精，選體當在潛溪華川之右。

其《談詩絶句》云：「舉世皆宗李、杜詩，不知李、杜更宗誰？能探《風》《雅》無窮意，始是乾坤絶妙辭。」又云：「前宋文章配兩周，盛時詩律亦無儔。今人未識崐侖派，却笑黄河是濁流。」又云：「天曆諸公著作新，力排舊習祖唐人。粗豪未脱風沙氣，難抵熙豐作後塵。」其意蓋瓣香東坡居士也。予謂先生宜配食孔子之庭，嘗贊柯納言聳疏請于朝，廷議以先生但能成仁，不可謂道學，且祇有文集，而無語録。以是抑之。納言幾獲罪。不知語録乃浮屠家法耳。祀典闕如，不能無望于後之君子。

休日奉陪蜀府諸公宴集

居閒歎時邁，閱世知才短。頻爲觀國遊，每覺歸期緩。群公盡耆英，過從殊恨晚。他鄉親故稀，骨肉不在眼。非資談詠歡，孰使離情展。大藩仰仁哲，政化崇寬簡。長日自優游，兹辰况休澣。牲醪出珍賜，果蔬隨物産。一觴偶相酬，萬慮皆可遣。貴同周士肆，狂笑晉人孄。語樂天趣深，心清市塵遠。新秋欣已至，毒暑行將斷。靈雨席上來，微凉座中滿。明時古難遇，良會世所罕。各勉存令猷，垂聲繼伊管。

閒居感懷三首

竊竊衆所憂，不踰衣食間。孰知温飽外，可憂非一端。賤憂道難行，貴憂名不完。誰能斷棄此，自樂如孔顔。

我非今世人，空懷今世憂。所憂諒無他，慨想禹九州。商君以爲秦，周公以爲周。哀哉萬年後，誰爲斯民謀。

士無及物智，每喜華其廬。我居豈不敝，於道亦有餘。明取容吾身，奥取藏吾書。奚須歎其陋，不見阿房初。

次王仲縉感懷韻

翠鳥質微細，乃以羽自戕。犀象獸之雄，每因齒角亡。物生無巨小，適用反相傷。犬羊死柔弱，虎豹死暴強。彭聃死於壽，夭者死於殤。萬生誰長存，所貴德譽光。古來志節士，立身有大方。孰云蕭艾蓁，果勝蘭蕙芳。

上巳約友登南樓

生意忽滿眼，不知春淺深。良朋曠嘉會，濁酒難孤斟。迢迢城上樓，高朗宜遠臨。曷不一舉趾，縱望淵與岑。逍遥群動表，舒豁萬古心。古人已寂寞，繼者應在今。藴真有至樂，外慕非所欽。願言領衆妙，無爲鬱沖襟。

感橙樹有作有序

秋林道傍有橙樹，處荊棘中，不知幾何年。會增置驛舍，芟夷堂基，斧斤幾及。遇識者，知其爲果實之美也，獲免。築室既成，正值窗牖間，結實纍纍然可愛。過而見焉，感而爲之賦詩。

橙生蜀山裏，蕪沒荊棘場。荆棘忽翦除，孤根虞見傷。幸遇識者顧，扶植不忍戕。築室適在玆，窗牖正相當。花垂素雪盛，葉茂青雲張。方秋氣盛肅，原野飛早霜。衆木不復榮，百草已罷芳。纍纍枝間實，爛爛半青黄。摘置樽俎間，几席有餘光。豈惟巴人羨，南服亦罕嘗。嵬峩帝王宫，異味來萬方。何以解煩渴，甘酪間蔗漿。此物儻前陳，玉食益馨香。可令積疢蠲，坐見人情康。惜無先容者，盱彼塗路長。遇世良有會，處己貴安常。歲寒善自保，用舍隨行藏。

歲除祭先奉懷家兄次文公先生病中呈諸友韻

日月行不息，我亦少安居。違家今幾何，忽復五載餘。微官誤人事，解令親者疏。每思别時語，不見空中書。及兹歲將闌，感歎正躊躇。祀先具薄奠，撫己懷厥初。觴酒豈云乏，獨酌悶難袪。寧當解組去，御子花間車。

勉學詩

黄河西北來，云是崑崙丘。經行非一山，囬薄半九州。上有不測源，下有無盡流。萬化同此機，不知幾春秋。分明天地心，不爲淺狹謀。癡人用小計，顛倒若無求。安得申韓氏，化爲古伊周。

題王叔明墨竹爲鄭叔度賦

吳下王蒙藝且文，吳興趙公之外孫。黄塵飄蕩今白髮，典刑遠矣風流存。華亭朱芾稱善畫，每觀蒙畫必歎詫。謂言妙處逼古人，世俗相傳倍增價。昔年夜到南屏山，高堂素壁五月寒。壁間舉目見脩竹，煙雨冥漠蛟龍蟠。呼童秉燭久不寐，細看醉墨王蒙字。固知蒙也好天趣，畫師豈解知其意。分枝綴葉人所知，要外枝葉求神奇。天機貴足不貴似，此事不可傳諸師。麟溪鄭君好奇士，愛畫猶能賞其趣。嗚呼！世間作者非不多，鄭君甚少可奈何。

蕨箕行

並海飢民千百數，攜鉏上山斸山土。蕨根已盡斸不休，力絶筋疲未言苦。屋頭五日無炊煙，十步九却行不前。全家性命係朝暮，弱子假息阿母眠。昨日斸蕨僅盈斗，今日蕨根不滿手。但憑斸蕨保餘生，再拜青山感恩厚。青山青山爾勿猜，明朝未死攜鉏來。

懿文皇太子輓詩

相宅圖方獻，還宫疾遽侵。鼎龜懸寶命，笙鶴動哀音。誰紹三皇治，徒傾四海心。關中諸父老，猶望翠華臨。

題畫

得意支郎畫，分明是米家。亂雲浮雜樹，遠渡卧枯槎。白屋孤舟迴，丹崖一徑斜。何時共漁叟，洞口訪桃花。

黄子澄 一首

子澄初名湜，以字行，更字伯淵，分宜人。洪武乙丑賜進士第三，除編脩，歷脩撰，累官太常寺卿，兼翰林院學士。靖難師入，磔死。

朱平涵云：《方練集》已盛行，惟太常文章泯滅，單詞片語，流落人間。氣𥳑光華，固不必多也。

枯梅

百千年樹未全枯，三五个花何太疎。聞道石門春意動，不知曾有暗香無。

《詩話》：太常受《易》于歐陽貞，受《書》于周與學，受《春秋》于梁寅。初謁寅時，寅令作《枯梅詩》，立就，甚異之。石門，寅所居也。

練子寧 一首

子寧名安，以字行，號松月居士，新淦人。洪武乙丑賜進士第二人，授翰林院脩撰，陞副都御史、工部侍郎；建文時，遷御史大夫。靖難師入，不屈死。有《金川玉屑集》。

徐子元云：中丞玉屑無多，爲世所寶。

《詩話》：革除詩文之禁，甚於元豐，然《遜志》之集、《金川玉屑》之編，久而日星不滅也。是編至正德中，始出其詩，娟秀妍雅。七言如「丹梯下壓龍蛇窟，鐵鎖高懸虎豹關」，「司馬豈無乘駟日，終軍又是入關時」，「旋沽南石橋邊酒，走送東風江上船」，「一水東來通漢沔，諸峰西上接岷峨」，「殘碑墮淚空秋草，折戟沈沙自夕陽」，「飲馬窟深泉脈暖，射雕風急雪花寒」，「天垂鉅野河流急，秋盡江南木葉疎」，「莫怪風流謝安石，未應憔悴沈休文」，皆泠然可誦。

三月望日與饒隱君子宏游玉笥山謡

我懷謝康樂，獨往游名山。身同雪山繫，心與浮雲閒。清風澹蕩灑六合，令我興在雲松間。玉山高與南斗齊，雲錦照耀廬山低。三十六峰凌虹霓，飛湍噴雪臨迴溪。長松挂月青猨啼。上有梅仙采藥之幽棲，下有蕭雲讀書之故基。洞天石扇杳莫測，瑶草謾長三春荑。我欲因之覽八荒，手拂青蘿眠石牀。回飈吹散碧天霧，清冥倒瀉澄湖光。作爲玉山謡，寄之雙峰客。興來攜妓秋復春，笑殺東山謝安石。

黄觀 二首

觀字瀾伯，一字尚賓，貴池人。初從父贅姓許。洪武戊辰賜進士第一，累官禮部右侍郎；建文中，改侍中，掌尚寶司事，奉詔募兵，聞金川門師入，投李陽河死。

題江貫道長江圖

離離衆樹深，靄靄孤雲碧。山色望難窮，江流浩無極。漁歌遠渚昏，鳥下平蕪夕。惆悵涉風波，扁舟何處客。

送趙彦玘都事

石頭城下自分攜，無復聯牀聽曉雞。故里音書寒雁杳，空江雲樹暮天低。春來白下孤新約，夢去花間憶舊題。猶念雪深留宿夜，酒醒詩就小樓西。

卓敬 一首

敬字維恭，瑞安人。洪武戊辰進士，除給事中，歷戶部侍郎。靖難兵渡江，被執，不屈死。宣德中，盧陵劉球得其遺文傳之。

墨竹

洞庭木落水生波，斜月虛窗露氣多。虞帝不歸秋色晚，滿江煙雨泣湘娥。

王叔英 一首

叔英名元采，以字行，黄巖人。洪武末，爲仙居教諭，陞漢陽知縣。建文元年，召爲翰林脩撰。靖難師逼江，奉詔募兵，行至廣德，自經於玄妙觀。有《静學齋稿》。

《詩話》：先生令漢陽日，遺書希直云：「凡人有天下之才固難，能自用其才者尤難。如子房之於高祖，能用其才者也。賈誼之於文帝，不能自用其才者也。天下之事，固有行於古而亦可行於今者，如夏時、周冕之類是也。亦有行於古而難行於今者，如井田、封建之類是也。可行者行之，則人之從之也易；難行者行之，則人之從之也難。從之易，則民樂其利；從之難，民斯受其患矣。此君子用世貴乎得時措之宜也。」可稱希直諍友。白首同歸，不渝霜雪，古人哉！

絶命詞

人生穹壤間，忠孝貴克全。嗟予事君父，自省多過愆。有志未及竟，奇疾忽見纏。意者造化神，有命歸九泉。嘗念夷與齊，餓死首陽巔。周粟豈不豐，一作佳。所見良獨偏。高蹤邈難繼，慎勿稱希賢。

周是修一首

是修名德，以字行，泰和人。洪武中，舉明經，由霍丘訓導，歷周府紀善，改衡府。靖難兵渡江，入應天府學，自經死。有《蒭蕘集》。

《詩話》：紀善詩最傳者，《長安古意》一篇。李時遠云：「可與初唐四子相埒。」近陳臥子論詩甚嚴，選明三百年詩，寥寥數卷，是篇特見録。亡友陸麗京亦亟稱之，云是「神龍、景雲以前風調。」予謂此等詩，但似古人骸骼，無關性情，就《蒭蕘集》中擇之，不若《牧童謡》一首，猶存張、王遺韻也。

牧童謡

遠牧牛，朝出東溪溪上頭。溪頭草短牛不住，直過水南芳草洲。脱衣渡水隨牛去，黄蘆颯颯風和雨。老鴉亂啼野羊走，絶谷無人驚四顧。寒藤枯木暮山蒼，同伴相呼歸又忙。石稜割脚茅割耳，身上無有乾衣裳。却思昨日西邊好，曠坂平原盡豐草。短蓑一臥午風輕，長笛三吹夕陽早。

程本立三十二首

本立字原道，崇德人。洪武丙辰，以明經薦，爲秦、周二府引禮，謫雲南馬龍他郎甸長官司吏目。建文初，徵入翰林，陞僉都御史。靖難兵至，自經於應天府學。有《巽隱集》。

《詩話》：建文諸臣，文莫過方希直，詩莫過程原道。希直之文，取法昌黎，下亦不失爲蘇子瞻。原道之詩，刻意杜陵，下亦不失爲陳簡齋也。

雪佛碑

天花陰墜空，平地忽三尺。異哉西方神，現此水精域。胎非託摩耶，意叵勞刻畫。乃瞻白玉相，安用黃金飾。一洗愁惱心，悉依清淨力。紅日起扶桑，終焉化無跡。其無本非空，其有亦非色。我來鳳皇溪，古寺久荆棘。摩挲雪佛碑，碑斷字莫識。金石亦已壞，况非金石質。萬事等幻影，感之三歎息。

出洛陽城

輓輈上天津，伊闕當我前。連峰左右起，奔走相後先。古來五嶽内，嵩高極中天。儀刑正四表，襟帶流三川。河山固王室，豈直金城堅。漢業此中興，周都竟東遷。壯遊快一覽，遺跡悲千年。頹垣舊誰築，野蔓棲朝煙。

題竹石小畫

玉堂仙人松雪公，寫竹正似石室翁。雲林道人雖後出，往往落筆生秋風。吳人好書仍好畫，百年遺墨千金價。比來何處得此圖，松雪雲林此其亞。娟娟嫩玉纔數莖，煙梢雨葉縱復横。洞庭寒骨沈水底，鐵索下取蛟龍爭。却憶江南舊池館，筆牀棊局何蕭散。一行作吏事便廢，十年不歸夢欲斷。松雪子孫今幾人，雲林弟子誰逼真。得歸故鄉儻相覓，竹枝挂我頭上巾。

銅梁縣

銅梁縣庭公事少，銅梁縣市官橋小。上山下山石作街，街南街北人家好。人家好農不好商，婚男嫁女不出鄉。香芹煮羹飯有稻，木棉紡絲衣有裳。陳郎邀我青樽滿，情多已覺回鞭懶。酒酣欲寫銅梁歌，百錢買筆紫羅管。

題李典儀雲東卷

母老今猶健，兒行久不歸。一官淹白首，萬里夢斑衣。越郡東溟闊，秦關西日微。只將雙淚眼，日日看雲飛。

許州東屯雜詩三首

農功將築圃，使者正行田。車過聞牛鐸，詩成墮馬鞭。凉風蘋末起，落日樹頭圓。翻憶吴淞岸，菱歌處處船。

死戰開邊土，生還落野屯。時清無盜賊，頭白有兒孫。春稻霜餘粒，移桑雨後根。百年須飽煖，此外復何言。

丘園莽蕭瑟，客子暮徘徊。山是鈞州起，河從鄭邑來。衣冠餘古墓，歌舞只荒臺。野哭誰家婦，秋聲助爾哀。

過嶠甸始見禾泥蠻數家有叟攜酒過水見土酋飲道傍僕從皆飲酒盡乃行有作

山斷村纔見，溪回路忽迷。販茶非土獠，勸酒是禾泥。碧樹排雲直，青秧插水齊。欲忘鄉土念，多事子規啼。

晚至晉寧州

落日孤城小，輕煙一水斜。青山蒙氏嶮，緑樹僰人家。絶塞無來雁，荒城有噪鴉。多情此州尹，勸酒說京華。

寄弟并示壻

聞道南塘旱，吾家正可憂。不能供賦稅，豈得免征求。舊宅荒苔雨，先塋宿草秋。急難須努力，更與阿騏謀。

乳石詩有序

象賢奉常得異石于演樂堂，典寶周翁識之，云：「道州乳石也。」奉常欣然，以詩見遺。因賦詩答奉常，并呈長史，且欲質諸典寶翁也。

聞道山中乳窟多，乳泉流出石爲窠。洞門到夜飛蝙蝠，驛路何年載橐駝。野色忽看新嶂嶁，水痕猶認舊漩渦。豈無青髓香如飯，老我黃塵奈爾何。

使浙江發大梁水驛

蔡河雪消春水生，使者發船將遠行。得還鄉里雖慰意，却念妻子難爲情。草蘁金谷樓前路，潮打錢塘江上城。南北登臨總懷古，船中有酒且須傾。

高郵夜泊

城樓月色見觚稜，城下官河夜欲水。返照疏林皆野燒，殘星別浦是船燈。腐儒食禄曾無補，倦客思家已不勝。春雨五湖煙水闊，荷蓑歸去下魚罾。

和貝惟學登小孤山韻

西來風浪湧金山，人在鴻濛沆漭間。大地小孤天柱石，長江第一海門關。鮫人夜泣珠成淚，龍女晴梳翠作鬟。欲問靈巫報神語，我行何日定東還。

喜晴

夜雨朝晴喜欲狂，西屯騎馬過東岡。不妨逐兔爭牽狗，切莫驅狼使牧羊。野日孤營無細柳，天風十月有枯桑。歸來又飲將軍酒，一醉都令世慮忘。

過趙州

青山環抱水爭流，行盡雲州入趙州。四野耕耘多樂歲，諸蕃斥候不防秋。過橋花竹前村近，入谷松蘿小寺幽。妻子誰能免相憶，他鄉雖好莫淹留。

嵩盟九日次井泉百戶韻

天涯九日一登樓，應是黄花笑白頭。脱帽不妨同醉倒，拂衣安得不歸休。山盤晴谷深藏寺，水縮寒溪淺露洲。上馬荒城向昏黑，休教鼓角起邊愁。

送魚課司使霍思誠赴京師

三年官守滯蠻荒，萬里羈魂度太行。居有馬蘄留客坐，食無魚鮓寄親嘗。晴天梅樹常含霧，臘月山花不受霜。辭滿得歸人共樂，將詩送別意茫茫。

送人致仕歸越

老臣殊荷聖恩寬，詔許還家授散官。賜杖未攜鳩玉小，誥綾新織朵雲團。西窗夜雨銷紅蠟，東閣晴山擁畫欄。子去我留寧不愧，鑑湖他日請黄冠。

滇陽二月罌粟花盛開皆千葉紅者紫者白者微紅者半紅者傅粉而紅者白膚而絳唇者丹衣而素純者殷如染茜者一種具數色絶類麗春譜之所云

鄯闡東風不作寒，米囊花似夢中看。珊瑚舊是王孫玦，瑪瑙猶疑内府盤。嘶過驊騮金叵匝，飛來蛺蝶玉闌干。瘴煙窟裏身今老，春事傷心思萬端。

晚至安寧

連然驛路馬曾諳，落日行人思不堪。地極九州銅柱北，山蟠六詔鐵橋南。湯池水底皆陰火，鹽井煙中半夕嵐。回首蓬萊天萬里，忍教塵鬢白毿毿。

自姚安出普淜

層關飛鞚出寒雲，萬木歸鴉亂夕曛。山自蜻蛉川口合，路從鸚鵡嶺西分。道傍築室新成市，塞上屯田久駐軍。遠客誰無鄉土念，悲笳吹動不堪聞。

鶴慶驛會吳人馮廣文閩人林稅使

馬蹄蹴遍陰厓雪，直向居庸塞外行。日落忽聞牛背笛，川平始見鶴州城。秋風千里蓴絲滑，暑雨三山荔子生。遷客相逢話鄉土，天涯何限未歸情。

送教授致仕歸金華

六十看山眼未昏，草堂歸去臥煙村。朝廷已許乞骸骨，衣食未須憂子孫。上馬天風吹蓆帽，落帆江月到柴門。羹芹炙背區區意，他日難忘獻至尊。

早發祿豐驛

驛樓燈火見西屯，使者出門人語喧。天寒馬渡此溪水，月落雞鳴何處村。六詔山川皆郡縣，百年身世任乾坤。若爲看見梅花發，忽亂鄉愁入故園。

鄧洲驛

平岡走馬神摩洞，荒驛聞雞鄧睒川。丹壑洩雲朝翳日，玉泉陰火夜生煙。一年殘曆愁來檢，萬里新詩老去編。山水不殊人事異，中原歸計正茫然。

君山別業畫卷爲王伯昂題

畫圖林壑起雲煙，使者高懷寄靜便。背郭真成浣花屋，看山如坐洞庭船。柴門黃葉鄰僧掃，石徑蒼苔野鹿眠。如此故巢勞遠憶，只應頭白是歸年。

宿普安

漢婦良家子，從軍歲月多。生來小兒女，唱得僰人歌。

江頭絶句

小樹香橼子，疏籬扁豆花。人情悲異土，物色似吾家。

揚州

揚州城下是官河，春雨春風自緑波。欲問繁華舊時事，太平遺老已無多。

華陰駐馬橋

絶谷層關路屈盤，斜岡側嶂石巑岏。今朝駐馬橋頭立，華嶽三峰正面看。

茅大方 一首

大方字希董，泰興人。洪武中，爲淮安府學教授，擢秦府長史。建文時，官右副都御史。靖難兵至，死於難。有《希董集》。

《詩話》：希董集流傳未廣，集中如「萬山入漢秦關險，孤棧連雲蜀道難」，「縱使火龍蟠地軸，莫教鐵騎過天河」，「花間鶯避春城仗，林杪僧歸晚寺鐘」，「萬里不來青鳥使，千年空老碧桃花」，皆佳句也。

塞門至銀州關道中

銀州西下忽都河，降卒東來唱舊歌。星散諸營連斥候，雲屯萬里蔽沙陀。自嗟出塞春光少，誰道臨關月色多。顧我鶴形非燕頷，立功萬里定如何。

胡閏 一首

閏字松友，鄱陽人。舉秀才，授都督府都事，進經歷。建文中，官右補闕，陞大理少卿。靖難師入，不屈死。

《詩話》：長陵靖難，受禍者莫慘於正學先生。坐方黨死者，相傳八百七十三人。其次黃太常，坐累死者，族子六十五人，外戚三百八十人。若胡大理之死，郡志稱其族棄市者，二百十七人；坐累死者數千人。妻㜸於獄，有「把與狗喫了」之旨。載《奉天刑賞録》。不知何以若是慘毒，有過於方、黃者。國史既没其實，不可得而詳矣。大理少與吳存葦，講業長沙王吳芮祠中，畫一松於壁題曰：「蒼虬出壑。」系之以詩。太祖平陳友諒，下饒州，過而見之，喜甚，問得其名。及舉秀才，入見帝曰：「此題詩鄱陽廟壁者邪！」因令通籍。不遺一善若此。

題畫松

幽人無俗懷，寫此蒼龍骨。九天風雨來，飛騰作神物。

劉璟 一首

璟字仲璟，青田人，基次子。授閤門使，尋爲谷王府左長史。靖難師入，稱疾不起，下詔獄，自經死。有《易齋》《無隱》二集。

《詩話》：仲璟爲伯温仲子。洪武辛未，攜兒子廌詣闕，帝命其襲父爵，仲璟謝曰：「有先兄臣璉之子廌在，不敢越禮。」乃設閤門使處之。天台盧廷綱稱其詩云：「酒酣落筆詞愈工，命意不與常人同。清如水甌玉盌貯繁露，和如大廷清廟鳴絲桐。疾如黄河怒風卷濤浪，麗如錦江秋水涵芙蓉。」譽之未免過實。

龜峰春意

振策陟龜峰，極目散煩襟。攀蘿越巘嶨，觀奇擁嶔岑。氣和濯柔荑，景淑悦鳴禽。澹薄白日輝，游漾輕雲陰。子情亦何欲，物理諒可尋。芳菲三春意，贔屭千年心。持此較貞脆，因之寄知音。

高遜志八首

遜志字士敏，蕭縣人，徙居嘉興。洪武初，召脩《元史》，入翰林爲編脩，累遷侍講學士。建文時，加太常寺少卿。靖難後，死永嘉山中。有《嗇菴遺稿》。

李時遠云：太常詩深純典雅，成一家言。

《詩話》：高季迪《送唐處敬序》云：「予世居吳北郭，同里友善者，惟王止仲一人。十餘年來，徐幼文自毗陵，高士敏自河南，唐處敬自會稽，余唐卿自永嘉，張來儀自潯陽，各以故來居吳，而皆與予鄰，於是北郭之文物遂盛矣。」是「北郭十友」，其初士敏、處敬與焉，其後徙居檇李，是以季迪懷十友詩不及也。太常之死，傳聞異辭，《革除遺事》及《吾學編》皆云：「靖難師起，存沒無攷。」劉琳《拊膝録》謂「盛庸兵敗，自經。」柳琰《嘉興府志》謂「卒于官。」趙太守瀛撰《嘉興圖紀》，稱「太常卒，謚文忠。」彭比部輅亦云，未知何據。亡友蔣之翹楚穉，嘗出其族譜，有遠祖兢，仕讓皇帝，爲文淵閣侍書，實太常弟子。有《祭太常文》，其略云：「歲在壬午九月晦，吾師士敏高先生卒，師以國破家亡，遁影東甌鴈蕩山中，頹齡疾苦，僕從竄逸，隻影自矢爲西山餓夫。天假之合，小子兢亦以未死之身，來偷息於此。相對若夢寐，淚涔涔下。侍吾師屢五十日，吾師竟長逝。就瞑之頃，指畫恨字，既而曰：復何恨？復何恨者，正吾師泣血椎心、萬古耿耿之長恨也。兢窮塗無以成禮，林有巨木遭伐，其腹枵然，乞諸樵叟，斂而薶之芙蓉峰北。嗚呼！天降喪亂，蕭牆禍起。君國殄瘁，臣所當死。博浪無椎，環柱失匕。遁跡空山，潔身以竢。邂逅之間，師師弟弟。命之窮兮，師疾不起。爲營一坏，山崖水涘。杖履莫追，涕泗曷已。」然則金川門師入之後，太常自潔其身，遠遯，未嘗卒于官。其詩有云：「生死尚無懾，寵辱何足驚。」蓋矢之有素矣。

《列朝詩集》據《鶴林集》云：「太常作《周尊師傳》，後題洪武三十五年，歲次壬午春正月初吉，前吏部侍郎太史河南高遜志。」又《祈雨詩》後書云：「河南高遜志，大明洪武吏部侍郎。」因疑革除之後，不署建文職官，故稱洪武。第壬午正月，靖難師尚未渡江，讓皇帝猶在位，豈有預書洪武三十五年之事乎？攷革除之命，是年七月始下。則二書題名，蓋出於道士，未足依據也。《嗇菴遺稿》詩文各一卷，太常十世孫佑鉅博采成編。

兵後南湖宴集分韻得可字

皇風遘中否，微命亦遷播。豈謂託喬林，依然駭烽火。前年奔山壑，去年匿檣舵。妻兒怖欲死，崩憂不知我。賴此干城將，揮戈挽日墮。趙佗既稱王，天子詔曰可。人能閉殺機，三光自寧妥。湖波瑩宵鑑，芙蓉顫秋朵。且共醉明月，狂吟莫還舸。

答徐以文

金俊民云：以文名用章上虞人有詩，見魏仲遠《敦交集》。或刻作「徐幼文」，誤也。

我本不羈士，少年慕遠遊。結交盡豪俠，英風邈難儔。浩然志四海，壟斷非所求。群雄亂天紀，誓將除國讎。驅馬向京邑，道路阻且脩。曠望空歎息，失計成淹留。時哉苟未會，白璧寧暗投。恥同五鼎食，笑視千金裘。袁絲尚游俠，枚皋事俳優。知己竟不遇，行藏誰與謀。芳時忽徂謝，冉冉春復秋。人生久羈旅，豈不懷故丘。放歌吳門市，洗耳長江流。雖然不得意，嘗爲蒼生憂。心隨去雁遠，目送孤雲愁。夫子經世士，雖賢不見收。何如共脫屣，速駕凌滄洲。

題燕文貴秋山蕭寺圖

野性樂山水，廛居違素心。蕭然困疲役，胡能遂幽尋。恒思愜所適，勝槩恣登臨。秋清景尤曠，蒼翠列遥岑。霜餘委蔓草，孤秀愛雲林。畸人寡諧俗，結宇丹崖陰。浮念不煩遣，寂寞契沖襟。況復邇蕭寺，禪誦有遺音。簞瓢足自老，簪組知難任。披圖憶所歷，閲歲兹已深。景物匪殊昔，但傷華髮侵。何當脱塵躅，歸休期自今。

燕穆之楚江秋曉圖

曨曨曙光啓，渺渺楓江白。天空爽氣清，露滴千峰碧。微茫雲夢渚，迢遞潯陽宅。五柳高且疏，涼風起蕭瑟。河漢縱復横，分明見秋色。翩然鶴夢醒，孤舟正攜客。

適興

神理固莫測，闔闢無時停。萬物盈兩間，森然咸委形。榮悴從大化，胡爲勞其生。悠悠念往時，飛空如流星。先哲邈難逮，撫己空無成。嚴霜被中園，蔓草猶青青。晨夕自游目，亦足陶吾情。

龍江紀事

避地龍江上，扁舟似杜陵。流離心欲折，漂泊力難勝。水落横魚罟，林疏見寺燈。窮塗何所託，猶喜耦良朋。

題盧元佐所藏江山圖

結茆曾住白雲間，游宦多年客未還。開卷偶然鄉思動，數峰渾似鄂州山。

題陶淵明像

玉山頽矣葛巾偏，老僕扶持步不前。莫道先生渾不醒，醉中猶記義熙年。

蔣兢 一首

兢字維敬，自宜興徙嘉興。建文初舉人才，授文淵閣侍書。

《詩話》：建文諸臣，自《吾學編》《名山藏副書》《史待》《史竊》《史槩》而外，黄佐有《革除遺事》，高璧有《幽光録》，袁祥有《建文私紀》，陳洪謨有《革除編年》，許相卿有《革朝志》，陸時中有《建文逸史》，姜清有《祕史》，王會有《野史》，袁褧有《奉天刑賞録》，劉琳有《拊膝録》，屠叔方有《朝野彙編》，宋端儀有《革除録》，朱睦㮮有《遜國紀》，林塾有《革除史補》郁襄有《革除遺忠録》，杜思有《革朝遺忠録》，鄭應旂有《革朝遺忠列傳》，張朝瑞有《忠節録攷誤》，徐即登有《建文諸臣録》，焦竑有《遜國忠節録》，汪宗伊有《表忠録》，趙士喆有《建文年譜》，趙啓元有《遜國續鈔》，錢士升有《遜國逸書》，陳仁錫有《壬午書》，朱鷺有《建文書法擬》，劉廷鑾有《遜國之際月表》，曹參芳有《遜國正氣紀》，周鑣有《遜國忠紀》，周遠令有《讓皇帝本紀》，高世豐有《盡心録》，以及《奉天靖難記》、《建文事迹》、《建文君臣逸事》、《革除漫録》、《革除紀遺》、《遜國臣紀》、《群忠事略》、《就義編》，紀述者不爲不多矣。然類皆惑於《從亡》、《致身》二録，舉凡河西傭、東湖樵夫、雪菴僧、補鍋匠，一一以姓名實之。而吾鄉若姚侍御瑄，以姦黨誅籍，見《成祖實録》，顧諸書反不及焉。又北平所司州縣官，以靖難師起，棄職遠避，有朱寧等二百一十九人。寧亦未有登載者。至於侍書之葬其師，則諸公所未及知也。予嘗面請學使者，以程公本立、姚公瑄、楊公任、高公遜志，建四忠祠於嘉興，而以侍書配食於高公之右。學使者諾而不果行也。世有主持風教者，表忠之典，冀吾黨君子留意焉。

長相思

長相思，江悠悠，洞庭木落三湘秋。夢中不識别時路，九疑雲黯蒼梧樹。翠華南去不復還，雙蛾灑淚愁空山。五十哀絃雛鳳語，鷓鴣啼處斑斑雨。長相思，思轉深。請以白玉璞，琢出相思心。三湘之深東入海，相思之心終不改。

鄭桓五首

桓字居貞，歙人。洪武中舉明經，官至河南左參政。永樂初，坐方黨死。有《閩南》《關隴》《歸來》《檜庭》諸稾。

《詩話》：侯城取友於林公輔、鄭居貞最親。故其詩云：「雄文不見林公輔，病眼荒荒何處開。」又云：「每懷樗散鄭司戶，喜看杞梓作孫枝。」又云：「林鄭爲文學我家，波瀾議論闊無涯。」又《送居貞入成都》詩云：「兩生萬里來，講道慰寂寞。寧知事多忤，重使欲離索。林也前歲歸，重來忘囊約。鄭子今復去，南行踰巘崿。疑經待同勘，蕪史期共削。相須左右肱，理勢不可各。金門盛才彥，德星耀井絡。翩翩白鳳群，豈復少一鶴。」蓋居貞有「翩翩紫鳳雛」一篇《贈侯城行》，故答及之也。《遺意》詩云：「相對靡俗言，共譚止書詩。遐情或深契，歡笑同解頤。於心有至樂，天地亦可遺。」《贈别》詩云：「丈夫平生懷，豈惟安其身。」則以古道相勗矣。侯城遇林鄭，殆弟子而兼朋友者。居貞坐方黨死於南京，其餘弟子未至作瓜蔓抄也。鄭詩傳者無幾，林尤罕見。曩在都日，梁溪顧梁汾典籍，得其手抄文集，塗乙尚存。尋歸之崐山徐氏傳是樓，惜未及謄其副，至今耿耿於懷。侯城高弟，惟王叔豐最傳誦，集中《感舊詩》有云：「杯酒論心有幾人，天台張縠舊相親。」「精通八法楊文遇，暗誦五經陳用中。」「立言温粹懷陳采，肆筆縱横憶鮑岡。」《寫懷》有云：「伯尚庭前傾竹葉，用中宅畔看梅花。」假有好事者爲之著録，以之配食於木末祠中，亦勝舉也。

植檜有序

河南政府有古檜十四株，蒼翠特立，有古君子之操焉。其一勢日偃側，懼其久而益敧也，乃啓其培而扶植之。噫！孰謂人心之偏不可正邪？詩以詠之。

鬱鬱堂前檜，清陰芘長廊。靈根蟠厚地，直榦凌穹蒼。雨露相沫濡，雲氣時飛揚。如何一敧側，衆中不成行。爾性本孤直，胡爲若徬徨。得非失培護，毋乃風雨傷。一朝爲扶植，老氣猶昂藏。矯矯虬龍逸，翩翩鸞鳳翔。物性尚可治，人心寧自戕。凌霄聳高節，歲寒矢弗忘。大哉棟梁具，期爾薦明堂。

洪武癸亥春以公事出會寧北境四首

答納城邊春水生，百花原上骨縱横。荒郊露宿不成寐，一夜大風吹到明。
雪山高聳入青雲，下有黄河一帶分。粉堞數家高作塞，黄羊十百動成群。
沙葱野韭隨時采，蘆酒黄牛取次嘗。萬里驅馳關塞外，忽驚風物憶江鄉。
荒原人家今少存，好田多是官軍屯。前山遥見黑城子，渴飲不知河水渾。

林右一首

右字公輔，臨海人。洪武間，中書舍人，進春坊大學士，輔導皇太孫，以事謫中都教授，挂冠歸。有《林公輔集》。

題植芳堂

雅心慕幽潔，蒔芳此堂陰。端居寡俗好，庶得觀物心。菀彼徑寸苗，弱質恐不任。靈雨及時降，春榮萋以森。晨興荷吾鉏，逍遥步前林。俟時冀采采，敢使蕪穢侵。靈均世云遠，高蹤邈難尋。興言遺遠者，愧匪瑶華音。

葉見泰 一首

見泰字夷仲，臨海人。刑部主事。有《蘭莊集》。

《詩話》：夷仲，侯城之友。其《贈侯城》詩云：「我友方濟寧，有子字希直。」而侯城集中，有《祭葉主事文》云：「昔我先公，與公，最懽；我爲童穉，輒觀公文。謂公名人，非我敢見，乃辱愛知，不我愚賤。譽我勉我，待以友朋，再薦而起，實忝同徵。舟行千里，連牀接膝，飛觴賦詩，樂意横溢。」蓋論交在紀群之間者也。

蘭莊

霜風薄林泉，衡門迹如掃。賴有楚畹花，相看慰幽抱。芬芳發懷袖，落日思遠道。遠道不可遺，歲晏徒自好。

許繼一首

繼字士脩，寧海人。洪武中，台州儒學訓導。有《觀樂生集》。

方希直云：士脩詩清雅俊潔，出乎天趣。詞修而不浮，意凝而不窒，言暢而旨深。高妙處有魏晉人格韻，非近世詩人所及。

《詩話》：士脩自號「觀樂生」，賦詩九章，其言曰：「天地間物物可樂也，況垂象成形之大者乎！塵土憂勞，亦人自爲耳。静以觀之，取其寓於目而樂於心者，爲《觀樂九詠》。九者何？青天也，白雲也，初日也，霽月也，丹霞也，滄海也，遠山也，澄淵也，古書也。侯城爲之作傳；其卒也，又爲之作銘。稱爲篤志尚德之友，而曰：「君言必出乎正，動必由乎禮，趨舍取予，咸則乎古之君子，而無所苟。其精思學力以求道德性命之藴，汲汲若或失之，而有得乎心，沛然以樂，不以貧賤患難惑其志。予取友二十年，所交海内知名之士甚衆，考其所存，莫有類吾士脩者。」其心悦而推服之若是。士脩《夜坐》詩云：「不意片楮間，乃見古人心。」《自道》詩云：「聖言久彌宣，有求即可得。」皆守道之言也。

述懷寄脩德

昔遊登四明，囬望天台峰。蒼茫見遠色，積翠浮遥空。維時凝雪霽，萬里來天風。想像瓊臺觀，杳在丹崖中。真源隔迷塗，曠絶不可通。煙蘿冷秋月，夜雨鳴梧桐。夢寐發幽感，徒嗟塵累蒙。王子吹笙侶，高情亮誰同。清言契夙心，奮策得所從。振衣石梁上，思躡飛仙蹤。佳游復我愆，有懷鬱忡忡。猶憐雙飛鶴，來候巖前松。

郭鈺一首

鈺字景南，營國第八子。贈定襄伯。

《詩話》：景南最爲方正學所器。有《對雨寄正學》詩云：「小齋頗幽僻，窗扉亦豊敞。新槐檐上緑，細草階下長。寂無人事喧，但愛兩聲響。緬思同心人，吟懷共清賞。」亦復具韋左司體。

夜坐

庭虚初月上，樹響微風入。棲鵲聽猶驚，流螢墮還拾。沈沈寒漏緩，隱隱餘鐘急。坐久不知疲，衣凉露吹濕。

王紳一首

紳字仲縉，義烏人。待制褘之子。官國子博士。有《繼志齋集》。

題墨竹

瀟湘江上暮雲迷，落日無人翠羽低。檥櫂黄陵廟前宿，一篷春雨鷓鴣啼。

唐之淳六首

之淳字愚士，以字行，紹興山陰人。應奉肅之子。建文初，用薦爲翰林侍讀。有《萍居稾》。

王元美云：侍讀清麗，足稱奕世之美。

錢受之云：侍讀爲李景隆子，師數從景隆，徧歷燕薊周秦名都故跡。酒酣以往作爲歌詩，高詠擊節。其詩尤雄雋，而今多不傳，可惜也。

《詩話》：萍居亦正學好友，正學稱其孝行，謂「君父應奉謫死臨濠，君辛勤跋履，奉喪歸葬。追求父平生題詠，荒郵敗壁，高崖斷石之間，纂録收拾，如獲金璧。時時伏讀，凄切動人。」然則應奉所存《丹崖集》，皆出其子所緝也。建文三年，命舉文學之士，撰《鑑戒録》，正學實薦之。召至，即拜侍讀，同事纂脩。是年閏月，即病死元津街官舍。蓋正學之友，若夷仲、士脩、仲縉、皆先正學而亡，故皆不及於黨禍也。萍居詩流傳特寡，聞松陵一故家有鈔本，亟往購之，已轉付新安質庫，不可得矣。

禹廟

昔在帝堯時，洪水滔天流。鯀功既不竟，微禹吾其憂。禹敷下土方，乃至于南州。維南有會稽，玉帛朝諸侯。少康封庶子，衣冠閟山丘。遂令築祠宫，俎豆巖之幽。云何末代下，有穴肆探求。明明太史公，乘筆欺吾儔。豈知大聖人，天地同去留。厥言在《洪範》，箕子授成周。衣裳食息際，莫匪蒙靈庥。皇皇古叢祠，祀典明且脩。空梁詭龍變，亦足爲神羞。

秦望山

秦鹿未云失，龍駕此遐巡。茫茫三神山，虎視欲來賓。時維四海内，孰不讎狂秦。睽睽千萬目，相顧不及晨。尚采不死藥，樓船訪仙真。意欲世無儒，一身當萬春。遂令徐福輩，奔走空辛勤。有之諒莫至，况乃無其人。玆山幾春秋，草木被音塵。上有李斯碑，磨滅無復存。下有神禹陵，佳氣日氤氲。過者同歎息，仁暴固殊倫。

柯亭

蔡子横笛處，名存音則亡。常時亭上人，念此一慨慷。悄然官塗迥，雜樹夾疏篁。先秋氣已襲，颯爽若含霜。漁樵夜各歸，月出斗有芒。微雲翳河漢，龍火干正陽。狐狸草中號，熠燿又宵行。鼉亡鳳不至，何以慰軒皇。我有嶰竹枝，頗復諧宫商。藏之五百秋，正氣慘不揚。天地所愛惜，神人共嗟傷。恒願起九泉，從子返虞唐。

嚴子陵墓

昊天厭新亂，炎劉嘘復然。天子吾故人，不事何其賢。維此一坏土，體魄之所存。清風激巖谷，勁氣出蕭蘭。中有高空雲，日夕相盤旋。化爲千尺虯，下飲清泠淵。爲霖既靡試，翻身入長煙。我見重再拜，毛髮凛沖冠。緬懷東京日，惕然思執鞭。

石鼓詩有序

洪武丁卯秋九月，余在燕城觀石鼓，因賦四十韻。己巳三月，鄉友趙撝謙氏，持墨本來京師，俾余録諸卷尾：

郡學舊辟雍，中有岐陽鼓。古今所聞十，左右各惟五。離離大星隕，兀兀壞雲補。纍纍營竈滅，落落陳沙聚。質若切玄玉，制若覆冷釜。氣若鎔五金，文若斷釵股。孤峰割秋瘦，千葩耀春嫵。森嚴列戈矛，爾雅冠章甫。厓水溜靜懸，海暖浪掀舞。摧輈半折軸，敗舫或遺艣。小龍彭蠡歸，大鵬扶摇舉。斷苔明碎錦，古墨漬潤礎。思昔委秦郊，雷電驚草莽。來牛礪其角，鑿臼加以杵。幸今依黌宫，星日照廊廡。圭璧遜其儀，俎豆與之伍。脱非天意憐，或是神明祐。深檐白晝永，老屋翔鸞翥。晴連晝戟陰，冷濕宫牆雨。諸生獲講解，髦士資訓詁。啓鑰煩豎閽，搨本利商賈。韋辭表姬周，韓語懷李杜。雄章迭鏗鍧，遺恨寄酸楚。紛紜歐蘇作，詰屈薛鄭譜。稱評雖靡定，仿像詎非古。鯫生千載下，匏繫三江滸。神徒馳周南，足不出城府。適從遼碣役，遂作幽燕旅。平生慕奇聞，一日獲嘉覩。初臨色愈莊，欲狎氣斯沮。如親至東都，揖讓申與甫。如親與田獵，搏攫兕與虎。如虚藜莧腹，烹太牢肥羜。如洗蜩蟬耳，聆笙磬柷敔。羈愁破昏懵，喜氣浹眉宇。時維躔壽星，歲甲在彊圉。天寒號鵰梟，城荒茂禾黍。宗周本余懷，覽古亦天與。摩挲重圖訓，蹴蹜媿庠序。聊陳曹鄶風，式繼韓韋武。

和答孟熙見寄之作

少小承家學，荏苒閱三紀。譬之田舍兒，所習惟耒耜。力耕不逢年，餒也亦足恥。朝英既已萎，夕秀曷可恃。忽枉同志人，妍辭寄深旨。展誦累宿昔，反覆悲復喜。達生固通人，俟命則君子。爲山由簣升，斲車自輪始。勉矣期共臻，報德愧無佀。

袁凱十九首

凱字景文，松江華亭人。洪武中，徵拜御史，以病免歸。有《在野集》。

張汝弼云：景文渾厚含蓄，遠逼盛唐。

李賓之云：凱詩專學杜。

陸子淵云：海叟詩，國初未見其比。

李獻吉云：海叟師法子美，集中詩《白燕》最下最傳，諸高者顧不傳。

何仲默云：我朝諸名家集，多不稱鄙意，獨海叟較長。叟歌行法杜，古作不盡是，要其取法必自漢魏以來者，蓋具體而未大耳。

徐子元云：景文師法少陵，格調高雅，奚止《白燕》

莫子良云：景文志窮騷雅，力挽頹靡，詩非少陵勿道。是乃得其髓，不獨咀其華；領其神，不獨標其格。讀《在野集》寥寥數簡，令人有一唱三歎之思焉。

王元美云：袁景文如師手鳴琴，流麗有情，高山尚遠。

胡元瑞云：仲默於國初詩，特推海叟，其詩氣骨出高、楊上，才情勿如也。

何元朗云：袁景文古詩學選，近體宗杜，格調最正。

顧玄言云：景文才情遒拔，往往有奇語。

俞汝成云：誦海叟詩，知爲恬澹先幾之士。

將仲舒云：景文如兒鷹試風，雖未長成，已自縱快。又云：雖未登大雅之堂，寔已超宋人之乘。

程孟陽云：海叟詩，氣骨高妙，絶去雕飾，天然道貌，即之泠然，自宋元來，學杜未有如叟之自然者。

陳卧子云：海叟亦能作俊語。

李舒章云：海叟如三吳解事子弟，頗有游涉，未登堂奧。

宋轅文云：景文秀不及季迪，健不及伯温。而體格莊雅，時見逸思，故獨爲仲默所推許。

《詩話》：嫣雌子斥楊鐵崖爲文妖，惟詩亦然。雖才情横逸，而習氣太深。沿其派者，高則温岐、李賀，下或雜以宋詞元曲。孟載子高皆所不免，獨海叟純以清空之調行之，洵不易得。然合諸體觀之，則不及季迪、伯温尚遠，何仲默推爲國初之冠，似非篤論也。世傳海叟賦《楊白花》，有譏之者曰：「欲種楊樹於深宫，將蒔花蕚於何地？」海叟聞之，遂佯狂騎烏犍，杖木笛，行九峰三泖間。徵典郡校不起，對使者歌《月兒高》一曲，是又河西傭、補鍋匠之亞矣。海叟居松江府治東門外，崇禎末，單麻城恂，即其址構白燕菴。李舍人待問書聯於柱云：「春風燕子依然入，大海鰻魚不可尋。」相傳孝陵有言：「東海走却大鰻魚，何處尋得？」爲海叟而發也。恂字涓菴，庚辰進士，以詩文名。待問字存我，癸未進士，精書法，死於難。

楊白花

楊白花，飛入深宫裏。宛轉房櫳間，誰能復禁爾。胡爲高飛渡江水？江水在天涯，楊花去不歸。安得楊花作楊樹，種向深宫飛不去！

陳卧子云：感慨深長。

書北山精舍壁

夙昔慕幽曠，中年值奔走。及兹始知返，顧已成皓首。兹爲山水選，風氣固深厚。崒嵂皆巇𡾰，緜邈盡林藪。清泉瀉幽磴，白雪被層阜。既多緇錫流，況有耕釣叟。初心已云協，雅言得兼受。始來疏梅墮，復此山櫻剖。庶幾去日遲，誰謂行當久。揮手謝朋侶，吾將寄衰朽。

陳卧子云：　清整之作，其源出於王粲。

馬氏西園宴别吴進士善卿

竹陰連水屋，荷氣集池臺。南國佳人在，西園高宴開。好風因樹起，新月度河來。别後江潭上，離腸日九回。

送李高士歸荆州

南京高宴罷，西土遂言歸。江路猶殘雨，荆門正落暉。蓬生仲蔚宅，秋入老萊衣。明發思君處，蕭條鴻雁飛。

送任李二高士歸越

老去任公子，重來李少君。仙凡初不遠，江海自離群。水遶吳宮樹，山連禹穴雲。汀州有長笛，日暮不堪聞。

村居懷京下一二友生

罷職非能吏，歸田即老農。有詩聊度日，無字可書空。白髮將誰念，黄粱且自春。故交能問訊，家在五湖東。

思歸簡嚴八

天高風正急，鴻雁傍人飛。江外無來使，淮南盡擣衣。悲歌聊當泣，遠望亦同歸。爲報嚴夫子，滄洲與願違。

春園

春園江水上，江霧日昏昏。沙暖長垂釣，花深不閉門。家童鉏隴麥，野客共盤飧。衰老仍耽酒，經年懶出村。

懷王道士

宣城王道士，愛著芰荷衣。一自清江别，三年白雁飛。酒徒隨處有，冗客向來稀。最憶青城夜，狂歌不肯歸。

登浦上閣

高閣春波上，登臨獨愴然。故鄉從此去，久客未言旋。花好誰家屋，帆輕何郡船。朝來有微雨，應灑郭西田。

泗上書懷

爲客山川遠，封侯歲月遲。後生方爾汝，吾輩復驅馳。豈是逢迎惓，深知氣力衰。還將歸老意，先報海鷗知。

客中除夜

今夕爲何夕，他鄉說故鄉。看人兒女大，爲客歲年長。戎馬無休歇，關山正渺茫。一杯柏葉酒，未敵淚千行。

京師得家書

江水一千里，家書十五行。行行無別語，只道早還鄉。

無題

門外青青草，今年更覺深。前時玉釵墮，侍婢不能尋。

淮西夜坐

蕭蕭風雨滿關河，酒盡西樓聽雁過。莫怪行人頭白盡，異鄉秋色不勝多。

吳明卿云：悲惋欲涕。

客中夜坐

落葉蕭蕭江水長，故園歸路更茫茫。一聲新雁三更雨，何處行人不斷腸。

淮東逢張十一信

少年追逐共西東，吳邁文章馬亮弓。一自干戈零落後，白頭淮海獨相逢。

李時遠云：唐調。

程孟陽云：似乎率易？然是老杜法脈。

李舒章云：似子美存沒口號。

朱子蓉云：學杜不當如是邪！

寄三江王六秀才

滄洲荷屋晚秋時，橘柚青黄滿戶垂。安得扁舟趁潮去，醉看江雨散輕絲。

題蘇李泣別圖

上林木落雁南飛，萬里蕭條使節歸。猶有交情兩行淚，西風吹上漢臣衣。

王元美云：頗見風雅。

李時遠云：鎔詞鑄意，妙絶無比。

陳卧子云：不減李益。

漏瑜 一首

瑜字叔瑜，一字大美，别號越南，會稽人。革除間河南道監察御史。有《石軒集》。

張園貞云：大美寓居烏墩。「烏青九老」其一也。

《詩話》：侍御潛迹江湖，締交耆舊。宣德中，在烏墩爲九老之會。時趙巘伯高，年九十一，吴焕汝文，年九十；趙岐伯通，年八十九；孫孟吉兆禎、唐其諒，年八十五；水宗達朝宗，年八十二；叔瑜與壺敏中行、錢郁耀宇，年皆八十餘。時人有詩紀其事云：「景迫桑榆盡日閒，更邀同志效香山。尋常樽酒頻酬勸，適意林泉任往還。心遠自忘塵世事，年來不鎖利名關。莫言九老非前比，養得天和總一般。」流傳以爲佳話。巘，宋安定郡王後，洪武中官儀鑾司序班；岐，安康郡王後；孟吉，革除間太常博士；其諒，革除間以文史院出署天長丞；郁，湖廣石門知縣；巇、煥、孟吉、敏，皆烏墩人；岐，青鎮人，宗達，吴江人；其諒，鳳陽人；郁，臨安人。敏，好乘舟玩水，時號浮瀾先生，著有《竹松集》；煥有《怡安集》。烏墩一曰烏戍，亦曰烏鎮，又曰烏陀。青鎮即青墩也。萬曆中，扶溝何出光撰《蘭臺法鑒録》，凡任御史者，書其名系，獨不載叔瑜，殆以革除間任舊籍去之故爾。

明妃怨

萬里黄雲塞草枯，琵琶無語月明孤。玉關回望將軍寨，錦帳氍毹夜博盧。

龔詡 二首

詡字大章，崑山人。父詧，洪武給事中，戍五開死。勾詡補伍守金川門，靖難師入，變姓名王大章遁歸。更二十餘年，禁稍解，賣藥授徒。周忱撫江南，薦爲學官，不赴。既卒，門人私謚曰「安節先生」。有《野古集》。

爲彦中題畫

青山之青如佛頭，白雲化作寒泉流。世間塵土飛不到，眼中景物俱清幽。若人自是好静者，豈非五柳先生儔。每託琴尊寫高興，脱屣樂從魚鳥游。却笑時人苦不達，漏盡鳴鐘猶未休。君不見小虞塘西玉峰下，一菴已遂吾菟裘。共論心事肯相過，斗酒當爲山妻謀。

竹枝歌

朝見浮雲飛出山，暮見浮雲飛入山。浮雲自是無心物，郎既有心何不還。

魏澤一首

澤字彦恩，溧水人。刑部尚書。靖難後，謫寧海典史。錢受之云：彦恩録方博士家時，藏其幼子，以故方氏不絶。謝方石詩所謂「孫枝一葉是君恩」者是也。

過侯城里

筍輿衝雨過侯城，撫景悽然感慨生。黄鳥向人空百囀，清猨墮淚只三聲。山中自可全高節，天下難居是盛名。却憶令威千載後，重歸華表不勝情。

袁敬所 一首

敬所不知其名。靖難後，流寓常山之松嶺，酒酣，書《五柳圖詩》，擲筆悲吟，繼以濺淚。有江右布商見之，曰：「此吾鄉某編脩，何爲在此？」敬所趨掩其口，不顧而去。

題淵明五柳圖

藜杖芒鞵白布裘，山中甲子自春秋。呼兒點檢門前柳，莫遣飛花過石頭。

明詩綜卷十七

小長蘆　朱彝尊　録
錫山　秦實然　緝評

姚廣孝四首

廣孝長洲人，幼名天僖，既爲僧，名道衍，字斯道。洪武中，以高僧應選侍燕邸。永樂初，論靖難功，爲僧録左善世，加太子少師，復姓，賜今名。卒贈榮國公，謚恭靖。有《逃虚子集》。

高季迪云：衍公詩險易并陳，濃淡迭顯，能兼采衆家，不事拘掞。

俞汝成云：少師詩縱淺近宜傳。

顧玄言云：恭靖性空思玄，心寂語新，惠休法振不得專譽禪藻。

蔣仲舒云：少師棲遁禪宗，中嬰世網，既參佐命，卒叛初服，互逃儒釋之間，未獲進退之所。

其詩如忉利天，雖自快樂，未就解脱，魔障既深，終當墮落。《静志居詩話》：少師與十高僧同徵，當時孝陵知人則哲，何不移來復之誅誅之。攷前代桑門得預軍謀者，若佛圖澄、道安、鳩摩羅什、支曇猛、竺朗，皆非盛世之事。少師獨早著才稱，晚參帷幄，文與「北郭十友」之林，武居靖難諸臣之首，咄咄怪事。觀其入燕兩謁劉太保墓，賦詩云：「良驥色同群，至人迹混俗。知己苟不遇，終世不怨讟。偉哉藏春公，簞瓢樂巖谷。一朝風雲會，君臣自心腹。大業計已成，勛名照簡牘。身退即長往，川流去無復。佳城百年後，何人敢樵牧？斯人不可作，再拜還一哭。」蓋早以藏春子自况矣。

答楊孟載

棲棲泊城南，春深抱幽獨。餘花猶綴紅，衆樹已滋緑。兹因廛内居，始憶山中屋。何時陪騎游，吟看舊題竹。

送友人之松江

潮來沙磧平，月落海門曙。汀蒲轉風葉，堤柳摇煙絮。江頭春可憐，天涯人獨去。有歌送君行，無酒留君住。雪浪没沙鷗，雲帆出江樹。回首讀書堆，青山不知處。

題秋寺晚晴圖

猨將朔吹哀，雲帶溪流駛。相送獨歸僧，蕭蕭夕陽寺。

秋蝶

粉態凋殘抱恨長，此心應是怯淒凉。如何不管身憔悴，猶戀黄花雨後香。

解縉 三首

縉字大紳，吉水人。洪武戊辰進士，試中書庶吉士，尋除御史，謫河州衛吏，旋待詔翰林。永樂初，進侍讀學士，直文淵閣，預機務。逾年，進翰林學士，出爲廣西參議，改交趾。入奏事，會太宗北征，見東宫，辭去。爲高煦所譖，徵下獄，命獄吏沃以燒酒薶雪中，死。有《春雨齋集》。

楊東里云： 大紳詩豪宕豐贍，頗似李杜。

黄廷臣云： 學士古體詩入《太白集》中，孰别其爲近時之作？

蔡朔云： 先生詩豪縱放逸，一自胸中流出，譬之長江大河，一瀉千里，覽者爲之心驚目駭。

李賓之云：學士才名絶世，詩無全稾，傳者真僞相半，頓令觀者有「楓落吴江」之歎。

廖玄素云：學士興會所到，肆意成章。水搏蛟蚪，陸劓犀象。淵乎其不窮，浩乎其有餘。高皇智屈群策，親如善長，貴如廣洋，惟庸近侍，如安如濂，如觀如素，雷霆所擊，罔不震慴。學士以一少年，萬言批鱗，靡所忌諱，而聖度優容，令其進學，才難之歎，猶可想見也。

徐子元云：大紳獨駕青鸞，翺翔八極，使謫仙遇之，當懸榻以待。

王元美云：解大紳如河朔大俠，鬚髯戟張，與之周旋，酒食傖父。

俞汝成云：解學士才冠一時，積學尤富，發爲詩文，宜無與敵。乃多率意遣辭，不事磨鍊，若信筆游戲者然。蓋在國初風會，習尚使然也。

穆敬甫云：解詩如塵起朱輪，風生緑幰，乃詩中貴游也。李時遠云：學士天質甚美，詞鋒甚鋭。但少温厚和平之氣。

錢受之云：學士才名烜赫，傾動海内，俗儒小夫，讕言長語，委巷流傳，皆爲藉口。今其集存者，出自後人掇拾，往往潦草牽率。不經意匠，巧遲拙速，遂令學士蒙謗千古，則後死者之過也。

《詩話》：明初詩傳者多失真，如楊廉夫《題鍾山》作，此吾鄉朱山人純詩也。解學士《題虎顧衆彪圖》，則又廉夫之詩也。乃説詩者謂：「太宗幾欲廢嫡，見詩而止。」傅會之言，殊堪發笑。學士詩敏捷，不大推敲，其言曰：「寧爲有瑕玉，莫作無瑕石。」其立意固如是矣。然就近體而論，如「細雨乍過西掖樹，熏風遥聽上林鶯」。「青山拍拍風沙滿，紅葉蕭蕭浦樹稀」，「三千歲後桃花老，二十四橋秋水通」，「天連銅柱蠻烟黑，地接珠厓海氣黄」，「粤女黷妝爭丱髮，傜人村鼓共鳴銅」，「青山遠道遥相送，畫舫中流獨自歸」，「千家竹屋臨沙觜，萬斛江船下石頭」，未嘗不符作者，亦何至叫囂隳突，若世所傳詠物諸詩，衆惡皆歸，皆由敏捷召之。乃知驟裹以迅驟爲主，鷹隼以輕疾爲妙。張純之言，大非篤論。

彭澤

青山圍一縣，隱隱見人家。亂石邊江出，孤帆帶日斜。翠添官舍柳，香泛驛樓花。不見陶彭澤，湓城起暮鴉。

寄黄玄齋

來時蕭峽駐輕舟，惆悵初年作遠遊。夢裏相思不相見，武功山下月輪秋。

龍州

波羅蜜樹滿城闉，銅鼓聲喧晝賽神。黄帽葛衣墟市客，青裙錦帶冶游人。

楊士奇十七首

士奇名寓，以字行，泰和人。建文時，以辟召入翰林。永樂初，改編修，入直文淵閣，累官少師、華蓋殿大學士，贈太師，謚文貞。有《沙羨》《石臺》《東里》諸集。

楊弘濟云：東里歌頌太平，未嘗不致儆戒之意。至於觸物起興，亦莫不各極其趣。體製音響，皆發乎性情，非求之工巧者比。

李賓之云：文貞學杜，間得魏晉遺意。

徐子元云：東里格調清純，實開西涯之派。

王元美云：楊東里如流水平橋，粗成小致。

胡元端云：楊文貞、文敏、胡文穆、金文靖，皆大臣有篇什者，頗以位遇掩之。詩體實平正可觀。

蔣仲舒云：少師韻語妥協，聲度和平。如潦倒書生，雖酬酢雅馴，無復生氣。

錢受之云：東里辭氣安閒，首尾停穩，不尚藻辭，不矜麗句。太平宰相之風度，可以想見。以詞章取之，則末矣

《詩話》：東里優游按衍，諸體皆藴藉可觀。其《自序》云：「古之善詩者，粹然一出於正，用

之鄉閭邦國，皆有裨於世道。夫詩，志之所發也，三代公卿大夫，下至閨門女子，皆有作，以言其志，而其言可傳。余早未聞道，既溺於俗好，又往往不得已而應人之求，即其志之所存者，無幾也。」亦可謂能自訟矣。

送尤文度歸吴中

我友整遐裝，誓將起旋歸。平明發城邑，率彼東路馳。爰與二三子，祖餞臨郊岐。中觴趣分袂，悵悵使我悲。嚶鳴求其友，竊慕伐木詩。平生攜手好，何爲中仳離。行當阻川岫，安得睹光儀。情敦思苦深，久要諒不遺。各言崇令德，庶保黄髮期。

漢江夜泛

汎舟入玄夜，奄忽越江干。員景頹西林，列宿粲以繁。凝霜飛水裔，回飈蕩微瀾。孤鴻從北來，哀鳴出雲間。時遷物屢變，游子殊未還。短褐不掩脛，歲暮多苦寒。悠悠念行邁，慊慊懷所歡。豈不固時命，苦辛誠獨難。感彼式微詩，喟然興長歎。

李舒章云：楚楚自好，不失選體。

同蔡尚遠尤文度朱仲禮楊仲舉蔡用嚴游東山

步出城東門，逍遥望雲巘。累月懷佳遊，兹晨遂登踐。梵宇繞層阿，飛樓凌絶峴。方塘涵湛碧，喬林茂敷衍。繁翳幽莫通，丰茸紛不剪。攀磴窮高躋，緣逕屢回轉。是時微雨收，輕霞澹舒卷。睇遥素横川，俯夷緑盈畎。陟降體自便，顧睇心已緬。况接曠士言，復偶釋子辯。析空理弗昧，違喧抱逾展。何因此閒棲，永令浮慮遣。

永豐曾氏龍潭

開軒面澄潭，潭水緑於染。其下蟠蛟虬，四時興有滃。嘉樹羅葱蒨，煙霞互舒斂。晴漪漾春牖，凉颸含暑簟。俗轍謝經過，書卷恒不掩。探微心有得，行素道無歉。消摇視天宇，油雲馳冉冉。庶跂沂上樂，誰當歎與點。

題劉逸人樂耕卷

理生雖異業，居世皆有務。治本既在兹，食力余所慕。九扈春始鳴，興言向田墅。初來正溝塍，爰方藝禾黍。雖有耘耨勞，三時足甘雨。歲功聿已成，屢豐報田祖。儲峙何必多，取具充寒暑。有酒可同歡，時時會鄰父。既醉去悠然，登高睇平楚。一爲擊壤謡，游心緬千古。

雨中寄鄒仲熙

炎月苦淫雨，抱疾坐幽居。淖泥横隘巷，流潦溢深渠。已絶還往迹，遂將人事疏。時聞黄鳥鳴，交交屋東隅。豈無斗酒酌，閒玩古人書。興懷在君子，夙昔同歡娱。契誼託金蘭，清德重璠璵。跬步不可即，而况千里餘。仰瞻白日暉，屏翳何由舒。念離余未弭，單居子何如。

題費同知松樹障子

當代畫松誰最精？王紱、卓迪俱馳聲。兩生以來鮮繼者，鳳池周璿新得名。此圖筆有千鈞力，全幅剡藤開潑墨。雙株奮起如雙虬，直氣森森勢千尺。樛枝屈鐵蟠穹蒼，勁節磊砢鱗甲張。長風颯颯動滿座，六月清晝高堂凉。吉安别駕好奇古，對此宛然巖壑趣。茯苓琥珀焉足期，堅操終懷共遲暮。别駕别駕臨安彦，浙東山東宦游遍。四明徂徠千歲植，所歷山林屢嘗見。大材之成由化工，自古匠輸希得逢。明堂清廟選梁柱，何限空老深山中。

賦得滄浪送陳景祺守襄陽

漢水帶襄城，滄浪舊有名。分符來五馬，如練照雙旌。濟涉思爲楫，聽歌想濯纓。須令郡人説，堪比使君清。

答黄宗載

又是三年别，新來百感增。薰蕕安可問，枘鑿苦難勝。白髮落垂盡，青山歸未能。故人贈佳句，擬報玉壺水。

夜發清江口

日落煙水寒，解纜清江渚。中夜北風來，相送潭州去。

過谷亭

明月轉檣竿，露下孤篷濕。欲繫谷亭舟，沙頭風正急。

夾溝遇邑人

聞道故鄉來，辭家今遠近。恐有南京書，停舟試相問。

題鄂渚贈別

鸚鵡江中紅樹，鳳皇城裏青山。借問來游幾日，秋水蘭舟獨還。

三十六灣

湘陰縣南江水斜，春來兩岸無人家。深林日午鳥啼歇，開遍滿山紅白花。

宣德丙午謁二陵二首

去年侍從謁長陵，此日重來慟倍增。春柳春花渾似昔，獻陵陵樹復層層。

君恩追憶不勝哀，老淚乾枯病骨摧。陵下一來腸一斷，餘生知復幾回來。

過城陵磯

城頭水落石層層，石上魚檣半搭罾。忽望高樓出城郭，舟人指點説巴陵。

楊榮 三首

榮初名子榮，字勉仁，建安人。建文庚辰進士，除翰林編修。靖難後，入直内閣，更今名，累官工部尚書，謹身殿大學士，加少師。卒贈太師，謚文敏。有《雲山小稾》、《静軒》《退思》等集。

錢受之云：東楊久居館閣。朝廷高文典册，皆出其手。而應酬題贈之作，尤爲煩富。

《詩話》：東楊詩頗温麗，上擬西楊不及，下視南楊有餘。

題馮敏山水圖

鳳池仙客天機精，筆端點染真天成。想當適意自盤礴，呼吸造化含元英。欣然寫此得佳趣，雲水微茫帶煙樹。左拏右攫森相樛，恍若蛟龍飛不去。縣厓峭壁不可攀，岧嶤直入霄漢間。幽亭卜築在深處，塵氛不到清晝閒。是誰蕭散事游賞，短櫂輕舟自來往。晚風不動碧波平，瀲灩寒光映蘭槳。斯人偉矣真罕儔，飄飄儼若神仙流。披圖一覽發清興，仿佛萬里江南秋。

元夕賜觀燈

象緯臨天闕，瑶臺集萬靈。雲霞紛掩映，星斗叠晶熒。寶地春應滿，金門夜不扃。千官陪宴樂，拜舞在明庭。

鑑湖一曲爲史院判題

見説山陰道，湖光一鏡秋。遠含晴日動，迴帶晚煙浮。花發連堤樹，帆飛隔浦舟。横塘空有夢，未許賦歸休。

楊溥 一首

溥字弘濟，石首人。建文庚辰進士，除翰林編修。靖難後轉太子洗馬。宣德初，以太常卿兼學士，直内閣，歷官少保，武英殿大學士。謚文定。有集。

《詩話》：三楊位業并稱，南楊詩名獨不振。

楊思敬東郭草亭燕集

芝蘭本同氣，桃李自成蹊。感彼歲易邁，肯與心賞違。迢迢禁城東，桑麥連重畦。聯轡縱遐覽，我懷浩無涯。惠風煦澄景，微雨浥芳姿。人生有至樂，舉觴歌於斯。

胡廣二首

廣字光大，廬陵人。建文庚辰賜進士第一，更名靖，除翰林修撰。靖難後直内閣，復名廣，累官文淵閣大學士。卒贈少師，禮部尚書，謚文穆。有《晃菴扈從集》。

楊東里云：胡公賦詩，取適性情。近體頗得盛唐之趣。

《詩話》：楊東里《楊白花》云：「楊白花，逐風起。含霜弄雪太輕盈，蕩日摇春無定止。樓中佳人雙翠顰，坐見紛紛渡江水。天長水闊花渺茫，一曲悲歌思千里。」胡光大《楊白花》云：「楊白花，渡江竟不還。非汝故來急，恐落泥塗間。春光憔悴如花顔，相思不見空長歎。浮雲流水何漫漫。安得隨風返高樹，仍結柔條莫飛去。」世傳袁景文賦此題，蓋緣讓皇遜國而作。然則兩公詩，亦不無故主之思矣。然邪，否邪？詆光大者，謂「金川門之變，約周紀善同死，既而人偵之，尚在餵豕。」果爾，則可鄙已甚。觀集中過顔平原、文信國、余青陽祠，輒有弔古之作。其《題宋思陵所書洛神賦》云：「靜夜焚香閲舊書，洛神下筆意何如。可憐不寫《平戎策》，千古中興恨有餘。」「汴水園林迹已荒，南來宫館燕錢塘。卧薪有志圖恢復，好寫招魂酹岳王。」其辭悽惋，不類牧豬奴。東里尤與相契，胡語楊曰：「吾兩人實兄弟，後死則銘。」及胡没後，楊夜夢偕胡泛舟，自快閣至郡城下聯句。胡云：「金螺瀟灑對芙蓉。」楊云：「鷺渚漁舟窈窕通。遠樹白雲秋色淨」，胡云：「故人清興酒船同。河山夢冷謳吟後」，楊覺而續之云：「生死交深感慨中。猶想勝緣如夙昔，并騎黄鶴過江東。」永嘉謝庭循爲作圖。相傳東里亦與紀善誓同死，後語其子曰：「吾若偕亡，誰與尊公作傳？」豈兩人品行相近，故友誼諄諄若是邪？

滕縣隨獵

隨獵入深山，山深多乳虎。虎見人來却負嵎，人一向之觸而怒。群犬聞虎聲，競趨至虎傍。下口亂咋虎莫當，犬視齧虎如齧羊。昔聞泰山麓，有虎相馳逐。尼父駐遊車，下問婦人哭。嗚呼！安得此犬在當時，盡驅猛虎食其肉。

重陪駕至太液池

玉砌臨無地，飛甍上倚天。微風斜舞燕，高柳沸鳴蟬。芳草茸茸細，池荷箇箇員。孰知丹禁裏，别有好林泉。

金幼孜 一首

幼孜初名善，以字行，新淦人。建文己卯舉人，授戶科給事中。靖難後，改翰林檢討，歷右諭德，掌翰林學士，陞文淵閣大學士，歷官太子少保、禮部尚書，兼武英殿大學士。卒贈少保，謚文靖。有《北征集》。

《詩話》：文靖扈駕北征，大漠窮沙，靡不身歷。故其詩，時露悲壯之音。

元夕觀燈應制

閶闔重重夜，不扃，瓊樓十二敞銀屏。東風一曲昇平樂，此夜都人盡許聽。

夏原吉 一首

原吉字維喆，湘陰人。以鄉薦游太學，選授户部主事。建文初，擢户部右侍郎。靖難後，進尚書，遣視江南水利，歸掌行在吏、禮、兵部都察院事。仁宗即位，復户部尚書。加少保兼太子少傅。宣德五年卒，贈太師，謚忠靖。有集。

《詩話》：長陵靖難而後，瑞應獨多，黄河清，甘露降，嘉禾生，醴泉出，卿雲見，野蠶成繭，麒麟騶虞、青鸞、青獅、白雉、白燕、白鹿、白象、玄兔、玄犀、史不一書，甚矣，天之難諶也。當時詞臣，爭獻賦頌。夏公長律，會粹而詳書之，具見閎麗。讀之如覽西周「王會」之圖，披北魏、南齊「符瑞」之志，亦可云詩史矣。特魚、虞、模并用，殆猶遵《洪武正韻》乎！

聖德瑞應詩

聖主膺乾運，垂衣馭八區。道隆堯舜比，功茂禹湯俱。蕩蕩三邊肅，熙熙兆姓娱。普天歌至治，率土發靈儲。爰有諸蕃國，能忘萬里塗。隨槎超瀚漫，獻瑞効勤渠。渺渺來中夏，惓惓覲帝居。麒麟呈玉陛，獅子貢金鋪。紫象靈山種，驊騮渥水駒。駝雞同鸑鷟，文豹擬騶虞。福禄身紆錦，靈羊尾載車。霜姿猨更異，長角獸尤殊。綵檻奇音鳥，雕籠雪色烏。玄龜三尾曳，山鳳五花敷。日上龍墀麗，風回貝闕迂。禮官躬典設，蕃使肅奔趨。仙掌開丹扆，祥煙散紫衢。重瞳欣一顧，百辟震三呼。兹豈尋常致，端由治化乎。既將昭帝德，尤足壯神都。炎漢何能擬，姬周莫并驅。拜瞻嗟慶幸，稱贊愧荒疏。惟願皇風洽，仍祈化日舒。鴻圖千載固，聖壽萬年餘。

黄淮 一首

淮字宗豫，永嘉人。洪武丁丑進士，除中書舍人，陞翰林編修，歷侍讀，左庶子，進右春坊大學士，輔東宮；繫詔獄十年。洪熙初，入内閣，兼武英殿大學士，累官少保，戶部尚書。卒謚文簡。有《介菴》《省愆》《歸田》等集。

《詩話》：長陵北征，留文簡輔皇太孫。漢庶人中以蜚語，繫詔獄十年，遂以《省愆》名集。集中詩所云「寶劍薶豐城，斕斑土花碧」，又云「十年頓足圜扉間，時向牆頭看柳色」是也。因是受知宣廟特深。當其入朝，賜游西苑，肩輿登萬歲山，宴太液池，親灑宸翰，《贈行》有云：「朝旭光升紫殿清，相對清言良慰情。留之累月不盡意，歸心又欲東南征。雁宕峰高高不極，中有謝公舊游蹟。采芝斸苓可長年，應在天南憶天北。」君臣相悦，可謂千載一時。

勵志

猗猗者蘭，于彼空谷。悠悠我思，曷云其穀。猗猗者蘭，維芳維馨。我有好爵，君子攸寧。蘭之榮矣，繁霜瘁之。靜言孔念，中心悵而。蘭之瘁矣，益厚其根。我之懷矣，匪善奚敦。蘭之瘁矣，芳華載陽。淑慎其身，終焉允臧。

李至剛 三首

至剛名銅，以字行，松江華亭人。洪武中，舉明經試禮部郎中，出爲河南布政司參議。永樂初，以薦擢右通政，拜禮部尚書，兼左春坊大學士。

《詩話》：尚書無詩名，其僅存者，頗娟秀。

題王孟端送行圖

汀洲杜蘅歇，南浦西風生。美人鼓蘭楫，路指江南行。南行向何許，東望吳松去。吳松秋水多，緑遍芙蓉渚。渚外九龍山，山邊三泖灣。人家臨水住，日暮采菱還。采菱歌易斷，送子愁零亂。愁來可奈何，思滿江南岸。江南不可思，動子情依依。皇都春色早，遲子速來歸。

朱澤民秀野軒

幽居遠城郭，寂寞自成村。野色還通市，春潮直到門。竹窗晴曬藥，花塢晚開尊。想象其中趣，何由得具論。

趙子固水仙

水精宮闕夜不閉，仙子出游凌素波。爲愛低頭弄明月，不知零露濕衣多。

趙玒 一首

玒字雲翰，祥符人。洪武丁卯舉人，授兵部主事，遷員外，陞浙江右參政，命使交趾，還擢刑部右侍郎，改工部，復改禮部尚書，尋改兵部，再改刑部。有《傖父集》。

《詩話》：尚書識于忠肅於弱齡，可謂具知人之鑒。

忠肅序其詩云：「尚書雍容廟堂之暇，發爲辭章長篇短什，操楮立就。有沈雄而典重者，有舒徐而優柔者，有平衍而沖淡者，有光采煥發而豪宕放逸者，有清新流麗而忼慨悽惋者。變態不一，豈區區拘泥聲律、摹仿前人於萬一者之可擬哉！」其稱許未免過情，蓋知己之感深矣。

城南書事

三年爲客寄龍沙，望斷南雲不見家。惟有受降城外月，照人清淚落悲笳。

陳卧子云：頗有嘉州之風。

蔣仲舒云：一字一淚。

黄福二首

福字如錫，昌邑人。由鄉貢仕爲主簿，累官户部尚書。卒贈太保，諡忠宣。有《後樂堂稿》。

過武昌

城頭黄鶴樓，城外鸚鵡洲。舳艫出漢表，葭菼分江流。棲棟白雲暮，接天芳草秋。我來吟不盡，沽酒載行舟。

長沙懷古

漢庭求士急，洛下賈生賢。損益乃長策，紛更真少年。楚江魂不返，宣室席空前。一櫂西風過，令人倍惘然。

陳璉九首

璉字廷器，東莞人。洪武中，以明經薦，爲桂林教授，遷國子助教。永樂初，知許州，改滁州，尋以揚州知府攝州事，擢四川按察使；入爲南京通政，使掌國子監事；終南禮部侍郎。有《琴軒集》。

《詩話》：琴軒詩，較孫仲衍不及，視雪篷、聽雨諸君，似勝之。

游新安爛柯山王喬洞

峨峨爛柯山，日夕生紫煙。仙人啓洞府，澗水導其前。白石寒齒齒，幽篁靜娟娟。紺露泫瑶席，慶雲集蕙櫋。泠風從東來，可以散煩悁。萬變紛在目，汎覽何茫然。王事有嚴戒，胡能久周旋。振衣下山去，滿耳淒鳴蟬。

蘇小小墓

蘇小家錢塘，檇李有遺墓。芳姿竟何在，碑石宛如故。光陰百歲短，聲色幾人悟。可憐墓前花，涓涓泣秋露。

曉發麻沙夾

昨暮維輕舠，蕭條近沙渚。篷窗倚蒹葭，淅瀝鳴秋雨。晨興喜光霽，萬象爭快覩。雙帆駕順風，如鳥插新羽。潮來海氣腥，浪起雪花舞。行望鐵甕城，雲邊見樓櫓。

羅稚川山水歌爲孫伯貞賦

郭熙後有羅稚川，妙畫往往人爭傳。醉來乘興掃輕素，下筆蕭颯生雲煙。天台雁宕宛相似，仙樓佛閣紛滿前。春風瑶草發幽澗，暮雨藤蘿垂古阡。危橋半空度羸馬，斷厓千尺飛寒泉。扁舟一葉欲何往，人家多住沙岸邊。牛羊雞犬各成隊，武陵何必求神仙。我亦平生好清致，出山自笑歸無緣。還君此畫三歎息，羅浮東望心悠然。

哀洸口有序

南漢禹餘宫東西招討使、内侍監上柱國邵廷琄，劉鋹愛將也。宋太祖受禪，廷琄言於鋹曰：「漢承唐亂，居此五十年。幸中國有故，干戈不及，而漢益驕於無事。然兵不識旗鼓，而人主不知存亡。夫天下亂久矣，亂久而治，自然之勢也。今真人已出，必將盡有海内，其勢非一天下不已。宜修兵爲備。不然率珍寶奉中國，遣使以通好。」鋹懵然不以爲慮。及宋師南伐，鋹所遣將戰死，始思廷琄言，命廷琄以舟師出洸口。有譖之者，鋹遣使賜死。士卒排軍門，訴無反狀不能救，爲立祠洸口。廷琄，東莞人。邵村居者即其遺族。

哀洸口，天爲愁，海風吹鬢寒颸颸。五羊城頭天狗墮，南漢霸氣應全收。天吳海鯨恣吞噬，漠漠妖氛遍南裔。皇風聞已暢中原，嶺海瘡痍待湔洗。禹餘宫使輸忠言，主聰不悟誠堪憐。舟師甫自屯洸口，此身已殞讒人手。至今山下有遺祠，日色慘澹行人悲。

得家書聞舍弟琦來京喜而有賦

偶得鄉人至，今秋道爾來。家書千里發，懷抱一時開。準擬同聯句，安排共舉杯。從今思更切，頻上鳳皇臺。

曉過黄州

黄州竹樓雪未晞，獵獵寒風吹客衣。征帆此時向東去，行李何日從南歸。青山幾點煙際出，白鳥一雙江上飛。欲訪蘇公舊游處，倚篷回首思依依。

七星巖

六丁何年開翠岑，穹窿石室高千尋。煙生丹竈火常在，花落碧桃春又深。倚巖懷古有誰會，掃壁題詩還自吟。日華月華去已遠，玉笛誰能傳妙音。

宿龍泉寺

歸鶴翩翩帶夕曛，上方鐘磬隔林聞。不眠一夜聽春雨，起視四山生白雲。自是遠公偏好客，獨憐支遁最能文。閒身安得頻來此，細草長坡數鹿群。

胡儼四首

儼字若思，南昌人。洪武末，會試乙科，授華亭教諭。永樂初，擢翰林檢討，同解縉等直内閣，尋遷國子監祭酒。洪熙元年，加太子賓客，致仕。有《頤菴集》。

熊伯幾云：　若思篤學好古，辭氣英邁，足以追蹤作者。

胡光大云：　若思温厚雅贍，而有疏宕之氣。

鄒孟熙云：　賓客鋪張至治，富贍不窮。

楊東里云：　若思體物緣情，端厚微婉。

李時遠云：　賓客詩豐蔚，爲時所重。

錢受之云：　公在内閣，持論切直，爲同官所不容。薦公學行，當爲師儒，奪其機務。守國學踰二十年，老爲儒臣，不得大用。作爲歌詩，多旅人思婦、屏營吟望之辭，怨而不怒，有風人之遺焉。

《詩話》：　長陵靖難之後，簡詞臣入贊機務者七人。踰年而解大紳、胡若思出，續入者王行儉、楊弘濟，久而王亦出，以是相業盛稱三楊。論世者謂解、胡、王三公，才品學術，在三楊之右。使其不出，發於事業，必更有可觀者。然揆之以時，度之以勢，有所不能也。賓客學文於鄉先生熊釗伯幾，伯幾學於虞集伯生。故其文有源本，詩亦近西江派。

遠將歸

去年與郎别，楊花飛白雪。今年候郎歸，楊柳緑依依。聞郎買船下湘渚，日日門前望行旅。行人過盡乳鴉啼，徘徊日暮空延佇。攬衣回洞房，對鏡卸新妝。那知清漏短，但愛明月光。月光照席凉於水，帳裏燈花撒紅蕊。好事從來不浪傳，明日升堂拜姑喜。

村居秋興

草蟲階下鳴，夜久猶未歇。掩卷坐闃寥，秋聲振林樾。人生知幾何，憂來不可輟。風吹浮雲開，送我半窗月。逍遥步前庭，孤螢自明滅。

姑蘇

姑蘇城郭水茫茫，往事流傳過客傷。夜月人歌黄菜葉，秋風夢繞白駒場。火中烏合歸真主，井底蛙猶笑子陽。天下車書今混一，繁華終古勝維揚。

直閣即事

清曉朝回祕閣重，坐看宮樹露華濃。绿窗朱戶圖書滿，人在蓬萊第一峰。

尹昌隆 一首

昌隆字彦謙，泰和人。洪武丁丑，賜進士第二，授監察御史。永樂間，改左春坊中允，再改禮部主事。爲尚書吕震所誣，族誅。有集。

送孟潛陽先生教授邵武府學

理櫂辭京都，之官越閩嶺。樵峰渺何許，川塗邈脩迥。霜雪歲暮繁，朔風吹雲冷。嚴程既難滯，别思當自領。清波漾寒色，孤帆明夕景。已過落星灣，遠望杉關境。横經守清秩，郡教知獨秉。遐想諸生徒，三席待開省。

吴溥 三首

溥字德潤，崇仁人。建文庚辰進士，授翰林編修。永樂初，陞修撰，遷國子司業。有《古崖集》。胡若思云：先生志不事浮藻，故其詩質實不浮，殆所謂布帛菽粟而温厚和平之意藹然，見於辭氣之表。其視世之纖媚工巧者不侔矣。《詩話》：博士，聘君尊人，詩格楚楚，不若聘君之塵腐滿楮也。

寄宋子環

聖恩寬逐客，不遣過輪臺。談笑潼關去，雲霞仙掌開。故鄉深念汝，遠道竟能來。明日相思處，高秋鴻雁回。

自歎

去鄉三十年，顔貌總非昔。昨日鄉人來，相看不相識。

悼外姪戴積善

遠樹千重暗，江聲日夜哀。終南山下路，不見汝重來。

王景 一首

景字景彰，以字行，松陽人。洪武壬子，領浙江行省鄉貢進士，授懷遠教諭，遣戍雲南。建文初，召修《高廟實録》，陞禮部右侍郎，兼翰林院侍講，充副總裁官。靖難後，進學士。

《詩話》：靖難師入，相傳學士請葬建文君以天子之禮。然鍾山不聞有封穴，或請而不允也。《古風》三首，其一不無故主之思，因録之。

古詩

皇天無停樞，四運迭相迫。朝陽忽東升，悵望倏已夕。伊誰執其馭，六轡不遑息。使我下土人，俯仰空役役。我願攀六龍，駐彼扶桑域。遨遊黄道中，流光自輝赫。萬物同一春，欣欣布嘉澤。羲和不我與，徒有淚霑臆。書短夜乃長，何以屏陰慝。

王達二首

達字達善，無錫人。洪武中，舉明經，爲大同訓導，薦入官國子助教。永樂初，擢翰林編修，遷侍讀學士。有《耐軒》《天游》二稿。

黄才伯云：耐軒詩有唐人風韻。

《詩話》：耐軒與大紳、孟敭、汝玉、希範，號「東南五才子」。其詩太便利，不耐咀嚼。然如《送人入都》作，起句云：「鶯啼細雨中，一騎發城東。」又《送人從軍》作云：「細雨都門酒，東風驛路塵。」未嘗不矜練也。

題山水

一曲清琴酒一卮，煙蘿贏得任棲遲。千峰黛色嵐消後，十里菱花子結時。水氣入樓人不覺，秋聲到樹鶴先知。世無謝朓誰同語，對畫空成萬古思。

題扇

葉暗前朝雨，花飛昨夜風。空山人不見，春在绿陰中。

王璲五首

璲字汝玉，後以字行，長洲人。洪武中，舉浙江鄉試，以薦攝府學教授，改應天訓導，擢翰林五經博士。永樂初，進檢討，再進春坊贊善，下詔獄死。洪熙初，贈太子賓客，謚文靖。有《青城山人集》。

徐子元云：汝玉不及高、楊，漸入清雅。

《詩話》：翰林四王并稱，而汝玉弟璉汝器、璡汝嘉，一門又有三焉。其詩不費冥索，斤斤唐人之調。吴人徐用理集永樂後詩家三百三十人，以汝玉壓卷焉。

和高季迪將進酒

君不見雲中月，清光乍盈還又缺。君不見枝上花，容華不久落塵沙。一生一死人皆有，绿髮朱颜豈能久。尊前但使酒如澠，肘後何須印懸斗。臨邛壚頭绿蟻香，楊花卷雪春茫茫。吳姬越女嬌相向，痛飲須盡三千觴。興來狂笑縱所適，慎勿畏他權貴客。東風吹落頭上巾，此夕獨醒端可惜。

題採菱圖有序

苕溪，余舊所經游。秋高氣淒風清水落。遠近漁歌，更唱互答。舟行沿洄，恍若世外。别來不知幾寒暑矣。中吳徐希孟，攜謝孔昭所臨松雪翁《採菱圖》索詩，爲作吳歌題其上。不能不動江南之思也。

湖南風信起，湖北浪花多。欲唱採蓮曲，翻成採菱歌。採菱歌斷汀洲暮，何處却尋歸去路？誰摇蘭艇笑相迎，燈火遥生白蘋渡。

新秋早朝

宫井梧桐一葉飛，新凉先到侍臣衣。蒼龍闕上銀河轉，丹鳳樓頭玉漏稀。曉仗分行環御輦，夕郎鳴佩出仙闈。自憐虎觀叨陪從，簪筆慙無補萬幾。

瓜洲道中

清江杳杳水連空，江北江南緑映紅。三月異鄉逢换火，經春游子怨漂蓬。滿汀蘆葉鹽檣雨，一樹梨花酒旆風。遥望故山何處是，依稀煙霧五湖東。

方壺畫

紫府深沉白晝閒，仙人歸去邈難攀。當時暫謫來塵世，寫遍江南雨後山。

王洪五首

洪字希範，仁和人。洪武丁丑進士，授行人。永樂初，擢吏科給事中，入翰林，爲檢討，歷修撰，侍講，左遷禮部主事。有《毅齋集》。

徐子元云：希範詩清雅，惜氣不足。

吴明卿云：希範擬陶，風味似晉，舟中雜興，聲調似唐，皆非人所易及。

《詩話》：希範詩，最爲孟歔所重，至不敢與雁行。其對張宗海論詩，自誦所作，竊比漢、魏。

張哂而未答，復曰：「終不作六朝語。」張曰：「子詩傍大李門牆，猶未窺其奥也。」希範始屈服。今誦其詩，率規仿唐人，具體而已，品當在孟歇下。

歌風臺

赤精自天啓，黄屋凌空開。富貴歸故鄉，遂築歌風臺。佳人弄瑶瑟，故老持金罍。酒酣自擊筑，浩歌何雄哉。颯爽龍虎姿，曠蕩風雲懷。顧爲萬歲後，英魂尚歸來。回首望彭城，孤臺亦崔嵬。百戰功不成，千載令人哀。

擬劉公幹

園林多嘉木，秀氣何蒼蒼。石梁冠崇阿，渌水流方塘。行樂在良夜，飛蓋復翺翔。凉風振華纓，明月揚其光。清池散芙蓉，秋蘭一何芳。君侯壯思發，逸藻凌風揚。小臣信愚劣，狂歌安所詳。

擬陶彭澤

我家南山下，前有嘉樹林。好鳥鳴其巔，凉風吹衣襟。泛此尊中酒，撫我膝上琴。禾黍亦已繁，桑麻藹餘陰。如此良易足，勞生非所任。

畦樂詩

索居南野外，頗與人事疏。灌木蔭前庭，隙地數畝餘。蔬果因時藝，薄言理其蕪。聊以足晨夕，過茲奚所須。固窮亮吾分，貪得寧非愚。草糗可終身，樂哉常晏如。

舟中雜興

故國遍芳草，高臺多大風。河山千古在，登眺幾人同。野澤鳴山雉，荒陂起塞鴻。新豐不可見，煙樹五陵東。

王紱十七首

紱字孟端，無錫人。洪武中，就徵，坐累，戍朔州。永樂初，以善書薦，供事文淵閣，拜中書舍人。有《友石山房稿》。

胡光大云：孟端律詩學大曆諸才子，時有警句。

章昞如云：孟端不羈之才，所作古詩類韋、柳，律詩類晚唐。

曾子啓云：　孟端觸景撫事，即形之於詩。隨其興之所至，情之所發，初不計其工拙，而自合矩度。

王汝嘉云：　孟端幼負瑰偉之才，游學邑庠時，鄉之先進若四輔官周士平、侍讀學士王達善、長史錢仲益、教諭呂志學、引禮舍人浦長源輩，皆以詩著名於時。過從賡和，甚爲諸公稱許。集中長篇短章，春容爾雅，無斧鑿痕，而理趣兼至。李時遠云：　舍人詩，清新典麗，想見其人。繆天自云：　舍人詩格疏爽，有松石間意。

《詩話》：　錫山自倪元鎮後，孟端山水竹石，瀟灑出塵，筆蹤可繼，人品亦未多遜。在京邸，與一商人鄰居，月下聞吹簫聲。明日往訪之，寫竹以贈曰：「我聞簫聲，用以簫材報。」其人不解事，以紅氍毹爲餽，乞再寫一枝爲配。孟端大笑，取前畫裂之。又嘗退朝，黔國公從後呼之，孟端不應，私念曰：「是必索我畫爾。」後十年，寫尺幅萬里遺焉。予嘗見孟端爲惠山僧畫《竹茶墟圖》，群賢題咏甚衆，今存顧典籍貞觀山莊。當時夏太常昶亦善寫竹，儲藏家得其十幅，不敵孟端之一也。詩亦清疏，一如其畫。章舍人昞如狀云：「永樂初，詔求天下文章之士，洎善書者，各二十八人，登文淵閣。公被首薦。」蓋與吉士并入直者。此國史所未詳也。

送楊德昂

我適桑乾歸，君猶五溪去。飄流若萍梗，何繇復相遇。迢迢江上山，歷歷煙中樹。後夜月明時，相思渺何處。

題秋菊軒

九月霜露零，秋氣已云肅。草木盡彫瘁，而有籬下菊。粲粲如有情，盈盈抱幽獨。我欲餐其英，采之不盈掬。呼兒具雞黍，白酒正可漉。素心二三人，於焉敘心曲。陶然付一醉，萬事亦已足。詠歌柴桑詩，千載想遐躅。

寫竹寄顧謹中

秋聲起巫峽，暝色迷湘渚。悵望千里遥，佳人渺何許。幽期邈難值，欲往復延佇。中夜獨遐思，西窗颯風雨。

題成趣軒

桑麻日已長，稼穡日已成。門巷蔭榆柳，隔屋繅車鳴。生平寡營爲，遂此田園情。衣食喜不乏，公賦尤寬平。舉家情欣欣，澹然忘世榮。力作雖云勞，濁酒時共傾。豈意事高尚，所樂安吾生。

臘日

大化無停機，寒暑如循環。歲華忽云暮，陽和亦已還。人生百年内，憂喜互相關。顧匪金石姿，安得長朱顔。達人會斯理，意與雲俱閒。聞道愧獨晚，衰也吾何歎。

題青山白雲圖

我昔九龍山下住，結廬正在雲深處。日日看山還看雲，長教剪却當檐樹。無端一别猨鶴群，馬蹄南北徒紛紜。塵塗底事拂衣晚，回首愧負山中雲。

送張知縣

作宰麻陽去，民風雜五溪。世傳盤瓠後，地接夜郎西。臘釀多藤酒，春禽半竹雞。到官應有便，莫惜寄緘題。

静趣軒

竹樹陰森映短牆，蕭然絶俗似僧房。出城相去路三里，閉戶獨眠書半牀。風煖林花飄几席，雨晴沙鳥入池塘。慚余擾擾紅塵客，到此猶能百慮忘。

送陳尚賓還靖州

嗟余湖海度年華，爾復飄零更可嗟。舊業蹔歸翻似客，異鄉重到即爲家。江連雲夢孤帆遠，日落衡湘斷雁斜。後夜月明何處泊，相思回首各天涯。

峽中雜詠

峽裹山高多晝陰，未昏煙景暗秋林。停舟晚飯柁樓底，猶有夕陽明遠岑。

靜樂軒二首

竹几藤牀小硯屏，熏風簾幕篆煙青。閒齋幾日黄梅雨，添得芭蕉緑滿庭。

斗帳藏春日醉眠，靜中惟與懶相便。尋常甲子無心記，看得梅花又一年。

皆山軒

嵐光飛翠入簷楹，枕簟生凉暑氣清。公退日斜新浴罷，坐看峰影過州城。

塞上雜詠用偶武孟韻

漫天風雪掩穹廬，客裏誰來問起居。忽報鄉人喜新到，寄來猶是隔年書。

題靜照軒

尋常客不到山家，松火寒爐自煮茶。風雪閉門才十日，不知春已到梅花。

題枯木竹石寄李公實

罨畫溪邊水拍隄，繞隄高樹倚雲齊。君家正在樹深處，滿地緑陰山鷓啼。

茅齋煮泉圖

小結茅齋四五椽，蕭蕭竹樹帶秋煙。呼童掃取空階葉，好煮山廚第二泉。

錢仲益八首

仲益無錫人。永樂初，以翰林編修，轉周王府長史。有《錦樹集》。

魏仲房云：先生詩有體裁，麗而不浮，奇而不僻，易而不俚。

《詩話》：長史詩格爽朗，惜遺集罕傳。子從秦對巖前輩購得，亟録其八首，猶未盡其藴也。

送范宗暉赴雲南從軍

投老怕送别，送别即傷神。况兹所别者，乃是平生親。行行赴何許，遠在天之垠。迢迢萬里餘，欲見將何因。近别猶不堪，遠别情曷伸。翻嫌交密友，不若交疏人。我昔初還鄉，憔悴賤且貧。子來客吾邑，漂泊埋風塵。一見如舊識，歲久情逾真。自謂同心交，不獨雷與陳。我入訓鄉校，子來寓城闉。燕語恒及酉，諷詠或達晨。中間羅變故，别我遊江濱。陶朱既遠越，張禄遂入秦。間闊幾四載，會晤復喜頻。明年上京都，聘充戚里賓我亦被薦書，謁選拜紫宸。繆居容臺屬，幸得聯朝紳。與聞復聚首，相見不隔旬。念子有俊才，倜傥無儔倫。財輕大義重，實謂勇且仁。願言永相從，誨語煩諄諄。夫何事難料，告别何踆踆。從軍赴滇陽，西去逾峨岷。吾皇啓昌運，萬物皆維新。及兹豔陽月，鸎花曜青春。惜子獨遠去，書劍行隨身。騏驥豈紲羈，鵰鶚非籠馴。丈夫志四方，豈必長相憐。嗟我已暮齒，雙鬢垂秋銀。受刃割老腸，容易生酸辛。子時在史館，寅入出己申。不暇持一觴，送子龍河漘。江之水滔滔，楚山青嶙峋。咄此可奈何，淚下霑衣巾。

題王孟端畫送祖韶石歸惠山

危石壓寒篠，高松挂枯藤。長懷故山景，況見故山僧。僧今歸故山，我歸嗟未能。題詩送僧歸，悵然離思增。

中秋翰林夜集分韻得月字

雨餘殘暑謝，夜久官事歇。庭空起商飈，雲霄吐華月。於時秋方半，古桂黄初發。玉堂集僚友，清燕足怡悦。送鉤行觴頻，分韻催詩切。玉輪懸中天，光輝轉明潔。有如坐水壺，爽氣徹肌骨。微聞更漏響，漸見明河沒。人生寡歡會，員魄亦易缺。莫辭通夕玩，動是經年别。

牧牛圖

東皋二月春草生，江邊放牛花雨晴。牧兒唱歌牛齕草，穩坐牛背隨牛行。牛角攢攢耳濕濕，斷隴荒陂隨意入。煙蒲風柳不勝情，日暮歸來荷蓑笠。我本山林牧牛叟，濫著朝衫今白首。儗買江南黑牡丹，乞取閒身老農畝。

青山白雲圖

連山盤盤隔溪水，翠滴風光淨如洗。松梢日出初雨晴，滿地白雲收不起。溪窮路轉石徑斜，隔溪遥見山人家。柴門深閉人不見，暖風吹落朱藤花。良工貌得無窮景，坐玩令人發深省。何由築室住山間，長卧雲窩弄秋影。

題江南春雨圖

群山鶻突雲糢糊，長蘿遠水連平蕪。孤村絶浦望不極，幾家茅屋懸魚罛。輕舟數點小於葉，出没煙浪同飛凫。江空雨勢來不已，水風颯颯吹菰蒲。前山禪宫白雲際，明滅時見金浮屠。貌將一段丘壑趣，寫出萬里煙霞圖。憑軒寂聽無所見，仿佛似有青猨呼。我昔南遊會稽上，雲門六寺尋僧徒。手支枯笻躡短屐，窮幽陟險隨樵夫。曉雲漫天失老鶴，暮雲擁樹聞飢烏。石厓松瀑濺飛雪，水聲活活風胡胡。若邪溪深不可渡，沿流細路行縈紆。歸來濯足憩小軒，胸中塵氣一點無。自從江海困奔走，衝寒觸暑趨長塗。追思勝賞不可到，十年南望空嗟吁。朝朝覽鏡獨惆悵，兩鬢雪白容顔枯。東陽山人特好古，寶此名筆如瓊珠。吴箋一幅不滿尺，懷山卷海置座隅。鋪牀展軸看未了，何異短褐藏天吴。王郎妙手信莫及，功與小米論錙銖。想當運意揮染際，倒瀉水墨翻金壺。祇今此景在何處，欲往不得歲已徂。還君此畫重太息，嗒焉長吟據槁梧。

錢達可山房

苦憶錢夫子，幽居嵂崒山。問梅殘雪外，采藥亂雲間。塵暗芸籤冷，香銷蕙帳閒。斷腸泉上月，依舊照松關。

游蓬萊道院聽李天山鼓琴

仙人鼓琴花滿庭，我亦洗耳爲君聽。風摇空林夜瑟瑟，泉落幽澗秋泠泠。平生青袍作行客，千載絶調聞廣陵。曲終日落醉歸去，無數好山天外青。

梁潛 一首

潛字用之，泰和人。洪武丙子舉鄉試，授訓導。永樂初，召修《實録》，陞翰林修撰，歷右春坊、右贊善。帝北狩，留監國中，讒死。有《泊菴集》。

楊東里曰：用之詩高處逼晉、宋。

合州寫懷

忘却儒官冷，誰爲蜀道吟。一身猶長物，萬事豈關心。水鳥窺魚立，山雲帶雨沉。人生聊適意，莫受旅愁侵。

鄒緝 一首

緝字仲熙，吉水人。洪武庚辰進士，除星子訓導。永樂初，入爲翰林檢討，歷官左春坊、左庶子。有《素菴集》。

翰林院齋宿聽琴詩并序

永樂三年春正月丁未，上將祀南郊，誓戒群臣，致齋三日。百官既受誓，各就宿別館。於是侍讀曾公日章、脩撰錢公仲益、徐公孟昭、檢討蘇公伯厚、沈公民則、暨無錫王公孟端與予凡七人，皆會宿於翰林之公署。於時天宇澄霽，月色清朗，諸君子相與秉燭，坐於公署之東偏。

沈公善琴，因請鼓之。作商調數引，舒徐安適，淳古澹泊，有三代之遺音。坐者聽之，莫不心暢神怡。乃相與分韻賦詩，以紀其事；且要孟端爲之圖云。

禁直夜迢遞，齋居澹無爲。同心聿來集，良友具在兹。歡言適嘉會，秉燭坐彈棋。華月照虚牖，微風動綺帷。上客發幽興，援琴揮素絲。一彈孤鶴舞，再鼓心神怡。清商既激烈，雅調亦舒遲。秋鴻唳遠空，猗蘭芳葳蕤。俯仰極餘韻，邈與高山期。燕賞亦云洽，傾耳遂忘疲。沉吟永終夕，逍遥起遐思。仰觀庭戶間，爛然明星垂。旭景不知曙，永言歌此辭。

蘇伯厚二首

伯厚名垶，以字行，建安人。洪武中，以薦授建寧府學訓導，遷晉府伴讀。永樂初，擢翰林侍書，遷檢討，以子鎰仕，贈吏部員外郎。有《履素齋集》。

《詩話》：蘇君傳詩絶少，其五言神意閒審，綽有魏、晉風。陳嗣初稱南閩偉奇超卓之士，必以蘇先生伯厚爲之首，不誣也。

偕諸公齋宿聽琴作

玉署宿齋居，盍簪諧素約。坐中有鳴琴，宫商時間作。波澄楚江秋，露下九皋鶴。流泉響幽澗，靈籟起寥廓。維時雨初霽，微月映疏箔。鑪熏輕煙裊，燭花紅燼落。春風送餘寒，夜久覺衣薄。清談雜今古，亦足資一噱。相對竟忘眠，更取茶甌瀹。雞鳴整朝冠，晨鐘動高閣。

畦樂詩

青山遶我屋，垂柳蔭我門。來往絶塵鞅，世事邈不聞。惟有衣褐徒，鄰曲相與言。孰云生計拙，亦有數畝園。清晨荷鉏去，除彼蔓草根。但使無饑饉，豈惜筋力煩。濯足清澗濱，矯首觀飛雲。牀頭有濁酒，欣然自開尊。

張洪 一首

洪字宗海，常熟人。洪武中，謫戍雲南。永樂初，授行人。仁宗召入翰林，改修撰。有集。

錢受之云：修撰吳中宿儒，貫穿宋人經學。歸田之後，鄉邦制作，咸出其手。歌詩非其所長。

《詩話》：張宗海集一册，予在史館曾見之，無足采者。仍録《東門行》一首。

古東門行

僕夫顧我悲，轅馬跼不行。古來離别地，青草不復生。居人攀桃李，悵望難爲情。流塵起阡陌，遠樹花冥冥。莫向秦東亭，唱此《東門行》。上中有死骨，聞之復心驚。

曾烜二首

烜字日章，以字行，吴江人。洪武間，以歲貢，授黄陂知縣。考最，陞翰林院侍讀，同修《永樂大典》。使交趾，卒于富良江。

舟至辰陵磯與楚百戶言别

江到荊湘兩派分，客情無奈況離群。爾從三峽迎春水，我過重湖望楚雲。白帝至今啼蜀魄，蒼梧何處弔湘君。孤舟夜向巴陵泊，一曲商歌不忍聞。

寄友人

與君離闊十年餘，兩過江濱候起居。咫尺猶如千里別，飄零不寄一行書。何時夏口同傾蓋，此日王門好曳裾。若問故人何似者？鬢絲今已不勝梳。

黄守 一首

守字約仲，以字行，莆田人。以汀州府學教授，擢翰林院檢討。有《静齋集》。

題燕文貴秋山蕭寺圖

回崖列岫鬱相連，兜率樓臺際碧天。飛鳥已還秋色裏，疏鐘猶在夕陽邊。溪橋緩轡官人馬，野飯維稍客子船。記得宦游逢此景，披圖不覺思茫然。

虞謙一首

謙字伯益，金壇人。洪武中，由太學生擢刑部郎，出知杭州府。永樂中，召爲大理寺少卿。仁宗監國，奏除都察院左副都御史，轉大理卿。有《玉雪齋稿》。

楊東里云：大理善寫山川木石，幽澹簡遠。亦以工詩名於時。

田家晚泊

風磴翻危葉，霜槐出斷根。過橋逢野老，倚杖候柴門。馴犬熟迎客，歸鴉遥認村。茅檐投晚泊，煙霧斂初昏。

熊直二首

直字敬方，其初冒姓胡，吉水人。永樂中舉人，以子槩貴，贈右都御史。有《西磵集》。

立秋後有懷京洛諸故舊

秋序昨夜至，炎蒸尚復然。青山不改色，黄葉墮我前。物性固細微，乃得氣之先。人生宇宙間，俛仰終百年。質非金石固，豈得恒雕鐫。朱顔亦易失，皓髮無由玄。念我平生友，聚散如雲煙。行止固不齊，所賦良由天。昨尋東籬菊，欲買南山田。安分乃吾事，富貴甘棄捐。

瀟湘雨意圖

萬竹叢深日未晡，寒江煙雨翠糢糊。東風無限瀟湘意，獨倚篷窗聽鷓鴣。

陳繼二首

繼字嗣初，吳縣人，經歷汝言子。用薦，授五經博士，領弘文館事，進檢討。有《怡菴集》。

《詩話》：嗣初爲惟允遺孤，惟允坐法誅，家無長物，惟閲過書二萬餘卷，其母吳教之成學。以薦授五經博士，時獻陵於大内之西，思善門闢弘文館，命楊學士溥主之，嗣初與王侍講璡入直焉。其詩本之家學，持論以爲「詩者，非得乎天地之清氣，則無以極其妙。」今所存《怡菴集》一十五卷，詩未之録。嘗見《題漁父圖》有云：「夕陽漸紅江轉緑。」分明畫出一幅漁村晚景也。

烏夜啼

宮井烏啼宮樹碧，月色生寒露華白。啞啞不斷深夜閑，明朝車馬天際還。緑窗美人歡不寐，未曉凝妝貼珠翠。

秋夜雨中懷施孟端

愁雲接地陰，城漏更沉沉。寒雨驚秋盡，殘燈入夜深。凄涼千里客，惆悵百年心。誰料分攜後，防邊直到今。

陳亢宗 一首

亢宗名宗，以字行，永嘉人。官兵部員外郎。

《詩話》：員外《午門觀燈應制》詩，景陵品居第一。然實遜曾襄敏、陳文定諸公。《送友》一律，調雖荏弱，源本隨州。

送友人歸崑山

官亭把酒送君歸，回首吳山驛路微。久别方期同笑語，相逢那忍又分違。平蕪積雨迷征騎，疏柳寒煙掩舊扉。此去思親還望闕，朝朝應對白雲飛。

袁珙 一首

珙字廷玉，鄞人。以相術拜太常寺丞。有《柳莊集》。

《詩話》：寺丞得相法於别古厓，識文皇於潛邸，遂遷寺秩。然家本士族，其父彦章，仕元爲翰林國史檢閲，世稱「菊村先生」。嘗作《布衣歌》云：「我家頗讀書，初非田舍翁。」蓋道其實也。寺丞於九流百氏，靡不涉究。歌詩亦能入格，不失菊村家數。

長相思

有美人兮天一方，丹霞爲織雲錦裳。盤龍舞鳳交鴛鴦，昔年飲我瓊瑶漿。贈我白玉雙明璫，欲往從之楚山長。安得羽翼同翺翔，望望不見令我傷。仰天悲歌涕浪浪，明月在户光滿堂。牽牛織女遥相當，長相思，愁未央。

袁忠徹 一首

忠徹字靜思，珙之子。以父廕，由鴻臚序班，歷官尚寶少卿。有《符臺外集》。

和寔郎中冋竺菴見贈韻

夕雲斂餘暉，稍稍歸鳥集。清磬林際浮，樵歌峰外急。懷人南斗邊，露下銀漢濕。瑶草春復生，深山共誰拾。

徐晞 一首

晞字孟晞，江陰人。永樂中，由縣功曹，累官至兵部尚書。有《暨陽遺稾》。

感懷

十年騎馬戰龍沙，不道功成兩鬢華。昨夜思歸有鄉夢，江南春色遍梅花。

劉廌 二首

廌字士瑞，青田人，誠意伯基之孫。洪武庚午襲封，辛未貶秩，丁丑戍甘肅，尋赦還。永樂中，卒于家有《盤谷集》。

錢受之云：公侯伯襲封底簿，據兵部貼黄，廌以洪武二十三年十月襲爵，次年九月卒。《吾學編》諸書并同。攷廌所著《盤谷集》及括蒼《陳谷閒閒先生傳》，乃知廌罷官、謫戍本末。且永樂中尚無恙，貼黄載：「廌以襲封次年卒。」諸書因之，皆誤也。

《詩話》：趙周臣自號「閒閒居士士」，瑞亦自號「閒閒子」。其集名《盤谷》者，士瑞襲爵之後，貶秩歸農，築室於青田舊宅之西，雞山之下，因其地山水盤旋，故以名焉。詩師吴興沈原昭。

孟春贈徐仲成

故人訪幽居，時當孟春節。寒氣尚嚴凝，同雲靄欲雪。長論懷始舒，高吟興不絶。開窗對松竹，蒼翠色可悦。豈不念榮華，泉石甘守拙。閉門有餘暇，開卷對前哲。長歎古今事，理義同一轍。世隨氣化遷，運逐人情别。雖非聖賢資，勉焉慕貞潔。煢煢且獨守，默默誰與説。惟有知心友，時過共掀揭。但願無聞知，豈敢尚英傑。援筆賦新詩，舉觴對明月。高歌神鬼驚，長嘯天地闊。彭澤千載人，百世誰能越。高山與流水，此興不可遏。

春游田家四景之一

竹籬茅舍兩三家，屋外青山绿樹遮。行客偶來春已暮，山南山北杜鵑花。

郭武 五首

武字炅隆，贈定襄伯鈺長子。官尚寶司丞。詩見《聯珠集》。

晚渡白馬湖

輕風小寒吹浪花，新柳茸茸啼乳鴉。平湖一望幾千頃，遠水連天飛落霞。斜陽忽墮澄波底，白鳥猶明山色裏。嚴更何處鼓鼕鼕，櫂歌未斷漁燈起。

寄劉草窗原博

空堂獨坐葉紛紛，一雁南飛不可聞。野色連天迷遠望，高城落日亂寒雲。故人眼底無多在，客思秋來又幾分。莫怪臨風倍惆悵，江鄉猶憶白鷗群。

江南懷古

隔斷中原數百年，囊沙堪笑況投鞭。桓温不合留王猛，安石終能舉謝玄。日落暮雲斜度鳥，雪消春水遠連天。子山空有江南賦，北府淒涼最可憐。

江上即事

绿水橋邊酒店，白鷗沙上漁家。山前山後春雨，江北江南落花。

宿澧陽

蘋花風急水茫茫，今夜孤舟宿澧陽。誰在江城吹畫角，五更殘月一天霜。

沐昂 一首

昂字景顒，黔寧昭靖王之子。以左都督鎮守雲南。卒贈定邊伯，謚武襄。有《素軒集》。

《詩話》：定邊平麓川之寇，威著西南，而能以餘暇留情文詠。輯明初名下士官於滇及謫戍者，自郕仲經以下二十一家，詩、凡二百五十首目，曰《滄海遺珠》。楊東里序之，謂「當時選録諸家，劉仔肩過略，王偁雖精且詳，猶未免有遺。惟沐公所擇，和平婉麗，可玩可傳。」其賞識若此。

送胡檟軒還永昌

有客乘驂過洱西，平原春草正萋萋。人煙迢遞連金齒，山勢逶迤拱碧雞。流水小橋楊柳緑，落花微雨鷓鴣啼。遥知别後相思處，雲樹蒼茫夢欲迷。

明詩綜卷十八上

小長蘆　朱彝尊　録
吴都　陸釆鑑　緝評

曾棨八首

棨字子啓，吉安永豐人。永樂甲申，賜進士第一，授翰林修撰，歷侍講、侍讀學士，左春坊大學士，進詹事府少詹事。卒贈禮部左侍郎，謚襄敏。有《巢睫集》。

楊東里云：子啟迅筆千言，不費思索，而理致、文采皆到。雖沉思者有所不及。又云：子啟詩如園林得春，群芳奮發，錦繡爛然。狀寫之工，極其天趣。他人不足，彼嘗有餘。

王行儉云：曾公詩詞，雄放清麗，出入盛唐諸大家。

徐子元云：曾詩如天馬行空，不可控御。

袁永之云：　曾公浩若懸河，所乏嚴潔。

王元美云：　曾子啟如封節度募兵東征，鮮華雜沓，精騎殊少。

項子長云：　子啟天才雄麗，所乏者謹嚴精潔耳。

穆敬甫云：　曾詩富於才情，湧瀉如泉。在永樂中，可稱獨步。

顧玄言云：　少詹才長七古，該博逸蕩，惟以健捷爲工，頗以繁靡爲累。

蔣春甫云：　少詹詞鋒豔發，若青萍倚天；　韻語清華，如紅蕖透水。又如金羈玉勒，微有蹄齧之恨。

《靜志居詩話》：　子啓下筆不休，不事推敲，偶合繩墨。五言如「斷雲京口樹，殘月廣陵鐘」，「暝色迎官舫，春寒到客衣」，「雨從江北少，山到宿州多」，「殘燭明官舫，疏鐘出郡樓」，「寒潮瓜步月，殘雨秣陵舟」，七言如「雲中鸞鳳扶雕輦，水底魚龍識翠華」，「草緑野塘多是水，雨晴沙路不成泥」，「平鋪碧甃連馳道，倒瀉銀河入苑牆」，均不失唐人風格。

呂梁洪

洪流昔懷襄，區域信茫昧。斯民靡寧居，嬰此昏墊害。呂梁塞衝波，滔天勢橫潰。怒霆鬭鏗訇，飛瀑瀉澎湃。神哉夏先后，敷理乘四載。沛然導東注，下與百川會。造化有設險，惟此乃其最。扁舟泝奔流，涉歷今已再。水師身手捷，徑渡良足快。緬懷胼胝勞，遺跡遠猶在。偉兹疏鑿功，萬世終永賴。

題王孟端墨竹送人南歸

十年官舍長安陌，欲種篔簹愁地窄。軒前有此八九竿，蒼然一片瀟湘色。九龍山人思不群，胸襟灑落如此君。筆端颯颯起風雨，紙上漠漠生烟雲。幾回看竹稱奇絶，爲寫琅玕照冰雪。縱横屈鐵金錯刀，滿堂便覺秋蕭騷。周郎愛竹癖於我，興至時尋竹邊坐。我生疏懶無所爲，但與江海同襟期。喜君愛竹有如此，便以此圖持贈之。丹楓白水江南路，歸帆直向湖中度。慎莫提攜過葛陂，恐化群龍上天去。

駕發臨城

雞鳴寒漏徹，車駕發臨城。殘月千山曙，浮沙一路平。雲光隨鳳輦，露氣濕霓旌。馬上頻回首，猶看燎火明。

茌平

地旱空多井，林疏遠見樓。平山通縣界，漯水入河流。過客詢張鎬，鄉人説馬周。北來多古蹟，惜未得淹留。

涿鹿道中

遠樹孤城出，高原四望遥。山從平地起，雪到暮春消。細草承雕輦，垂楊拂御橋。愁連易水上，風色正蕭蕭。

德州

幔城初解向朝暾，霜冷重裘曉未温。小邑有城皆壘土，荒原無徑可通村。郵亭過客頻詢路，茆屋遷民久下屯。此去景陽州不遠，建牙鳴鼓是營門。

别弟憲副鼎

莫向尊前唱渭城，老來離别最傷情。江南渺渺孤舟夢，嶺外迢迢萬里程。驄馬曉嘶霜氣肅，鱷魚夜徙海潮平。到時應及春初候，先報京華白髮兄。

夾溝

東風吹暖柳絲柔，十里青山繞夾溝。馬上逢人相借問，計程兩驛到徐州。

周述三首

述字崇述，吉水人。永樂甲申，賜進士第二，授翰林編修，進諭德，陞左庶子。有《東墅集》。《詩話》：唐人讌集賦詩，每推一人擅場。如《昇平公主席上》，李端擅場。《送王晙鎮幽朔》，韓翃擅場。《劉相巡江淮》，錢起擅場。他未暇悉數。永樂中，命翰林賦《白象》，則胡庶子廣第一。賦《神龜》，則王贊善汝玉第一。《午門觀燈》，則陳員外宗第一。然員外《觀燈》之作，比之周庶子、陳祭酒似猶遜之，實非擅場也。

玩秀軒

華軒臨清流，秀色堪攬結。霞彩相蕩漾，波光互明滅。花飛渡頭春，帆落洲上月。縱觀心目超，靜對形神悅。應共滄浪人，濯纓笑予拙。

賜觀燈詩

今夕逢元夕，歡聲遍九垓。星臨銀漢動，月傍碧空來。紫禁千花繞，金門五夜開。聖情同宴賞，玉漏不須催。

寄楊顯道先生

我憶楊夫子，風流似昔人。素琴長對月，白髮不憂貧。彭澤陶元亮，稽山賀季真。相思欲相見，烟樹幾回春。

周孟簡一首

孟簡字孟簡，吉水人。永樂甲申，賜進士第三，官詹事府丞，出爲襄府左長史。有《竹磵集》。

丙午除夕

爲客逢今夕，寧親憶去年。一尊終不醉，孤館自無眠。家在雲山外，身依日月邊。何堪雙鬢改，又值歲華遷。

李時勉七首

時勉名懋，以字行，江西安福人。永樂甲申進士，選庶吉士，授刑部主事，進侍讀，改御史，官終國子祭酒。卒謚文毅，改謚忠文。有《古廉集》。

《詩話》：忠文古之遺直，不以詩名。而《扶風》數篇，雖未遠擬秋胡，要非拙手可辨。予嘗獲公《致湯都閫》手書，楷法遒勁，乃知書亦能品也。

古詩爲扶風竇滔妻作七首

深閨有思婦，慘悽亦何爲。容華不自惜，獨理流黃機。言將成匹帛，多裁游子衣。衣新忽變故，恩愛從此衰。以兹殷勤意，翻作長恨辭。

蘭茝被幽畹，桃李媚春陽。新婚結綢繆，鞶衿散芬芳。弃置父母歡，婉娩君子傍。白日麗朝彩，朗月澄夜光。矢心以相顧，願爲鴛與央。

西墅起高臺，迢遞憑雲岑。中有嬌豔女，當窗弄清音。音容蕩以肆，居然變同心。魚目奪明月，讒口鑠黄金。不見冀中鑑，惻愴戾㾕吟。

高車擁旌旆，輝映漢江曲。富貴一朝異，窈窕辭别屋。言笑落日遲，浩歌湘水緑。山川不可踰，安得遙相逐。佳麗誠足珍，涼薄難見録。滔滔江漢流，到海不復返。千里得所歸，中復厭婉娩。在昔枉綏授，駕言不辭遠。誰知三周御，却道羊腸坂。芬芳空自持，白日忽以晚。昧旦不能寐，攬衣起中堂。織縑與織素，誰復知短長。咫尺組幽思，回還遂成章。緘之戒僮御，欲以寄遠方。宛轉達苦志，敢期昔所伉。別久意恒親，覽辭念愈結。巾車適千里，倏忽已超越。鳴琴諧古調，恩愛感離闊。夙心諒所負，甀歎對明月。睠言固終始，皓首以相悅。

陳敬宗二首

敬宗字光世，慈溪人。永樂甲申進士，選庶吉士，授刑部主事，改翰林侍讀，轉南京國子司業，陞祭酒。卒贈禮部右侍郎，謚文定。有《澹然居士集》。

陳卧子云：文定詩，典質和平，盛世之風。

《詩話》：祭酒清德，與李忠文并重，號「南陳北李」。詩特雍容温粹，洵稱盛世之音。

元夕賜觀燈詩

劍佩清宵近，峰巒翠閣重。花明金殿月，香度玉樓風。拜舞諸蕃集，歡娱萬國同。遥聞歌吹發，五色度雲中。

白蓮

太液澄波濯素容，玉衣垂影水晶宫。月明無處尋顔色，只信香飄十里風。

王英七首

英字時彦，金谿人。永樂甲申進士，選庶吉士，歷翰林修撰侍講，再扈駕北征，累官南京禮部尚書。卒謚文安，改文忠。有《泉坡集》。

蔣春甫云：尚書詩，雄壯宏大，氣象自好。

《詩話》：西王密切謹嚴，句無浮響。如「别路斜陽京口樹，他鄉明月洞庭船」，「挽得琱弓射飛虎，賜將宫錦繡盤螭」，「舊館空餘秦地月，古壇猶似漢宫秋」，皆琅然清圓可誦也。

自勵

團團匣中鏡，皎皎流素光。鑒物無遁形，妍媸安得藏。經時苦昏翳，游塵漫飛揚。顧此三歎息，胡爲失其常。拂拭去瑕垢，精采復煌煌。衆污不可染，持己貴自臧。恒當慎夙夕，惕然以自防。

哀義士周益詩

步出崇明城，遙望城南里。天寒飢鳥啼，日暮北風起。緑楊何蕭蕭，衰草生故壘。傍有三尺墳，葬此千載士。昔時從戎馬，一身赴邊鄙。但全手足愛，百戰何足畏。崎嶇越關山，辛苦乃云逝。傷哉有斯人，薄俗誠所愧。遺風何凛然，聞者皆墮淚。

贈伍子正還巘山舊隱

積翠群峰出，盤雲古洞深。澗花春帶雨，山木晚澄陰。猨鶴多年別，江湖萬里心。還攜謝安妓，歸去一登臨。

秋初有懷呈曾侍講彭修撰二公

律應清商動，凉生大火流。梧飄金井露，雁度玉門秋。爽氣消殘暑，砧聲報遠愁。佳期七夕近，乘月却登樓。

榆林直宿有懷邵菴學士對月之作

榆林春夜漏聲遲，獨憶奎章對月時。翠袖清歌看駐輦，彩箋紅燭坐題詩。連雲尚有青山在，夾路應多緑柳垂。北望窮荒凋落盡，昔年文物倍增悲。

舟過盂城

畫船撾鼓過盂城，兩岸桃花春水平。今夜湖中好風景，直須看到月三更。

淮安別回御史

遠別悠悠鄉夢頻，逢君況是異鄉春。可憐湖畔青青柳，又折長條別故人。

王直十六首

直字行儉，泰和人。永樂甲申進士，選庶吉士，歷翰林修撰、侍讀，進學士，擢吏部尚書，加太子太保，進少傅，兼太子太師。卒贈太保，謚文端。有《抑菴集》。

李原德云：抑菴詩文清緻，追古作者。

錢原博云：王公含咀英華，出入經史，文辭典雅，超邁今古。

沈景倩云：王文端以庶常爲文皇所眷，不數年召入内閣，書機密文字，授修撰。駕幸北京，太子監國，與黄淮、楊士奇三人輔導，儼然宰相職矣。帝再幸北京，公扈從，進侍讀。仁宗朝，爲侍讀學士，又以庶子兼侍讀學士。宣宗時，進少詹事，兼侍讀學士。英宗即位，充《實録》總裁，尋進禮部左侍郎，兼翰林院學士。正統六年，禮部闕人，始命出部治事。自此以後，雖拜吏部尚書，加保傅，不復兼學士矣。公《墓志》《本傳》中云：公自言「西楊不欲我同事内閣，出我理部事」。據此，則公在内閣，凡歷五朝，爲東里所擠，始出理部事。其初固閣臣也。而海鹽鄭氏、豐城雷氏、太倉王氏，紀述宰輔，更不及此公，何邪？

鍾廣漢云：東王諸體斐然，徽徽溢目。

《詩話》：東王不得爰立，西楊之力也。觀其撰《東楊文集序》云：「直之去翰林，惟公深惜之，而反爲忌者所病。夫士之進退出處有命焉，非人力所能勝，奚以病爲哉！」又《題東里翰墨卷》云：「楊氏與王氏世有連，子竊禄翰林，從先生者三十七年，教益多矣。予之事先生，負恃親愛，於凡所當言者，盡言不諱則有之，非理而誶語則奚敢？後予去翰林，或謂出先生意。蓋言語以爲階，豈旁觀側聽者固能知其情邪？而予實不自知也。」繹其辭雖隱，而情事躍如矣。特其人長者，故爲東里作傳，止揚其善已君子哉！若人乎？其《論詩》有云：「詩者，志之所發也。方其動於中而形於言，雖各有自然之機，然非取法於前人，而欲從容中度，不失其正，亦難矣。」覽集中詩，未遽出西楊下。顧元美、元瑞諸公，品騭詩家甚廣，獨不及焉，何與？

騶虞詩

有靈者獸，是曰騶虞。環滁之山，以潛以居。其靈維何，莫之與匹。既玄其文，而白其質。猊首虎軀，尾參於身。一日千里，孰知其神。振振仁厚，不踐生草。彼物之生，亦不以飽。維天生之，亦自天成。聖明之世，爲祥爲禎。維今天子，道德純至。肫肫皇仁，遠邇一視。昭事上帝，曰敬曰誠。孚於下民，皆樂其生。皇天惟親，兆民胥悅。神祇效靈，騶虞乃出。石固之山，榮光燭天。百獸從之，其行蹮蹮。彤軒文檻，帖然自致。翼以祥飈，獻于天子。天開日晶，慶雲垂英。百僚歡趨，騶虞在廷。騶虞在廷，實爲大瑞。龍馬神龜，乃同其類。昔在太宗，文德武功。騶虞之來，頌聲渢渢。維今天子，祖武是繼。騶虞復來，以昭盛治。穆穆聖明，天眷滋彰。萬世之隆，萬世之光。小臣作詩，以歌盛美。播之韶鈞，垂示無已。

豔歌行

翩翩春歸雁，秋至復來翔。如何遠游子，兄弟各異方。山川何迢迢，參辰夜相望。寒風日以厲，零露結爲霜。空林靜無人，但見明月光。徘徊不能寐，徙倚臨中堂。睠彼南飛翼，故鄉安可忘。

吴城山阻風雨

泊舟吴城山，勝覽斯爲最。登臨記曩昔，正與匡廬對。兹晨一寓目，烟雨森晝晦。莫辨咫尺間，安知天地外。微茫彭蠡澤，洶湧百川匯。長風翻洪濤，欻見蛟鼉背。夙聞垂堂戒，行止焉敢昧。

發儀真道中登岸延覽憶前行曾侍講王修撰

舟行苦邅回，登岸曠心目。天清浮雲卷，野秀新雨足。澶漫衆流會，杳靄群山緑。風暄花意亂，日暖鶯聲續。却憶同心人，無由踵前躅。

題山水贈楊熙節

郭純永嘉人，善畫自疇昔。興來展豪素，滿眼絢金碧。永樂年中獨擅場，拜官得在内作坊。時時承詔恣點染，九重出入生輝光。洪熙改元初，進位閤門使。常言酒後妙入神，傾倒壺觴不知醉。供御之外頗自珍，一筆豈肯輕與人。忽持此幅來贈我，令我坐憶江南春。江南何處最奇勝？錢塘西湖誰與并？諸山遠近翠若圍，豔杏夭桃色相映。橋上行人駿馬過，橋邊桂檝揚清波。岳王祠下喬木老，林逋宅前芳草多。春光如此佳可賞，遠道迢迢心養養。朝回看畫悄無言，夜雨寒牕神獨往。山陽義士真好奇，平生脱略誰得羈。昨日到京師，秋風露華白。訪我小瀛洲，暫作神仙客。飄然復往不可留，拂衣欲向東南遊。題詩卷畫贈爾去，相思定倚新城樓。

題夏珪風雪江村圖

江天漫漫雲氣黑，江風蕭蕭雪花白。荒村古道人跡稀，惆悵津頭遠行客。黄蘆低折沙草平，遥望不見長安城。蹇驢凌兢縮如蝟，鞭驅還欲西南征。四山溟濛日應晚，辛苦羸僮未遑飯。深林歸鳥棲已定，茅屋人家去猶遠。吁嗟乎，夏珪之筆凌范寬，滿堂凜凜生晝寒。卷簾看罷重歎息，歲晏高歌行路難。

題周永新所畫山水

括蒼周永新，作畫有奇趣。京師爲我寫此圖，仿彿鄉園昔游處。我家舊住西昌城，西昌山水天下清。金華武姥最奇絶，連峰疊巘高崢嶸。仙宮梵刹在其上，寶殿珍樓屹相向。白象青猊不見過，翠鸞綵鳳猶聞唱。逶迤岡阜瞰滄洲，下有長溪萬古流。越王臺荒莎草合，龍君廟冷松篁幽。平沙漠漠行人小，巖藹林霏沒歸鳥。石潭魚艇自夷猶，茅屋人家更深杳。我昔捫蘿上紫岑，振衣獨立清煩襟。天台微茫玄圃闊，蒼梧縹緲瀟湘深。山中仙子顔色好，坐閱年華後天老。便擬相攜賦遠游，萬壑千峰拾瑤草。塵事羈留竟獨歸，别來幾度見春暉。逢人尚説彫胡飯，當暑猶懷薜荔衣。只今容髮半衰朽，事業文章復何有。况聞荆棘長芝田，側望天涯謾搔首。高堂看畫增慨慷，如此好景非尋常。君恩未報心尚在，何時乞身歸故鄉。

顧進士所藏畫虎

趙廉畫虎名天下，好事求之不論價。披圖忽然見此物，坐卧雖殊貌閒暇。岡頭樹緑風氣凉，下有流水聲浪浪。蕭條古路絶行迹，但見藜藿如人長。深山麋鹿可充腹，莫向田家取黄犢。禍機一發戕爾軀，豈若安常一生足。

秋江獨釣圖

蒹葭淅瀝秋雨霜，明月照水天蒼茫。扁舟靜夜泝空闊，驚起沙邊鷗鷺行。釣車不用置在傍，此心寧羡鯉與魴。扣舷獨往歌滄浪，歌聲激烈增慨慷。山中之人遥相望。

謝庭循自畫秋景

洞庭八月秋風早，楊柳蒹葭漸應老。柳下茅堂遠市廛，寂寞閒門對幽島。居人無事不出門，林深地僻如荒村。門前道上車馬絶，過雨蒼茫空蘚痕。江清水落沙石出，水底渾疑見鮫室。鷺鷥鸂鶒皆有情，唼喋喧呼亂晴日。我家故業連滄洲，贛水文溪遶舍流。圖中景物渾相似，見之令我增離憂。君今善畫得供御，下筆縱横有神助。何時爲掃寰瀛圖，一葉凌波向南去。

帝京篇贈鍾中書子勤

曙闕霜一作嚴。鐘啓，宵衣玉一作促。漏催。雲移宫扇靜一作徹。風引御香來。劍履群公侍，簪裾萬國陪。小臣瞻盛美，稽首頌康哉。

雪

大雪下龍墀，蓬萊曙色移。一作促曙輝。光通九華殿，花滿萬年枝。賦擬梁園作，歌憐郢曲詞。西山臨魏闕，相對玉參差。

月下對酒

萬里浮雲盡，孤城畫角殘。月從今夜滿，人在異鄉看。隱隱關山遠，凄凄風露寒。客愁難爲減，應賴酒杯寬。

景陵挽歌

靈馭陪仁考，仙遊侍太宗。珠丘連翠殿，玉匣閟玄宮。海宇攀號切，天庭陟降同。遥知六龍駕，長度五雲中。

得兄行敏書知在臨清將北上

嶺外三年别，天涯萬里回。書從今日到，船向幾時開。落日關山遠，清秋鴻雁來。重陽看漸近，同醉菊花杯。

雨

野迥雲容黑，汀長雨氣寒。春隨花片減，愁向酒杯寬。亂水通流急，孤舟逆上難。白鷗渾自得，來往任風湍。

章敞二首

敞字尚文，會稽人。永樂甲申進士，改庶吉士，授刑部主事，歷員外郎中，改吏部，擢南京禮部右侍郎。有《質菴集》。

《詩話》：侍郎兩使南交，却金不受，以清德聞。其詩不費雕鏤，間合榘度。

鄉山圖爲魏仲房題

連山際東溟，層巒儼天設。陽林耀青葩，陰厓餘積雪。原田莽迢遞，烟霞互明滅。時菊萎舊裳，蒼苔閟行轍。雲谷杳難尋，澗芳那可掇。懷故念易盈，覽物意彌結。游目愜心賞，幽期緬乖缺。一爲莊舄吟，浩歌徒激烈。

長安雪夜歸興

半生歲月老幽燕，鏡裏蒼顔豈似前。曾道休官身便樂，夢書封事乞歸田。

周忱 二首

忱字恂如，廬陵人。永樂甲申進士，改庶吉士，授刑部主事，轉越府右長史，超拜工部右侍郎，巡撫江南，陞户部尚書，改工部。卒謚文襄。有《雙崖集》。

王行儉云：公詩文，出入唐宋諸大家。

《詩話》：進士改庶常，相傳自永樂甲申始。是科命解學士縉選得二十八人，以應列宿。文襄自陳年少，乞讀中祕書，時人謂之挨宿云。攷洪武乙丑，有楊靖、徐孟昭、郭資，皆以庶吉士稱。《大誥》亦載庶吉士廖孟瞻以受賕誅。則又在乙丑之前矣。至戊辰年，解縉亦爲中書庶吉士，益信不始於永樂初也。其後文襄填撫江南凡二十二年，以經濟名世，詩非所長。然性好儲書，其《藏室》詩云：「群經既并蓄，百氏無弃捐。所至每充棟，來往勞車船。」嗜學如此，宜其吟諷亦未遠遜二十八人也。故彭惠安《贊》云：「學博而邃，沛乎有容。二十八宿，誰能右公。」

徐州過桓山宋司馬桓魋之墓

愚哉宋司馬，仲尼安可輕？欲害其如何，不知天所生。此山昔葬骨，廢穴尚留名。宿土消飯含，飄風散精靈。日中狐兔集，夜半鵂鶹鳴。當其始建時，久遠勞經營。荷鍤萬夫集，石椁三年成。詎知百世下，牧豎來縱橫。君看孔林樹，千古猶青青。

尋天台李道士齋

瑶草迷行徑，丹臺近赤城。山川遙在望。雞犬不聞聲。谷靜松花落，橋横澗水鳴。雲間雙鶴下，疑聽紫鸞笙。

李昌祺二十七首

昌祺名禎，以字行，廬陵人。永樂甲申進士，選庶吉士，擢禮部郎中，出爲廣西左布政，改河南。有《容膝軒草》《運甓漫稿》。

李時勉云：李公詩，有典則温厚者，有流麗痛快者，有春容浩瀚者。

陳德遵云：公於詩，本之以理，充之以氣，故其雅澹清麗，宏偉新奇，無所不備。不必遠較於古，就今而論，千百之中，不過數輩而已。

鄭德新云：先生詩清新富麗，音調爽澈，隱然有一唱三歎之音。

蔣仲舒云：方伯詩亦清新，要非作手。

錢受之云：昌祺富於才情，多所結撰。效瞿宗吉《剪燈新話》，作《餘話》一編，借以寫其胸臆。其殁也，議祭於社，鄉人以此短之，乃罷。白璧微瑕，惟在《閒情》一賦，其然豈其然乎！

《詩話》：方伯務謝朝華，力啓夕秀。取材結體，頗與段柯古相似。

題山水小景

野外少人躅，值此佳日遲。偶與二三友，游觀賦新詩。青松藹繁蔭，碧草含華滋。逍遥恣言笑，童穉亦娱嬉。濟濟炫春服，悠悠詠清沂。兹歡恐難再，興盡以爲期。

湖山佳趣卷

宦遊愜深好，乃在名勝區。山水自足適，况兹職文儒。横經有餘閒，逍遙出通衢。春服各已成，遂與童冠俱。徘徊恣言笑，登陟忘飢劬。晴鳶戾層空，弱藻翻文魚。至理與景會，天機獨吾娱。悠悠仰川上，眷眷懷舞雩。詠歌返黌舍，高興誰能踰。

徐道士安處軒

塵氛既屏絶，氣宇亦澄鮮。心恬境逾寂，慮遣情自捐。結宇依層巖，開軒俯重淵。遙林含宿雨，古樹帶秋烟。落花晚成積，歸鳥夕知還。習靜泯衆累，守默息萬緣。清虚固其性，聲利豈所便。智黜道乃得，朴返真斯全。將隨鳳鸞侣，以引龜鶴年。

經浯溪讀元結大唐中興頌

平生念浯溪，鐫鑱有遺跡。揚舲沂湘水，登臨暫來即。穹崖倚層雲，奇險自天闢。漫叟詞既嚴，顔公筆無敵。鬼神屢呵護，風雨長洗滌。忠槩儼尚存，冰銜猶可識。端容歛襟讀，感慨重心戚。誰畫靈武謀，大物取何亟。唏嗟中興業，諒重君子惜。逡巡解舟去，回顧三歎息。

蝻冢

七月月生魄，蝻出溱洧疆。始焉學躍跳，倏忽羽翅長。所過赭郊坰，剗復遺稻粱。坐令飫飽腹，立化饑餒腸。督民殄斯類，晨夕紛遑遑。隳突羨壟畝，炬火明山岡。燎焚弱質儘，撲擊微骸僵。卒夫載朽胔，絡繹持筥筐。穿穴掩腥穢，作冢官道傍。罪浮彼破鏡，雖死安能償。蝮蛇實揺處，已疾傳醫方。蜜蜂誠小物，亦解奉其王。畜蠶必吐縷，世賴充衣裳。畏蚊恐嚼體，幬幕席與牀。青蠅奚足憎，赤蠆應可防。編竹蟻知報，勤誦螢聚光。致雨蜥蜴驗，起痺全蝎良。原性殊善惡，稼穡咸無傷。獨兹口吻酷，黍稷爭先戕。乾坤動物夥，去爾庸何妨。吾將告真宰，投畀魑魅鄉。昆蟲永無作，歲歲歌豐穰。

觀啓母石

夙負山水癖，苦乏幽討緣。幸兹崧與少，秀色當眼前。公餘陟峻岡，忽覩石一卷。特立四無鄰，觚稜不相聯。云是啓母身，化在郊墟壖。呼之乃擘裂，啓出仍完全。幻語本荒唐，昉見淮南篇。遐想覆載間，滄桑屢更遷。安知運代移，墜彼千仞巔。厥理誠可推，賢達固釋然。矢詩正妖謌，昧者庶或悛。後世有豪傑，爲我焚其篇。

端午日游少林寺

少林聳岧嶤，有路達葱嶺。半生懷勝槩，老乃踐真境。緇流遠見迓，偏袒仍露頂。升高縱遐觀，頗覺癡緣屏。蒲風翻卷帙，艾色侵衣領。掇蔬僧具供，飲騎童汲井。自拈清淨香，作禮爇古鼎。超超昔神師，順寂同溟涬。而於片石上，留此不滅影。竺夏雖異轍，皆貴能猛省。寒巖許分坐，禪定畢餘景。

送楊郎中催馬草還京

大梁據中土，自昔風氣旺。北邙殊蜿蜒，太室極雄壯。黄河貫其間，浩浩恣奔放。四野開平衍，桑柘緑相鄉。丁男事耕耨，姑婦治絲纊。菽麥盈倉庾，酯醴溢盆盎。近歲頗凶屯，旱暵觖農望。念兹飢餒餘，十室九鰥曠。長貧負租税，遠役困夫匠。督芻實賴公，區畫咸適當。深體堯舜心，推仁憫彫喪。叱咤尚弗忍，矧肯施鞭杖。愧余謭劣才，旬宣乏善狀。竭力奉寬條，庶減疲癃恙。贈别陳時艱，冀君徹鄉相。

擬古

吾觀日與月，乃是陰陽精。彼升此攸降，循環有常經。萬方仰臨照，元良則其明。離纏遂晦蝕，惟辟修德刑。玄象雖緬邈，人當思戒懲。

夏末偶尋洞惠道院

曉起涼月淡，絺衣坐肩輿。灑然塵慮豁，遂即道者廬。蕭條殿廊存，亭軒化荒墟。山門憩樵農，薜砌鹿豕趨。雷傾有墮瓦，樹伐無遺株。仙家尚消沉，況乃俗士居。蓬萊屢清淺，此事諒弗虛。吾聞至人言，一氣運化樞。莫窺機織微，孰外定數拘。通由饑亡命，載以賄喪軀。榮華豈久在，役智悲群愚。

丙寅初度作

余生如穉松，由寸望百尺。既承雨露滋，亦受霜雪積。蹉跎踰七十，勤苦曾備歷。誤蒙明聖知，謬忝中外職。顧已慚菲薄，於時乏裨益。處盈虧必隨，履泰否斯即。至理諒在茲，昧者固弗識。叩閽乞殘骸，休退恩旨錫。遂令犬馬軀，獲返田野跡。長揖晝省僚，重負從此釋。今辰屆初度，廚傳仍岑寂。傍人競嗤笑，窮約猶曩昔。妻孥頗愧赧，而我固悅懌。平生守儒素，晚節敢變易。回思永樂初，歲月類梭擲。同年四百餘，多已在鬼域。存者纔十輩，猶被利名役。迂疏獨何幸，林下得偃息。遺榮遂安閒，養靜忘跛躄。游鱗泳清波，羈鳥斂倦翼。貧非吾所憂，病豈吾所戚。

過吳門次薩天錫韻

七澤三江通甫里，楊柳芙蓉照湖水。閶門過去是盤門，半掩珠簾畫樓裏。蘼蕪生遍鴛鴦沙，東風落盡棠梨花。館娃香徑走麋鹿，清夜鬼燈明絳紗。三高祠下東流續，真孃墓上風吹竹。西施去後屧廊傾，歲歲春深燒痕緑。

高道士所畫山水

伊誰丹青擅能事，畫出群山與山似。樹杪如聞雪瀑泉，林間疑有雲門寺。杖藜橋上知何人，抱琴可望不可親。高師指點笑相語，我昨圖成殊逼真。

題周參政所藏山水小景

天壤有異境，描摹付良工。佳山與秀水，幻置軒窗中。村村陌陌皆勝處，花竹園林饒雅趣。過鳥疑飛却不飛，行人欲去何曾去。松坡竹塢疊更重，雪瀑倒濕青芙蓉。岡巒島洞盡在眼，樵牧耕釣俱可容。九曲溪流漾清泚，荒渡斜陽見舟尾。石上吟翁鎮日留，欄前眺客今年倚。我觀風物似杭州，樹木雲霞分外幽。豈必西湖有奇勝，展圖高興亦悠悠。

題秋塘鶺鴒圖

秋風淅瀝秋塘淨，菰米沉波荷折柄。翻藻魚跳水氣腥，采菱人散歌聲定。蓮莖嫋嫋綴枯房，上有雍渠立晚凉。翠蓋裂殘渾改色，紅衣落盡尚餘香。圖中頗得周詩義，未論工拙先觀意。不寫和鳴寫急難，人間誰獨無兄弟。嗟我龍鍾命弗齊，今年同氣委黄泥。白頭徒重鴒原感，展卷他鄉忍淚題。

留魯山縣

黎庶凋殘甚，惟餘朴儉風。名因元子重，地本魯王封。撫卹無賢令，流移有惰農。誰將于蔿曲，歌向五雲中。

新野即景

村暗濛濛雨，流渾淺淺溪。菊花長帶濕，豆莢半沾泥。野迥居民少，林昏去路迷。自投新野界，蒿草與人齊。

周原幽居

山色蛾眉秀，江流燕尾分。亂蟬吟落日，獨鶴引歸雲。黄葉溪邊樹，青帘雨外村。興來留客坐，隨意倒芳尊。

早發小孤山遇風

湖盡江逾闊，舟窮路若迷。垂楊春寂寂，芳草雨凄凄。漩水鼋鼍窟，平沙雁鶩堤。風波隨地有，何處可幽棲。

送陳生歸吉水赤岸

清砧兼落葉，總是别離情。去路千程遠，歸舟一葉輕。秋雲連樹暗，寒日映川明。亦有滄浪興，何時共濯纓。

送周秀才遊長沙

迢遞長沙道，蕭條晏歲遊。亂山黄葉寺，孤櫂白蘋洲。夕鳥銜船過，寒波背郭流。毋論卑濕地，賈傅昔曾留。

送戴教授北行

別路三春雨，行舟五兩風。花香隨路減，柳色上衣濃。共是青雲客，先成白髮翁。離情如逝水，萬折亦朝東。

新安謡三首

新安野老髮垂肩，說著先朝淚泫然。洪武初年真少事，幾曾輕到縣衙前。

垂老頻逢歲薄收，秋租多欠賣耕牛。縣官不暇憐飢餒，喚拽官車上陜州。

當夫當匠子孫亡，田地荒蕪户有糧。昨日迤西蕃使過，盡驅婦女趕牛羊。

宜陽道中

緑陰重疊鳥閒關，野棗花香宿雨殘。天遣浮雲都捲盡，教人一路看青山。

嵩縣遇端午

老大偏多故里心，一逢佳節一沾襟。誰知此日菖蒲酒，又在山城獨自斟。

胡謐 一首

謐字廷慎，鄞縣人。永樂甲申進士，歷官山東參政。

秋思

遠客尋常歎索居，秋來懷抱意何如。高城月白砧聲急，古戍霜清木葉疏。塞馬正肥秋苜蓿，江蓴空憶舊鱸魚。故人迢遞天南北，不寄相思尺素書。

嚴貞 一首

貞字頤正，嘉興人。永樂甲申進士，知景陵縣。

《詩話》：頤正詩僅存《柳州城樓》一首。《浙音彙編》謂「官至雲南右布政使」，攷雲南舊志《布政使題名記》，有嚴貞，係寧波奉化人，乃永樂戊戌進士，别是一人也。

和柳子厚登柳州城樓

獨上層樓望海天，異鄉愁思正茫然。溪雲暝帶桄榔雨，野日晴銷薜荔烟。百粤湖山通絶徼，半江菰米熟秋田。舊游别後多零落，目斷滄波祗自憐。

明詩綜卷十八下

小長蘆　朱彝尊　録
淮陰　陸志謹　緝評

魏驥 一首

驥字仲房，蕭山人。永樂乙酉舉人，由松江訓導，累官南京禮部尚書，致仕。卒年九十有八，謚文靖。有《南齋》前後集。

鄭窒甫云：公性好吟詠，矢口適情，不求雕飾，自然雋永。

《靜志居詩話》：文靖仕宦四十年，官階二品，年近百齡，可稱嚮用五福。其文極醇雅，詩雖非專長，亦頗藴藉。

秋興

秋高風露凉，明月滿庭戶。輾轉不能眠，起縱階前步。美人天一方，何時遂良晤。相思怒中腸，坐覺年華暮。

柯暹 一首

暹字啓暉，一字用晦，池州建德人。永樂乙酉，年十七，領鄉薦；明年預修《大典》，尋選入翰林，知機宜文字；進《玄兔》詩，授戶科給事中；坐言事，出知永新、吉水二縣；歷官雲南按察使。有《東岡集》。

劉主靜云：東岡詩文奇崛，出人意表，清瑩無滓。

吳與儉云：用晦詩思深沉而幽永。

宋爾章云：東岡詩清淡古雅，得意處追蹤盛唐。

九日次黄學士韻

客塗逢九日，景物爲誰賒。此地已無酒，故園空有花。翠微亭下路，采石驛邊槎。未卜重過日，臨風獨歎嗟。

林真 一首

真字汝寔，號木菴，莆田人，遷居閩縣中。永樂乙酉舉人，以薦選庶吉士，侍書經筵，出知慈溪、江寧、宜興三縣。

粤王臺

屠龍人去幾時歸，空有高臺對夕暉。回首舊時歌舞地，年年春草鷓鴣飛。

林環 一首

環字崇璧，莆田人。永樂丙戌賜進士第一，授翰林修撰，陞侍講。有《絅齋集》。

《詩話》：侍講未第之先，縱酒自放。雖在玉堂，詩無臺閣氣。

題林泉清致

春山佳氣多，白雲滿芳樹。幽徑絶塵蹤，落花映深戶。微雨灑林落，東風長蘭步。之子招不來，滄洲日將暮。

陳全 五首

全字果之，長樂人。永樂丙戌賜進士第二，授翰林編修，歷侍講，署院事。有《蒙菴集》。

《詩話》：果之五言，專法韋、柳。

夢游匡廬山

夢寐游匡廬，晞髮五老峰。長天散氛翳，削出金芙蓉。林谷轉深邃，溪回路彌通。澄江波澹澹，霽日花濛濛。陰澗長瑶草，陽厓明藥叢。樓臺霄漢上，雞犬煙蘿中。杳渺逢羽人，相期躡仙蹤。覺來玉堂迥，仿佛聞疏鐘。丹梯如可接，共汝巢雲松。

送陳廷器歸長樂

置酒新亭上，親賓儼成行。蘭肴雜肥鮮，綺席羅瓊漿。顧兹繾綣情，樂飲各盡觴。中筵忽不懌，援琴撫清商。絲桐易爲感，離思擾中腸。驪歌首前塗，僕御促行裝。故鄉渺何許，路繞川原長。願爲晨風翼，送子東南翔。

送叔韶兄歸長樂

攜手出都門，悵然千里心。悠悠河橋上，送子歸故林。川原翳衆緑，灌木澄幽陰。滄波渺離思，黄鳥鳴好音。吾家南山下，白雲澹遥岑。别來幾何時，歲月忽已深。誓將從君歸，焉能辭華簪。遥持一書札，因之南飛禽。

挽蘇伯厚先生

寒暑有代謝，節序忽蹉跎。夫子乘運化，悽愴將奈何。生存簪組榮，死殁歸山阿。向來歡娱人，零落亦已多。西日不返照，逝川無停波。懭忽魂若存，感慨成悲歌。

送人尹江右

窮冬正蕭索，離思苦怱怱。風雨孤帆別，琴尊幾日同。雪晴淮水急，雲盡楚天空。花縣絃歌暇，題詩寄塞鴻。

謝瑾 一首

瑾字庭蘭，鄞人。永樂丙戌進士，除刑部員外郎，歷郎中，出知平陽府，遷廣西按察使。有《蝸濡集》。

李杲堂云：《蝸濡集》於腐題爛句中，時作驚人語。

黄陵廟

黄陵帝子昔嬪虞，絃斷南薰鳳影孤。紅盡淚痕傳翠竹，青來魂氣隔蒼梧。秋風衡岳沉鴻雁，暮雨湘江怨鷓鴣。明月三千年後夜，九疑雲冷夢應無。

曹閶 一首

閶字冀成，江夏人。一云黄巖人。永樂丙戌進士，官監察御史。

《詩話》：侍御楚産，《登科録》可考。而謝方石采其詩入《赤城集》中，《期東里》一篇，情致纏緜，髣髴謝監南樓風調。

期楊士奇不至

羈旅無友生，何以慰懷思。有客筮適我，芳辰以爲期。深叢鳥雀喧，窮巷牛羊歸。相候清路傍，冠佩來何遲。我肴既云具，我酒亦已持。雖無德與女，寫心良在兹。子寧不我即，佇望增慼欷。仰觀列宿行，羨此明月輝。令德衆所慕，彼留知爲誰。諒無好賢誠，空負緇衣詩。

尹鳳岐 一首

鳳岐字邦祥，吉水人。永樂丙戌進士，官翰林侍講。

送兄廣東參政應奎

价人藩閫寄旬宣，五嶺南行遠著鞭。曉日紅亭留别酒，秋風黄葉下瀧船。青連橄欖千家雨，黄觸桄榔萬井煙。珍重平生清節在，不妨引滿酌貪泉。

苗衷 一首

衷字秉彛，定遠人。永樂辛卯，賜進士第二，累官兵部侍郎，兼翰林院學士，入直内閣，進尚書。贈少傅，謚文康。

楊思敬東郭草亭讌集

芳春倏云暮，暇日鳴玉鞘。群公夙有約，駕言適東郊。冷卿遠相迎，會此文字交。開筵俯亭沼，次第陳觴肴。疏花粲檐前，好鳥鳴樹梢。睠兹百物遂，樂飲恣歌嘲。

《詩話》：鴻臚卿大興楊思敬，築草亭於東郭，自正統丙辰始，歲會文學名流，極觴詠之樂。自後遂爲都城飲餞之地。西王尚書詩所云「柳陰嘶過馬，花塢駐行車」者也。其後又於崇文門外十里許，據渾河之支流，有地二十頃，以二頃爲南園，鑿塹環之，繚以重垣，中植桃杏諸果，雜蒔花卉，池種芰荷菱芡，退朝邀諸鉅公燕集其地，則東王尚書有《序》紀之。

錢習禮一首

習禮名幹，以字行，吉水人。永樂辛卯進士，選庶吉士，除檢討，歷侍讀學士，陞禮部右侍郎。卒謚文肅。有《應制集》《詞垣續稿》《歸田稿》。

《詩話》：王元美以錢文肅六典文衡，爲明盛事。考文肅永樂甲辰，業爲會試同考官。宣德丁未，再入會場分考。而正統丙辰、己未，兩次殿試，皆充讀卷官。辛酉復爲順天主考。是主文衡者十次矣。其詩雖非作家，然亦無塵坌氣。

新橋和余檢討韻

初月生遥甸，長流遵枉渚。方舟泝長河，宵分及前侣。維梢戒孤征，懸燈照清語。秋衾夢不成，隕籜紛如雨。

林衡一首

衡字宗嚚，閩縣人。永樂辛卯進士，御史。

賦得江村片雨外送沈空同

片雨江村外，霏霏暗去程。輕一作細。沾芳一作行李。草濕，遠入斷煙輕。歸鳥愁邊没，離情别後生。不堪凝望處，迢遞失關城。

熊槩二首

槩字元節，吉水人。永樂辛卯進士，榜姓胡，除御史，出爲廣西按察使，調廣東。宣德初，擢大理卿，巡撫兩浙及蘇、松諸郡，陞南京都察院右都御史，召掌院事，兼署刑部事，卒於官。有《芝山居士集》。

雨後江行

早出餘杭郭，微茫曉色開。畫船江上别，緑樹水邊回。酒爲離人勸，詩因細雨催。故人凋謝久，惆悵不勝哀。

塗中述懷簡張憲副用中李布政昌祺

北闕黄門客，南宫粉署郎。新詩凌鮑謝，妙翰繼鍾王。㦸直趨青瑣，讎書向玉堂。遭逢懷聖主，眷顧倚儲皇。超擢之南越，旬宣共一方。分符來上苑，持節去遐荒。四馬炎蒸路，雙旌瘴癘鄉。豺狼應遁跡，恩澤已宣揚。桂嶺開秦塞，蒼梧拓漢疆。野人疏制度，蠻俗少冠裳。曉白溪多霧，冬青樹不霜。

四時榕葉暗，五月荔支香。交誼憐君篤，鄉情媿我凉。别離寧有恨，會合豈能忘。傾蓋酬知己，分簪祇自傷。明朝故園雨，回首思茫茫。

杜桓 一首

桓字宗表，金華人。永樂辛卯進士，官趙府紀善。有《艮菴集》。

北山草堂和韻

厭彼塵俗喧，愛此清幽景。雨餘山色佳，日落松陰冷。不見草堂人，白雲三萬頃。

馬鐸 一首

鐸字彦聲，長樂人。永樂壬辰，賜進士第一，除翰林修撰。有《玉巖集》。

送徐主事孟晞回澄江

京華二月柳垂絲，送子南行惜別離。陌上看山愁對酒，風前握手倦吟詩。雲連鐵甕人煙迴，月滿丹陽客櫂遲。粉署嚴程應待汝，莫因鄉國緩來期。

林誌 一首

誌字尚默，閩縣人。永樂壬辰，賜進士第二，除翰林編修，歷侍讀。有《蔀齋集》。

菊莊

別業依南山，投閒忽成趣。白露朝欲晞，黄花滿籬戶。餐英慨前修，采之恐遲暮。苦無三徑資，眷此歸來賦。

鄭閻 一首

閻字公望，閩縣人。永樂壬辰進士，授安陸州學正，改無爲州，終廣信府學教授。有《抑齋集》。

懷林鴻

寒月照古樹，朔風吹城樓。如何咫尺居，致我千里愁。俯景暫自遣，浩歌誰爲酬。思君若逝水，朝暮長悠悠。

陳鎰 一首

鎰字有戒，吳縣人。永樂壬辰進士，官至榮禄大夫、太子太保、都察院左都御史。謚僖敏。有《介菴集》。

《詩話》：僖敏開濟之才，韻語非其所務，湯尚書潛菴稱其文「有組舞磬控之樂」。顧遺集罕傳，予從其裔孫彦瑜所見之，録詩一首。

懷慶道中

風卷塵沙驛路迷，人家遠近樹高低。如何河北風光别，春半猶無一鳥啼。

陳循 六首

循字德遵，泰和人。永樂乙未賜進士第一，除翰林修撰，累官戶部尚書，少保，兼太子太傅，華蓋殿大學士。英廟復辟，戍鐵嶺，尋放還。有《芳洲集》。

《詩話》：裕陵復辟，吳人盛誇徐元玉社稷之功。然「奪門」二字豈可示天下後世？李文達之言當矣。予嘗見少保《訟冤疏》手稿，具陳元玉之讒，斯亦纂國史者所當知也。少保詩絶意規摹，饒越石清剛之氣。

開平

灤河河北開平府，云是前朝故上都。萬瓦當年供避暑，孤城此日事防胡。龍岡夜照烏桓月，鳳輦時巡敕勒區。何處登臨最愁絶，李陵臺上望平蕪。

客寓懷來有詔自行在達京師候謄黄不至有感

往時載筆侍清班，玉帳頻先覲聖顔。一自病中離闕下，頓分天上與人間。近聞頒詔先歸國，久候謄黄未出關。咫尺日幾誰報喜，西風目斷白雲閑。

野望二首

遠違車駕踰三月，久抱衾裯滯一州。南郭幽居嗟影獨，西風落日使人愁。天空絶塞飛鴻度，草滿平原獵騎遊。何似桑乾南下水，萬山深處出盧溝。

欲就邦人詢往事，百年耆舊已無存。猨啼暮雨佛山寺，鶴怨秋風香水園。萬仞倚天瓊岫小，一泓迸石玉泉温。温水在懷來西北三十里。太平自是多耕牧，禾黍牛羊日滿村。

鷗閣

縣城南面開高閣，正俯清江對翠微。名勝尚憐如往日，登臨常想到斜暉。閣中諸老仍何在，水上群鷗只自飛。茅屋龍洲終遜此，何年重許叩林扉。

東軒

半畝溪山舊卜居，往來塵跡自應疏。春風門巷花開後，曉閣軒窗日上初。頻理琴尊留上客，閒攜燈火讀遺書。時平隱逸皆徵用，丹詔行看下玉除。

高穀 一首

穀字克用，揚州興化人。永樂乙未進士，累官少傅，兼太子太傅，工部尚書，謹身殿大學士。贈太保，謚文義。

送倪廷用致政歸嘉興

青雲遺宦轍，白首賦歸田。舊著宮袍卸，新裁野服便。草堂留月色，花徑隔塵緣。陶令門前柳，春來好繫船。

牟倫 一首

倫字秉常，宜賓人。永樂乙未進士，任監察御史，以諫謫甘肅。

留別京師諸友

行行策馬去皇畿，落木高原獨鳥飛。天上故人青眼在，蜀中諸弟素書稀。秋風故隴雲連棧，夜月清笳霜滿衣。白髮蕭蕭身萬里，不知別後竟何依。

鄭珞 一首

珞字希玉，侯官人。永樂乙未進士，選庶吉士，改授刑部主事，出知寧波府。有《訥菴》《雞肋》二集。

送高時旭還閩

祖帳連芳草，征帆挂夕曛。鄉心閩海月，客夢楚江雲。候館雞聲早，平沙雁影分。懸知霄漢上，早晚薦雄文。

陳輝 一首

輝字伯煒，閩縣人。永樂乙未進士，任貴州按察司僉事，陞廣西副使。有《琴邊清唱》。

旅次武林期叔剛修撰不至

寓宇閟幽寂，羇懷轉凄其。况兹梅雨候，值此麥風時。閒登溪上樓，悵望吳天涯。長風卷潮來，倏忽銀屋移。潮水尚有信，我行豈無期。緬懷同心人，惻然起遐思。

周敘 一首

敘字功敘，吉水人。永樂戊戌進士，改庶吉士，授編修，歷修撰、侍讀，陞南侍講學士。有《石溪集》。

錢受之云：明初館閣，莫盛於江右，故有「翰林多吉水，朝士半江西」之語。而文集流傳，自東里西墅外，可觀者絶少，如《石溪》又其靡也。

送袁欽誠

少壯辭家去，從師千里遊。雨深廬岳樹，天接漢江流。夜誦分漁火，朝吟倚客舟。遥知重會日，春滿帝王州。

金誠 一首

誠字誠之，番禺人。永樂戊戌進士，授工部主事，改刑部。有集。

江行（一作王佐，一作董良史，今從韓辿粤音。）

江水悠悠江路長，孤鴻啼月有（一作帶。）微霜。十年蹤跡渾無定，莫更逢人問故鄉。

蔣仲舒云：可仿唐人《渡桑乾》之作。

黄闰 一首

闰字期餘，信豐人。永樂戊戌進士。有《竹居集》。

擬唐人長安春望（一作《安福謝復古詩》。）

南山晴望鬱嵯峨，上苑春游玉輦過。天抱帝城雙闕迥，日臨仙仗五雲多。鶯聲盡入新豐樹，柳色遥聞太液波。漢主離宫三十六，樓臺處處起笙歌。

宗子相云：全是盛唐風調。

晏鐸 一首

鐸字振之，富順人。永樂戊戌進士，改庶吉士，授福建道御史，以言事謫上高典史。有《青雲集》。

李時遠云：振之詩温柔典麗，自是作家。

《詩話》：振之采明初詩爲《鳴盛集》，惜未之見。「花月金陵十四樓」之句，盛傳於時。或云在「宣德十才子」之列。今其詩存者甚少，格調平平，僅與海寧三蘇伯仲。按俞憲《登科考》，名在永樂十六年李騏榜，三甲第三十五人。何出光《蘭臺法鑒録》稱是「永樂十三年進士。十五年，由庶吉士授福建道御史，巡按兩京畿、山東，以建言謫上高典史」。吾鄉沈孝廉德符《野獲編》謂是「永樂二十二年庶吉士」。傳聞異辭，當以《登科考》爲正也。黄才伯撰《翰林記》，謂「永樂甲辰科庶吉士不可考，題名止書四人，其一方復乃壬辰進士，王道、方懋德甲辰，《登科録》并無其人」。《弇州别集》載六人，《野獲編》云：「其實二十人」。然六人之外所增益者，如劉濬、張觀乃壬辰榜，周安乃乙未榜，沈善、李敬、木訥、曾泉、盧璟及鐸乃戊戌榜，萬碩、王璉乃辛丑榜。初疑孝廉偶誤，及閲劉文安所撰《劉實傳》稱：「實從周學士功敘學《書經》，用以舉進士。時宣宗皇帝方隆儒術，合前科丁未、是科庚戌、後科癸丑進士，共選得二十八人，比列宿數。以先朝選士，亦嘗若是也。」然則合先後數科，同選庶吉士，實始於永樂間矣。孝廉熟精掌故，日讀一寸書，考證極詳，是非亦不謬。惜其書未刊行於世。

九峰山行

曲徑沿流上下，蒼苔白石磷磷。落日唯聞啼鳥，空山更少行人。

劉鉉 一首

鉉字宗器，長洲人。永樂初，以善書徵入翰林，中庚子舉人，授中書舍人，陞兵部主事，擢翰林侍講，累官少詹事。卒贈禮部左侍郎，謚文恭。有《假菴集》。

李原德云：劉公詩古澹春容，自有餘味。

吳原博云：文恭著作，不以險怪爲工，往往於和平簡澹之中，寓温純典雅之意。

文徵仲云：公爲詩，一字不安，更數月必改定。其矜慎若此。

送杜亞卿赴南京

一尊傾罷雨瀟瀟，客思離情總未消。廿載禁林同侍講，五更青瑣共趨朝。西風鴻雁南歸急，落日雲煙北望遥。此際送君無限意，蕭疏楊柳玉河橋。

曾鶴齡 一首

鶴齡字延年，泰和人。永樂辛丑，賜進士第一，歷官南京翰林院侍講學士。有《松朧集》。

羅知州之交趾分韻得北字

惆悵杯酒間，踟躕衢路側。邇别情所難，况君遠行客。行客適何許，南交乃絶域。山川阻且修，匹馬獨登陟。丈夫四海志，萬里猶咫尺。苦辛諒不辭，所思在明德。俯視川從東，仰睇星拱北。還朝會有期，側竚聽消息。

薛瑄二十一首

瑄字德温，河津人。永樂辛丑進士，除御史，歷大理少卿，累進禮部左侍郎，兼文淵閣大學士。卒謚文清，從祀孔廟。有《河汾集》。

蔣仲舒云：文清以理學名，其詩則非宋調。

《詩話》：文清《讀書録》，專以宋儒爲師。其詩有云：「吾意六籍外，尚多古人書。一朝秦燄烈，焚蕩無遺餘。掇拾煨燼者，補綴誠區區。訛闕固已多，盡信寧非愚。獨有群聖心，昭哉難翳如。多謝宋諸老，萬世開迷塗。」宜於詩亦宗《擊壤》矣。而集中五言醇雅，有陶、孟、韋、柳之風。予嘗謂宋之晦菴、明之敬軒，其詩皆不墮宋人理趣，未見有礙於講學，又何苦而必師《擊壤》派也！

擬古二首

孤桐生龍門，橜絲出東國。相合爲素琴，不離君子側。清彈何悠揚，遺音爲發越。中涵千古心，養彼至人德。云胡變新聲，哇淫日淪惑。舉俗逐時好，誰能稱在昔。萬事亦復然，不獨琴與瑟。

庭竹生涼飈，明月從東上。候蟲草根鳴，夜靜聲愈響。逍遥步階除，悠然起遐想。三皇五帝時，淳朴竟焉往。王風降黍離，禮樂委榛莽。反覆千載間，雜霸迭相長。是非垂不泯，勝負在俯仰。令人意難平，撥置聊自廣。

古詩二首

水火非無功，焦溺亦由此。君子得其操，小人迷所止。四海豈不遥，發軔良自邇。薰風愜民心，黄竹蕩人耳。善惡反手間，胡不慎其始。

七百卜公旦，萬世期咸嬴。豈不同所願，天道有虧盈。岐山麟鳳集，函谷虎豹爭。趨舍乃如此，大運焉得并。蓬萊舟始泛，博浪車已驚。遂使三秦士，不獨驪山坑。已矣勿復言，九宇皆炎精。

秋日雜詠二首

庭樹生秋風，微涼入衾枕。久客得無思，遠意復誰諗。道腴足充餐，天和可當飲。以兹撥離憂，僻好安所稟。大義自古來，旋覆吾已審。

翻翻高荷葉，秋雨生微涼。豈不懷遠道，撫時坐空堂。何以爲我懽，簡策多遺芳。古人不可作，古道不可忘。兹理將無墜，欲語墮渺茫。安得忘言子，相與傾一觴。

答趙彬

美人生南國，豔色世所稀。明眸一回顧，草木生光輝。我行重嗟惜，便欲攜同歸。贈以青玉案，貢之黃金扉。如何久契闊，此念將無違。

雜詠

古劍匪新器，古瑟匪新音。雖無適俗態，知己在所尋。充子佩服美，感子淡泊心。蘊櫝固有待，無悶良可欽。

游習家池

谷口一逕入，蒼山四邊開。中有習池水，水碧無纖埃。泉源初噴薄，交流遂瀠洄。飛鳥鏡中度，行雲天外來。微風一蕩拂，林影久徘徊。寒光空心性，俯翫何悠哉。愛此不能去，載歌寫中懷。

游君山寺

爲愛湖中山，遂尋山下路。取徑彌幽遐，涉澗亦回互。石磴足莓苔，青林雜煙霧。前行如有窮，嵐嶺乍分布。招提壓重湖，千里周一顧。孤峰四無垠，形氣自依附。山僧復導我，窈窕更徐步。疏籬野蔓懸，老圃寒泉注。逕轉山房深，重與絶境遇。白雲檐外生，清風竹間度。庭花雜無名，歲晏色猶故。澄心得妙觀，忘言契良晤。愛此林壑清，遂薄塵俗務。重來待何時，尚子畢嫁娶。

渡雙溪

雙溪始合流，厓渚遂經復。洄潭一鏡平，秋影空寒緑。野渡得孤航，山家帶喬木。適意方自茲，前呵戒童僕。撫景重悠然，誰能和斯曲。

東平行臺有竹翳於惡木荒草命僕芟治嘉植乃遂詩以紀之

生平苦愛竹，義若君子交。茲軒忽見之，俄頃漆在膠。振衣步其下，周覽增鬱陶。惡木一何多，蔓草一何饒。翳此破苔筍，撓彼淩雲梢。命僕恣翦伐，得辭斤斧勞。除惡貴絶本，藴崇及溝壕。荒穢既了了，凉風亦蕭蕭。修莖遂生植，嘉蔭愜游遨。作詩紀顛末，庶爲同心謡。

穆陵關

危哉穆陵關，高出衆山頂。地勢愈覺寬，天宇相回迥。林木何蕭森，首夏風色冷。山樓試一登，眺覽毖遐騁。沂岱環西陰，淮海接南嶺。齊州走北川，扶桑控東影。道里會一門，山川挈要領。緬思千古前，豪伯互吞并。齊履空復然，秦鼉已侵境。干戈被長巒，生民困魚鼎。於今天道旋，四裔守安靜。山行晝悠然，水宿夜無警。顧我觀風人，符節得屢秉。作詩紀兹行，傳與山將永。

瀘川古意

三蜀古名郡，瀘川古名州。我來值殘暑，偶此數日留。新秋忽改節，凉風漸飀飀。逍遥散前除，仰視天宇周。征鳥去不息，白雲亦悠悠。佳人渺何許，重林蔽層丘。秋日復西邁，大江自東流。良辰不我與，古道曠莫酬。願聞瑶華音，行矣旋吾輈。

褒斜道中

褒斜一何長，深谷自迤邐。雲木青無邊，群峰各峻峙。鳥道緣厓巔，危棧架江涘。冥冥叫子規，泱泱響溪水。累日山峽中，陟降亦勞只。自我入蜀門，今逾一年矣。既乏督辨能，兼負素餐恥。而況鬢髮蒼，胡寧不知止。上章乞解綬，詔許感不已。雖云此谷險，且遂北歸喜。

過徐州

去年春正月，南泛彭城舟。今歲值秋暮，北上遡長流。蹤跡信往復，景物愜觀遊。風寒堤柳落，波減岸石稠。白見高城堞，蒼出遠山丘。何處戲馬臺，仿佛燕子樓。化遷無停軌，事往不可求。陳迹竟泯泯，虚名但悠悠。覽今亦懷昔，發聲遂成謳。

苦雨

涼風颯颯雨聲急，出門跬步苦沾濕。山城拂地雲霧深，河渚交流潢潦溢。田夫野婦坐歎息，園中有棗不可食。况復離離禾黍垂，及時不得收地力。一年百事望秋成，秋成奈此淫雨積。誰哉爲我誅雲師，宛見青天行白日。

久雨遣懷

秋來常苦雨，風氣早生寒。小鳥投林急，高鴻下食難。奔流淹古道，密霧隱前山。試誦「停雲」句，中懷獨未寬。

武陵曉泛

今朝風日好，來泛武陵溪。碧水寒依岸，蒼林遠護堤。沙光摇野馬，人語散鳧鷖。二月桃花發，還應處處迷。

黔陽山中

景好寧知是異邦，竹籬茅舍枕蒼江。吏情更有山林趣，緑樹門前畫戟雙。

竹枝歌

錦官城東多水樓，蜀姬酒濃消客愁。醉來忘却家山道，勸君莫作錦城遊。

于謙十三首

謙字廷益，錢塘人。永樂辛丑進士，除山西道御史，擢行在，兵部右侍郎，罷爲大理寺少卿。景陵踐祚，拜兵部尚書，加少保。英宗復辟，棄市。成化中，贈太傅，謚肅愍，後改謚忠肅。有集。

陸子淵云：于公有社稷功，其詩亦足冠冕時輩。

夏時正云：公詩文多至千篇，皆填撫餘閒、車馬道塗寄興之作，及秉邦政，不復經心，所見僅一二爾。語皆自胸次流出，思親戀闕，憂人及物，眷眷不忘，溢於言表。

錢受之云：少保詩頃刻千言，格調不甚高，而奕奕俊爽。

《詩話》：少保社稷之臣，其詩特多秀句。如「風來疏牖銀燈暗，月轉高城玉漏遲」，「紫塞北連沙漠去，黄河西繞郡城流」，「野花偏向愁中發，池草多從夢裏生」，「千里逢人俱是客，十年持節未還家」，「鳥飛不過巖頭石，人渴難尋澗底泉」，「風約閒雲難作雨，渠分流水不成河」，「炕頭炙炭燒黄鼠，馬上彎弓射白狼」，「天外青山圍故國，雨中黄葉下空潭」，皆意態自然，不煩雕琢。其論詩曰：「詩豈易言哉！發於心，形於歌詠，盡乎人情物變，非深於理而適於趣，則未易工也。」觀其持論，造詣深矣。

自歎

我生四十餘，已作十年客。百歲能幾何，少壯難再得。今朝太行南，明日太行北。風雪敝貂裘，塵沙暗金勒。寒暑互侵凌，凋我好顔色。齒牙漸摇脱，鬢髮日以白。位重才不充，况此遲暮迫。早賦歸去來，庶免清議責。

暑月將自太行巡汴

三晉衝寒到，中州冒暑回。山川元不改，節候自相催。緑樹連天暗，丹葵向日開。太行雲縹緲，搔首意徘徊。

游春

滿路香塵起，尋春思欲迷。樹晴鶯出谷，溪暖燕銜泥。玉勒嘶芳草，青樓瞰大堤。風光無限好，都在畫橋西。

春日大風感懷

遠塞足風沙，春深不見花。層冰猶度馬，弱柳未藏鴉。易醉愁邊酒，頻歸夢裏家。凭闌一搔首，心緒亂如麻。

除夕夜坐感懷

秉燭焚香坐不眠，夜長難到五更天。懷人此際隔千里，爲客明朝是十年。遠道風霜今老矣，故園梅柳想依然。椒盤獻歲知誰共，獨把深杯對影傳。

秋風

蕭蕭入夜動清商，披拂園林草木黄。快意掃除天下熱，何人吹送枕邊凉。荻花楓葉愁江渚，蓴菜鱸魚憶故鄉。萬里碧天雲散盡，衡開征雁不成行。

偶題

倦鳥投林處，斜陽在樹枝。薄雲收未盡，山雨乍晴時。

春夜

長風送華月，照我庭前樹。宿鳥忽驚飛，雙雙背人去。

平陽道中

楊柳陰濃水鳥啼，豆花初放麥苗齊。相逢盡道今年好，四月平陽米價低。

上太行

西風落日草斑斑，雲薄秋容鳥獨還。兩鬢霜華千里客，馬蹄又上太行山。

夏日憶西湖風景

湧金門外柳如煙，西子湖頭水拍天。玉腕羅裙雙蕩槳，鴛鴦飛近采蓮船。

暮春客途即景

雨中紅綻桃千樹，風外青摇柳萬條。借問春光誰管領，一雙蝴蝶過溪橋。

擬吴儂曲

憶郎直憶到如今，誰料恩深戀亦深。刻木爲雞啼不得，元來有口却無心。

劉球 一首

球字求樂，更字廷振，安福人。永樂辛丑進士，授禮部主事，改翰林侍講，以忤王振矯旨下獄死。景泰初贈翰林學士，謚忠愍。有《兩溪集》。

李時遠云：　忠愍金春玉映，如月璸天犀，人共寶之。

山居

水抱孤村遠，山通一徑斜。不知深樹裏，還住幾人家。

陳叔剛 一首

叔剛名棖，以字行，閩縣人。永樂辛丑進士，官翰林修撰，遷侍讀。有《絅齋集》。

錢原博云：　侍讀詩沖和贍麗，諸體各極其妙。

松坂

亭亭萬松林，别構僅容膝。席陰無冬春，簾翠自朝夕。主人愛松風，静聽意自適。清吟到夜分，明月在巾舄。是非曠不聞，煙霞已成癖。我有小山謡，期君謝閒逸。黄鶴遊青冥，汗漫不可即。

萬節 一首

節字資中，安福人。永樂辛丑進士，除知棨昌縣，入爲御史，遷廣西按察副使。有《雪坡集》。

漁村夕照

獨槳村西漁艇，重門樹底人家。夕照平蕪遠近，小橋流水横斜。

張楷 三首

楷字式之，慈谿人。永樂甲辰進士，授江西道御史，出爲陜西僉事，轉副使，擢都察院右僉都御史。有《和唐集》。

徐子元云：式之和唐，所謂服堯之服，惜其自作，殊不疾意。

蔣仲舒云：中丞遍和唐詩，可謂捧心效顰。究其才致，亦一時之彦也。

錢受之云：國初詩家遥和唐人，起於閩人林鴻、高棅，永天以後，浸以成風。式之遍和唐音，及李杜詩，各十餘卷，又有并和《瀛奎》三體諸編者。塵容俗狀，填塞簡牘，捧心學步，祇供噦嘔。昔人有言「賦名六合，已是大愚」。其此之謂乎！

《詩話》：中丞和唐，不獨律詩踵韻而已。至歌行古風，并上句亦和之。同時餘姚陳贄維誠亦然。登黄鶴者，必賡崔顥之章；宴滕王者，必仿子安之體。人雖至愚，不愚於此矣。其在閩提督軍務，除夕作詩云：「亂離何處覓屠蘇，濁酒三杯也勝無。」又云：「除夜不須燒爆竹，四山烽火照人紅。」爲言者所劾而罷。此殆非和韻詩，宜其中禍後，舍和韻，不復作也。

漢宮曲

日暮上簾鈎，春花壓翠樓。忽聞宣召急，羅帕掩箜篌。

江南曲

忽得三巴信，郎歸未有期。只言風浪險，不是薄情兒。

江南春

滿川啼鳥怨殘紅，水郭春園柳絮風。春雨一番江水闊，草痕將緑到吳中。

明詩綜卷十九上

小長蘆　朱彝尊　録
白洋　朱士諤　緝評

瞿佑十二首

佑字宗吉，錢唐人。洪武中，以薦歷仁和、臨安、宜陽訓導，升周府右長史。永樂間，謫戍保安。洪熙乙巳赦還。有《存齋樂全集》《香台百詠》。

錢受之云：宗吉風情麗逸，樂府歌詞，多偎紅倚翠之語，爲時傳誦。

《靜志居詩話》：明初詩家，以楊廉夫爲祭酒。廉夫見同調，綴以評語，不曰牛鬼，則曰狐精。此王常宗論文，即以狐比廉夫也。宗吉幼爲廉夫所賞，拾其唾餘，演爲流派，劉士亨、馬浩瀾輩爭效之。譬諸畫仕女者，肌體癡肥形神猥俗，曾牛鬼狐精之不若矣。其稍有風骨者，如「射虎何年隨李廣，聞雞中夜舞劉琨」，「蹈海莫追天下士，折腰難事里中兒」，庶與凌彦翀、李宗表相近。當時嘗取宋、元、金三朝律詩一千二百首，編爲《鼓吹續音》，惜乎不得見矣。

天魔舞

承平日久寰宇泰，選伎徵歌皆絶代。教坊不進胡入聲。旋女，内廷自試天魔隊。天魔隊子呈新番，似佛非佛蠻非蠻。司徒初傳祕密法，世外有樂超人間。真珠瓔珞黄金縷，十六妖娥出禁籞。滿圍香玉逞腰肢，一派歌雲隨掌股。飄飄初似雪回風，宛轉還同雁遵渚。桂香滿殿步月妃，花雨飛空降天女。瑶池日出會蟠桃，普陀烟消現鸚鵡。新聲不與塵俗同，絶技頗動君王覩。重瞳一笑天回春，賜錦捐金傾内府。中書右相内臺丞，袖無諫章有曲譜。天魔舞，筵宴開，駝峯馬乳黄羊胎。水晶之盤素鱗出，玳瑁之席天鵝擡。彈胡琴，哈哈回；吹胡笳，阿牢來。群臣競獻葡萄杯，山呼萬歲聲如雷。天魔舞，不知危；高麗女，六宫妃。西番僧，萬乘師，回紇種類皆台司。漢兒回避南人疑。天魔舞，樂極悲；察罕死，孛羅歸。鐵騎驟，金刀揮，九重城闕烟塵飛。一榻之外無可依。天魔舞，將奈何？多藏金叵羅，急駕白雲駝。陰山之北避兵戈。

春社詞

十日一風五日雨，社前拜祝神已許。瓦盆瀲灩斟濁醪，高俎縱横薦肥羜。嗚嗚笛聲坎坎鼓，俚曲山歌互吞吐。老巫狡獪神有靈，傳得神言爲神舞。祭餘分肉巫自與，醉裏狂言相爾汝。小兒覓餅大兒扶，頭上神花付鄰女。

高門歎

高門成，高門壞，不及十年見成敗。獸鐶移去屬何人，重構高門臨要津。門前牢栽楊柳樹，莫被他人又移去。

義士行

鍊金鑄范蠡，買絲繡平原。逝者恐無知，徒用勞心魂。陋矣哉！烏江八千軍，壯矣哉！海島五百人。任安念舊不改轍，豫讓報讎須殺身。酒不必澆劉伶墳上土，劍不必挂徐君墓前樹。感君恩重死相從，冥漠重泉有逢處。

看燈詞六首

東家砍竹縛山棚，西舍邀人合鳳笙。官府榜文初出了，今宵喜得晚來晴。
銷金小繖揭高標，紅藕青梅滿擔挑。依舊承平風景在，街頭吹徹賣餳簫。
傀儡裝成出教坊，綵旗前引兩三行。郭郎鮑老休相笑，畢竟何人舞袖長。
風簾珠翠動紛紛，笑語聲喧隔户聞。明月滿街天似水，不知何處著行雲。
文錦坊西後市南，鬧竿挑過百花籃。少年游子誇輕俊，拾得雙頭碧玉簪。
村裏兒童暫入城，隨群齊上大街行。歸來徹夜渾忘睡，從此春田嬾去耕。

清明

兼旬蹭蹬在京華，又見東風御柳斜。客裏不甘佳節過，借人亭館看梨花。

過蘇州

白蓮橋下暫停舟，垂柳陰陰拂水流。舞榭歌樓俱寂寞，滿天梅雨過蘇州。

偶桓九首

桓字武孟，太倉衛人。洪武中，應秀才舉，爲崇安從事，授桂林河泊大使，終荆門州吏目。有《江雨軒集》。

王元美云：吏月頗協風格，故多鴻爽之詞。《詩話》：明初詩家操選政者，賴良直卿、許中麗仲孚、劉仔肩汝弼、沈巽士偁、王偁孟敭，皆有所蔽。惟瞎牛《乾坤清氣》一編，能開生面，惜予所鈔，闕七言近體絶句，未得全書，恒以爲憾。

雜詩二首

衡茅日岑寂，嘉樹生繁陰。夙興挹朝爽，翛然澄我心。如彼倦飛鳥，冀得棲故林。抱經味遺言，且復理鳴琴。惜哉鍾子沒，曠世誰知音。

養痾卧丘樊，庶得脱塵鞅。三徑日就荒，行樂倦還往。荆榛既蕃蕪，荼蓼亦滋長。幽蘭獨憔悴，况復纏草莽。不因馨香發，豈獲君子賞。

早發灘江示同舟戴伯貞

夜泊南熏亭，曉上白石潭。北風颯以爽，蕭蕭動征衫。灘水激沙礫，桂嶺浮烟嵐。顧此道里修，遥遥在天南。常恐瘴癘惡，三年情不堪。今晨始得歸，灑然脫塵凡。况遇同袍友，高歌酒初酣。搔彼頭上雪，短髮各鬑鬖。相顧但一歎，往事悉已諳。林泉在何處，爲我洗餘慚。

夜渡郎官湖

夜渡郎官湖，波影忽動蕩。搖搖泛孤舟，軋軋打雙槳。天闊星自流，山黑月未上。何處虎牙關，令人起遐想。

赴夷陵

迢迢上夷陵，意促日易暝。亂石齧馬蹄，叢棘罥衣領。登山若攀天，度壑如赴井。撫膺欲嘔心，喘息屢延頸。但逢過虎跡，夐絶行人影。顧兹客懷惡，况乃道里永。毫素難具陳，聊以述短詠。

秦文仲授溧陽教諭賦此贈別

淮海秦徵士，鬅鬙雪滿顛。五年三拜詔，十日九朝天。自許償詩債，誰能與酒錢。冷官歸更好，不負舊青氊。

送陳民初歸廣州兼問訊趙知事公傑

靜江遙帶五羊城，官舸乘風畫鷁輕。客館鄉人秋送別，高齋弟子日相迎。桄榔接葉蠻烟暗，螺蚌含珠海月明。到郡爲詢賢贊府，幾時鞍馬定朝京。

趙王孫墨羊圖

王孫長憶使烏桓，因念蘇卿牧雪寒。落盡節旄無復見，寫生傳得兩羝看。

王孟端墨竹

鳳池退食寫琅玕，醉墨淋漓尚未乾。寄贈故人良有意，清風日日報平安。

謝縉五首

縉字孔昭，吳人。有《蘭庭集》。

張繼孟云：孔昭詩憤戚而不傷，和悦而不流，可謂得性情之正。

《詩話》：孔昭畫入能品，予嘗見其山水真蹟，華亭董尚書稱爲勝國名流。然其詩集刊於永樂中，汝南周傳、浚儀張肯序之，卷末有《送盛啓東還吳》詩，并寫《雲陽早行圖》以贈，題云：「永樂丁酉十月」。徐用理選其詩入《湖海耆英集》，不得謂之元人矣。

修竹塢訪蕭隱士

草堂寂寞西澗坳，隔林犬吠聲嵺嵺。幽人無事不出戶，送客有時還過橋。溪上斜陽立將盡，莎間細路歸仍遙。明朝秋風桂花發，卧穩東山誰見招。

春思

簾幕風微篆有香，起來時候已斜陽。棃花雲冷不成夢，蛺蝶一雙飛過牆。

寄王廷桂

山連罨畫雲烟好，路入苕溪水木清。如此江南好風景，故人何事不歸耕。

寒食村中

流水涓涓映淺沙，石林風急亂啼鴉。荒村寒食無人到，何處香來枳殼花。

漫興

村村昏黑樹陰濃，只尺湖塘路不通。夜半風來雨吹散，櫂歌依舊月明中。

趙迪 四首

迪字景哲，懷安人，自號白湖小隱。有《鳴秋集》。

顧玄言云：景哲興洽情真，固是逸才。

錢受之云：俞憲《百家詩》以迪爲山人；徐庸《湖海耆英集》載迪《元夕應制詩》；徐泰《皇

明風雅》云「宜陽人，官吏部侍郎」。未詳孰是，然景哲非山人明矣。《詩話》：景哲五古學唐人，而得其丰韻。二玄遠遜之，不知當日何以不列「十子」之目。牧齋據二徐氏辯景哲非山人，其實不然。福州林孝廉佶，獲徐興公所藏鈔本《鳴秋集》，有景泰五年迪仲子壯後序，中云：「先人值時多故，投老林泉。」而同時閩人鄭閻公望、鄭關公啓、郭廛敬夫，均有輓鳴秋山人詩。則宜陽人、官吏部侍郎、賦《元夕應制詩》者，自是別一人矣。壯，懷安人，中宣德十年鄉試，官南海知縣。具載《閩省賢書》。

題浦舍人梧竹圖

吾懷出塵想，飛思凌滄洲。湘江夜來雨，寒色川上浮。凉飄金井夕，露滴銀塘秋。故人隔千里，對此空離憂。

幽人獨憩圖

幽人遺世氛，心與浮雲薄。薜蘿寒可衣，山泉時自濯。白雲林下來，黄葉衣上落。高風不可攀，逍遥在林壑。

山水圖

蘇耽昔隱處，落日惟孤雲。青山丹竈前，橘井香氤氳。湖光林際斷，嵐氣霞外分。仙源不可即，清思徒紛紛。

周青士云：頗近常建。

殘雨

黄陵日已昏，蕭颯凉飈起。殘雨挂空江，冥濛若千里。

郭廑 二首

廑字敬夫，福州人。有《鏡湖清唱》。

徐興公云：敬夫，吾鄉隱君子，百年來罕有知者。其《題青舖嶺絶句》云：「家林想在空濛外，一帶螺江隱翠微。」又有「門前湖白與山青，分攜空過白湖亭」之句。其所居當在白湖、螺浦之間，與趙景哲相鄰并也。

懷鳴秋先生之京

澄江晚悠悠，離思杳難極。西風鴻雁飛，我憶鳴秋客。遠樹帶餘暉，前川起寒色。即此待歸舟，沙頭掃苔石。

送友之京

我正愁寥落，君今又北遷。春歸萬里外，人去五雲邊。塞柳迎征旆，江花照别筵。離情不可道，去住各悽然。

鄧林 一首

林初名觀善，字士齊，新會人。洪武丙子，以明經中鄉舉，官南昌教授，擢吏部驗封主事。文皇改名林，後坐法戍保安，遇赦，晚居杭州。有《湖山游詠録》《退菴集》。

二月九日大駕北巡賦詩紀事

虎衛三千士，龍旂十二辰。兩京嚴古制，六載重時巡。宿雨開新霽，青陽届仲春。鍾山浮王氣，輦路動香塵。河岳提封舊，車書制度新。覃恩深似海，過化速如神。壽域熙民物，貞符叶鳳麟。太平無以報，願效華封人。

沈山子云：初唐遺莖。

平顯二首

顯字仲微，錢唐人。以薦授廣西藤縣知縣，謫戍雲南，沐黔國延爲西席。

張宗海云：仲微泝長江，徑洞庭，道夜郎，謫昆明。其爲歌詩，怪變豪放，得於遠遊之助。

題丁野夫畫

野夫已沒四十載，化鶴歸來知是非。郭外梅村更地主，筆端松石見天機。一時好手不可遇，千古賞音如此稀。長憶西湖舊遊處，畫船秋雨白鷗飛。

光齊堂

碧雞翠鴻濛，夕影到滇水。月出金馬東，徘徊白雲裏。

施敬十一首

敬字孟莊，錢唐人。謫居滇。

《詩話》：孟莊詩頗清越，句如「斜日黄留漁浦樹，隔江青度海門山」，「鷓鴣蹋翻黄竹葉，翡翠啄破蒼苔花」，「天吳拔斷蛟龍尾，月露洗出珊瑚枝」，「夕陽靄靄衆山暝，秋水迢迢雙鷺明」，「茉苡緑深江路草，枇杷黄盡客窗枝」，均有風致。若《歸燕》一首，疑是感革除而作。

送吴文學東還

結歡未云久，詎盡平生語。執手臨路隅，離觴聊一舉。殘鍾草堂夕，落雁蘆洲雨。相憶渺天涯，深悰若爲處。

題梅德芳杏林圖

梅仙煉丹處，山杏栽無數。賣藥到人間，衣裳帶紅霧。花開不知歲，子落還成樹。我欲與之言，飄然騎虎去。

送人還廣陵

會面情方洽，暌違意更長。天涯同是客，秋杪各還鄉。黄葉飛揚子，青山繞夜郎。分襟即萬里，相顧兩茫茫。

歸燕

已知秋社近，更繞畫梁飛。主意豈不念，天時難獨違。雙歸遼海遠，對語夕陽晞。花雨重來日，故巢還是非。

送譚孟端

蘼蕪葉齊春水生，故人欲歸傷吾情。草堂酒盡落花滿，山驛馬嘶殘月明。醉中執手不忍别，路上逢人須寄聲。明朝相望隔關塞，惟見白雲天際横。

巴陽夜泊

獨櫂三巴夜，秋高片月孤。灘聲將客夢，萬里下東吴。

貧樂軒

長卷束牛腰，簞瓢繫牛角。讀書深樹中，不知山日落。

塞上曲

八月秋高塞草斑，將軍千騎獵前山。彎弓不射南飛雁，恐有征人附信還。

南行途中寄錢唐親友

萬里移家入瘴烟，故鄉音耗若爲傳。衡陽自古無來雁，况去衡陽又八千。

漕溪夜泊

空山孤驛鼓逢逢，明月流輝滿大江。水鳥夜寒棲不穩，一雙飛影過篷牕。

讀程原道昆陽詩悵然有懷

昆陽市上美人家，飲酒曾停過客車。萬里相思不相見，東風吹盡蜜檀花。

劉叔讓 一首

叔讓，揚州人。

《詩話》：叔讓《題正南門城樓》云：「紅樹一村蒲甸晚，黄雲滿地麥田秋。」《秋夜述懷》云：「南詔羈棲傷短髩，東湖寥落憶扁舟。」蓋亦明初徙滇者。

憶弟

漂泊嗟吾老，羈遲見汝難。西風鴻雁急，落日鶺鴒寒。渭北書長絶，滇南淚不乾。相思朝夕夢，懷抱幾時寬。

陸顒一首

顒字伯瞻，揚州興化人。洪武中，舉明經，官户部員外郎。永樂初，與修《太祖實録》，奉使朝鮮。有《頤光集》。

吴江道中

鱸肥蓴脆正秋風，緑水紅橋宛轉通。不獨季鷹思故里，扁舟吾亦戀吴中。

李孝謙七首

孝謙名本，以字行，鄞人。與弟悌謙，洪、永閒相繼舉孝廉，皆以母老固辭。有《中林集》。

《詩話》：孝謙、悌謙、忠謙兄弟三人，皆有至行。其父仕開饒於貲，時會稽胡舜咨、金華戴叔能、錢唐楊彦常、曹南吴主一、豫章揭伯防，先後游四明。仕開招致賓館，俾諸子問業，故其詩文有法。孝謙撰長律英華，度有可觀，惜其不傳。

題畫

青天際遠水，落日明遙岑。奮袖拂蒼石，憩此長松陰。涼飈灑露頂，正可絃吾琴。古調詎自祕，坐惜無知音。美人隔秋水，望望烟波深。何當一相晤，曠焉諧素心。

題柴昆陵越山春曉圖

君莫著謝公登山屐，更莫問子猷泛雪舟。請君試看高堂壁，仿佛李白天姥夢中遊。於越山川甲天下，秦關蜀道皆土苴。柴侯晚年天機精，酒酣潑墨爲予寫。天姥高出東南天，天台四明相蟬聯。影落平湖一鑑淨，正對賀老山莊前。近山青青遠山小，烟霧冥濛漲春曉。雲門日出似聞鍾，耶溪樹緑應啼鳥。鳥啼不可聞，林深不見雲。只疑空青四山合，倏訝飛瀑雙崖奔。極知妙手奪天造，真宰上訴天應笑。獨脚山魈作鬼精，偷向靈巖拾奇草。水竹江花何處灘，漁郎翠蓑露未乾。青帘酒家石橋右，檥舟却憶姚江干。長松之下一片石，竹杖芒鞵二三客。脫巾高挂白雲邊，醉倚青天翠如滴。

送徐允迪還城中

寒梅照虛牖，嚴霜凋弊裘。故人動歸興，歲晏不可留。徐卿立身何坦蕩，行年五十猶偃仰。不思唾手取公卿，却甘低頭在草莽。市中賣藥能逃名，杖頭挑錢還解酲。悲來不作窮途哭，時復有詩鳴不平。忘年之交古來有，臭味相同即爲偶。來遲去疾奈爾何，無限離情付杯酒。北風吹雨凝作花，船頭敲冰船尾划。道傍行人指歸路，城上棲烏還到家。城市塵埃易更改，還念山林青眼在。看花有約明年來，教我村童掃門待。

送巽上人還台州

挂錫遥憐野寺鍾，赤城何處問芙蓉。歸心千里月千里，行色一重山一重。霞洞春深多藥味，石橋雲斷少人蹤。秋風紅葉桃花似，此日相期谷口逢。

新秋寄德鄰

一雨兼旬水沒塍，江村涼思陡然增。鴻來燕去非迎送，扇故衣新豈愛憎。遠戍有書終可到，小樓無賦且須登。不知明日還晴不，船過湖南聽采菱。

寄題黄巖張氏隱居

天台佳氣鬱蘢葱，中有留侯慕赤松。繞屋溪聲長落水，對門雲氣悉成峰。果林秋熟猨將子，藥圃春肥鹿長茸。幽討莫辭行路遠，穿雲已辨一枝笻。

題畫

溪頭春水碧粼粼，溪上春山絶點塵。不信白雲都占盡，也應茆屋有閒人。

李悌謙三首

悌謙，名未詳，亦以字行。

擬古

驅車前送君，送君長亭道。落日照道周，君行何草草。結交既已晚，相去一何早。世路多險巇，君身詎能保。别時春草深，於今已枯槁。思君衣帶寬，憶君容顔老。

春社

今日報春社，風光處處同。社公三日雨，花信幾番風。野老還祈穀，村醪可治聾。醉歸茅屋卧，花月淡朦朧。

八月廿夕起東軒步月

今夕何夕耿無眠，攬衣起聽更漏傳。中秋能隔幾夜遠，明月已減三分圓。雲開數雁影帖地，露冷獨鶴聲徹天。心情未覺坐來倦，燒燈更讀離騷篇。

尤安禮 一首

安禮字文度，吳縣人。建文元年，舉於鄉，官至貴州布政司參議。

《詩話》：少參爲高士敏、方希直所取士。樹屏歸田，人罕見其面，况太守鍾人覲，楊東里詢其起居，鍾無以應。東里曰：「公爲守土吏，乃不識尤文度耶！」鍾歸訪之，見一老絡絲巷中，布衣紃屨，環堵蕭然。鍾欲割官地益宅，謝不可；遺以金，亦不受。鄉人至今傳爲美譚。其遺文尚存，韻語特少。《送人從軍》一篇，雖乏警句，然唐名家作古詩，亦有如是而止者。

送人從軍

秋風正摇落，游子遽離群。結髮事戎行，遠戍驃姚軍。悠悠歲月邁，渺渺川涂分。何以慰心曲，努力樹功勳。

錢安 二首

安字静能，後以字行，鄞縣人。臨安訓導，遷韓府紀善。永樂改元，聞其名，召至京，固以老辭，放還。有《畦東集》。

李杲堂云：紀善詩健樸，有蒼然之色。

舟中遣懷

朝發浙江頭，暮宿越城下。寒月照船窗，清霜肅原野。豈不念别離，吾道有用舍。俛仰宇宙間，孤懷浩難寫。强取囊中琴，起彈仍復罷。悠悠世上人，誰是知心者。

喜晴

秋風忽起卷重陰，日色微茫照樹林。野老扶藜看白石，山人伐木度青岑。門前溪水深三尺，牆外竹梢高十尋。明日甕頭新酒熟，且依松下一開襟。

鮑仁濟二首

仁濟字原弘，黄巖人。永樂初，伊府紀善。有《恕菴集》。

絶句

月移階上花，露滴階下樹。四顧寂無人，流螢自來去。

燈下有述

白頭紀善病艱難，一點青燈坐夜闌。千里恐驚親骨肉，緘書猶自報平安。

林枝一首

枝字昌達，閩縣人，號古平山人。有《效顰集》。

《詩話》：閩自「十才子」外，能詩而不與其列者，有趙迪景哲、林紹淳裕、鄭文霖汝衆、林敏漢孟、陳本叔固及昌達也。昌達集不傳，徐興公家有老儒手録明初詩，今歸林孝廉佶。予借觀録之。

寄彭韞玉

空齋牢落思寥寥，荏苒年光逝水消。憶得當時分袂處，柳花如雪過江橋。

劉績七首

績字孟熙，紹興山陰人。隱居不仕，人稱「西江先生」。有《嵩陽集》。

顧玄言云：孟熙會稽名家，屬興豪華，才思雄健。

《詩話》：「殘雪未消雙鳳闕，新春先入五侯家。」晚唐張蠙詩也。孟熙易「殘」以「霽」，易「新春」以「春風」，攘爲己作，遂以此得名。人或少之。然「竹影横斜水清淺，桂香浮動月黄昏」，非江爲詩乎？林君復易「疏」、「暗」二字，竟成千古名句。所云一字之師，與活剝生吞者有別也。張作全詩不稱，不若劉之首尾相當。其自題詩本云：「幼小工刺繡，極知鍼綫難。衹緣花様古，不耐俗人看。」是時人爭學温、李，宜其以拔俗爲嫌耳。

題西陵送別圖送姚進士

悠悠復悠悠，風吹江上舟。今朝天色好，送客西陵頭。西陵在何許，羃歷春郊樹。搔首望行人，迢迢上京路。京路一千程，官梅照眼明。春風濃似酒，難浣別離情。別離餘幾日，佇得君消息。折取杏園花，慰我長相憶。相憶夢相仍，高樓只自登。春潮知我意，日夜向西陵。

送周明德應詔之京師

閶門柳條未堪折，只宜相見不相別。人生蹤跡各東西，半是車輪與馬蹄。把酒送君城北路，曉日鵶啼烏桕樹。一聲歌罷淚沾巾，僮僕催人上塘去。願爲轆轤纏青絲，轆轤可轉心不移。男兒出處自有分，與君那得不相離。官家有程行莫緩，後夜相思月還滿。

送友人歸番陽

芳草緑尚淺，故園春未殘。平生爲客慣，今日别君難。短櫂吳歈曲，哀絲楚女彈。江花正滿眼，且莫下長干。

送王内敬重戍遼海

别淚不可忍，杯行到手空。風塵重作客，寒暑易成翁。曙色連關樹，秋聲起塞鴻。天涯見親友，還與故園同。

早春寄京師白虚室先生

帝城佳氣接烟霞，草色芊芊紫陌斜。霽色未消雙鳳闕，春風先入五侯家。歌鍾暗度新豐樹，游騎晴驕上苑花。獨有揚雄才思逸，應傳麗句滿京華。

結客行

結客千金盡，酬恩一劍存。羞爲狗盜伍，不傍孟嘗門。

月夜獨坐憶錢唐暹師房聽施彦昭摘阮

忽思吳客四條絃，出谷新鶯咽洞泉。一曲醉翁何處聽，冬青樹底佛堂前。

鄭嘉 一首

嘉字原亨，紹興山陰人。時稱柿莊先生。

秋日懷孟熙

故人丘壑隱，塵路往來遲。寒暑空相憶，雲山不可期。古碑梅福寺，荒井石郎祠。舊日同游處，偏勞入夢思。

趙宗文 二首

宗文名文，以字行，長洲人。官鄱陽知縣。有《慎獨齋集》。

《詩話》：趙叟傳詩不多，率清穩可誦。其《題金山寺》云：「淮海西來三百里，大江中湧一孤峰。」凌厲無前，惜乎全詩不稱。

送姜公寔還汝陽同知是日飲餞至曉始别

酒醒江館夜燈微，故舊殷勤不忍違。孤櫂近從滄海發，一官獨向汝陽歸。雲開遠浦青山曉，霜落空江野樹稀。明日相思成兩地，西風愁見塞鴻飛。

清明道中書懷

東風道上亂開花，游子偏驚見物華。寒食已過嗟在客，春衣將換憶還家。山城樹暗人逾静，野店鶯啼日未斜。空約同游與諸弟，今朝猶自各天涯。

陳靖遠一首

靖遠，南昌人。

姑惡行

芳池月陰春草碧，有鳥有鳥鳴不息。千聲萬聲道姑惡，新婦低回淚痕落。姑惡姑惡姑不惡，努力牕前勤織作。嗟爾小鳥胡不思，新婦會有作姑時。

錢遜一首

遜字謙伯，紹興山陰人。洪武末，以薦授寧夏提舉水利吏目。永樂初，遷知孟津縣，改弋陽，坐累戍交趾，復官文昌主簿。有《謙齋集》。

春詞

紅杏蕭牆翠柳遮，重門深鎖屬誰家。日長亭館人初散，風細鞦韆影半斜。滿地綠陰飛燕子，一簾晴雪捲楊花。玉樓有客猶中酒，笑撥沉烟索煮茶。

何澄 一首

澄字彦澤，江陰人。建文元年舉人。永樂初，歷官袁州知府。

題畫雁

蘆花瑟瑟水茫茫，落月沉沙夜未央。離思不禁天外雁，孤舟燈火客三湘。

吳鎮 一首

鎮字稽陽，吳江人。

重過沙河有感

白鶴沙頭水自波，扁舟曾載夕陽過。東風一路蘼蕪緑，添得春愁別後多。

陳觀 一首

觀字思賢，南海人。

《詩話》：明洪、永間有四陳觀：一不知何許人，中洪武辛未進士；一中洪武丁丑進士，福建永福人；一中洪武庚午舉人，字子瀾，富陽人；一南海人，字思賢。子瀾初筮爲延平教授，調黄州，升國子助教，力請補外，改武昌教授，再調荊州。初克應天同考試官，再爲江西福建考官。調荊州後，又爲江西、福建考官。致仕後，復起爲應天同考試官。掄文六次，居教職五十餘年，洵異事也。陳少保循志其墓，稱誨諸生之暇，輒爲詩文，以應四方之求。及引年歸，日與故舊賦詠爲樂，惜其詩傳者罕矣。《九日登高》一律，南皮李時遠云：「是南海陳觀之作。」今從之。

九日陪李上猶登高

百年能幾遇重陽，逐伴登高引興長。邑宰喜陪元亮飲，參軍那似孟嘉狂。山雲映水摇秋色，浦樹含風送晚涼。滿路黄花應笑我，白頭猶自客他鄉。

董儒 一首

儒字大賓，鄱陽人。

四明夜泊

孤城臨野戍，短櫂倚江橋。客路辭家久，親闈入望遙。斷雲晴後樹，明月夜深潮。感此無窮恨，令人倍寂寥。

吴子恒 一首

子恒，豐城人。寧海縣丞。有《雪厓詩集》。

《詩話》：子恒詩一卷，其曾孫巡撫雲南都御史祺刊行。秀水陶照、華容孫繼芳、臨海趙淵、零陵楊材，皆爲之序。有弟叔潤中永樂丙戌進士，仕至浙江按察僉事。及卒，子恒哭以詩云：「出仕應同歲，歸休又共年。」又云：「介壽周花甲，爲官歷四朝。」則其卒在正統間也。又有《八旬自述》詩云：「天與遐齡八十秋，六旬老矣得歸休。」蓋歸田廿載後乃没。攷之南昌、台州二府志皆不載。其人詩雖欠工，趙淵稱其不出位，不狎物，若老人整巾，體貌自别。因存其一絶。

高洲

青山西峙水流東，暘谷縈紆一道通。老去相知一藜杖，天邊扶我最高峰。

錢復亨 二首

復亨，松江華亭人。蕭山儒學教諭。有《講餘集》。

魏仲房云：復亨詩清而不枯，華而不豔。

蘇臺懷古

闔閭城柳幾春風，山遠臺高望眼空。麋鹿不來人亦去，鷓鴣啼處是吴宫。

題畫

娟娟涼風斷復連，青山深處藕花邊。誰家樓外停歌舞，又上西湖十錦船。

《詩話》：西湖船製不一，以色名者，有明玉、鎗金、金勝、寶勝、大緑、間緑、游紅。申屠仲權詩「紅船撐入柳陰去」，釋道原詩「水口紅船是妾家」是也。以形名者，有龍頭，白樂天詩「小航船亦畫龍頭」是也。有鹿頭，楊廉夫詩「鹿頭湖船唱赧郎」是也。形色雜者，有百花，十樣錦，錢復亨詩「又上西湖十錦船」是也。以姓名者，有黄船、董船、劉船，見吴自牧《夢粱録》。蓋大者謂之頭船，最大者賈秋壑所造車船也。車船棚上無人撐駕，但用車輪脚踏而行，其速如飛。小者謂之瓜皮船，廉夫詩「小小渡船如缺瓜」，歐陽彦珍詩「瓜皮船子送琵琶」，張大本詩「瓜皮小船歌竹枝」，周正道詩「瓜皮船小水中央」是也。又有總宜船，取東坡居士「淡妝濃抹總相宜」之句名焉。李宗表詩「總宜船中載酒波」，凌彦翀詩「幾度湧金門外望，居民猶説總宜船」是也。四水潛夫述《武林舊事》：「值探春競渡日，畫橈櫛比如魚鱗，無行舟之路。」楊謹思詩：「大船撾鼓銀酒缸，小船吹笛紅繡窗。」今則敗舫數艘，無復徵歌按舞者矣。

蔡庸 一首

庸字惟中，紹興山陰人。

徐氏席上聞歌有感

休遣雙鬟唱竹枝，聽來渾不是當時。自從夢隔巫山雨，贏得秋風宋玉悲。

《詩話》：惟中與鎦孟熙、唐愚士、毛鼎臣齊名，時號「唐鎦毛蔡」。《席上聞歌》一絶，宛然劉夢得、杜牧之遺音。

鄭關 四首

關字公啓，閩縣人。有《石室遺音》《蔀齋集》。

暇日南湖莊上

門逕絶車塵，惟聞沙鳥語。誰識忘機人，山間坐朝暮。南風吹雨來，颯爽溪頭樹。白鷗知我閒，相看不飛去。

題秋江送別圖

美酒雙玉壺，沙頭送行客。瑟瑟荻花風，寒江秋水白。落日下長空，返景明石壁。去去入烟霞，相思楚天隔。

輓任本立

陸沉誰分聖明朝，老向窮途怨未消。荒冢已無行客弔，歸魂徒有故人招。臨風短笛腸空斷，落月空梁夢漸遥。從此不須頻北望，嶺猨江樹日蕭蕭。

竹枝詞

十二灘頭水接天，千山陰雨萬山烟。自從前路風波惡，不敢回頭望別船。

朱琳 一首

琳字玉林，號雨椿，嘉興人。

雨中過韶州

船下韶瀧日欲晡，四山雲起漸模糊。沙鷗銜浪頻來往，汀樹迷烟半有無。作客又驚三月暮，思家其奈一身孤。愁懷結轖渾如醉，獨倚篷牕聽鷓鴣。

曾一本 一首

一本，南昌人。

挽屠指揮

一別驚淪沒，空遺大樹陰。愁枯雙淚眼，交絶百年心。瘴海連天闊，黄茅過嶺深。料應魂未返，悵望獨長吟。

李進三首

進字孟昭，嘉興人。永樂初，聘爲府學訓導。有《西園先生集》。高念祖云：吾鄉少傅俞公山，爲孟昭弟子。《西園先生集》五卷，少傅子誥所刊也。以校官兩應省闈之聘，其在閩則永樂庚子也，其在山東則癸卯也。海鹽李孟璿志墓，稱其「居喪哭母眇一目」。而廬陵陳方序其集，稱其詩「清麗工緻，變態不一」。錢唐姜蓉塘亦極稱之。《詩話》：孟昭，鐵松居士懷用和《士林詩選》，取以壓卷。句如「杏花村裏青旗酒，楊柳隄邊畫鷁船」，「三月東風初去雁，一番新雨又飛花」，「菰蒲風外呼漁艇，楊柳陰中認酒樓」，均有晚唐人風致。

花游曲

飛花入簾宮漏長，游絲落絮春茫茫。金鞍駿馬青絲勒，綺閣小姬紅粉妝。黃金作丸落花底。啼鳥隔花飛不起。明朝更欲載東風，早買湖船放春水。

同陳劉二掌教游湖作

湖光瀲灧鳥間關，小櫂夷猶意獨閒。春正好時初過雨，望中佳處惜無山。花明遠岸青旗出，柳拂微風畫舫還。四美由來俱不易，人生莫遣髩毛斑。

西湖夜泊

蹇驢衝雪岸烏紗，夜醉西湖賣酒家。十六吳姬吹鳳管，卷簾燒燭看梅花。

姜明叔云：蘊藉風流。

謝矩一首

矩字元規，鄞人。有《鳴窮集》。

賦望郎回山

望郎回，望郎不回心欲摧。化作山頭一拳石，質堅不朽心不灰。花開花落秋復春，煢然獨立誰與鄰？

夜深惟見皎皎月，雨晴只有英英雲。將心誓比雲與月，雲有卷舒月圓缺。百年夫婦終古心，豈辨新離與故別。此心炯炯天地知，山高水深終相期，郎君應有歸來時。

姚鯆 一首

鯆字廷章，嘉興人。處士。有《可閒集》。

寄景伊文學

憶昨逢君四月初，笑談懷抱最相符。朝乘白下看花騎，暮醉長安賣酒壚。別去江山頻悵望，歸來松菊未荒蕪。登臨日候南飛雁，肯寄平安一紙無。

張璨 二首

璨字蘊之，嵊縣人。

《詩話》：蘊之取材選體，古意猶存。

君子有所思行

騁駕向名都，縱觀極西京。煌煌九衢裏，列第起朱甍。虹梁架層漢，翬閣度紫清。高槐蔭金溝，弱柳垂雕楹。前揚許史鑣，後曳金張旌。燕姬撫瑶瑟，趙女彈鳴箏。歡娱豈終極，爲樂擬千齡。清川去悠悠，白日光易傾。金谷歎緑珠，上蔡悲蒼鷹。繁華會當歇，大運有虧盈。勿嗤黔婁室，寂寞掩柴荆。

婕妤春怨

太液柳垂絲，昭陽花滿枝。如何長信草，獨是得春遲。

項伾一首

伾字如僉，温州瑞安人。

秋江送别爲戴友諒賦

蕭蕭落葉早寒天，忽送秋聲到耳邊。千里客心驚歲月，五湖鄉夢入風煙。青山紅樹還家路，緑水滄洲載酒船。夜半燈前對兒女，白頭重話謫居年。

明詩綜卷十九下

小長蘆　朱彝尊　録
震澤　席前席　緝評

廖駒一首

駒，閩人。有《強恕齋稿》。

思親

戎馬何時歇，奔馳倦此身。青燈孤館客，白髮倚門人。書信連年絶，家山入夢頻。歸來未有日，回首一沾巾。

李孟璿 一首

孟璿名均，海鹽人。以薦官府學訓導。有《南莊集》。

《静志居詩話》：海鹽半邏，劉長卿詩所云「半邏鶯滿樹」也。近市有吕冢，土人相傳，是吴孱陵侯蒙所葬。攷之《吴志·荊州記》：蒙卒於公安，葬於蒲圻。則非蒙冢明矣。按漢季黄巾之亂，吴有許昇妻吕榮，不辱於賊，爲所殺。麇府君斂錢葬之嘉興南，地名義婦堰。然則冢爲榮之冢也。南莊西溪兄弟，實居於是。予少日欲編緝《檇李先民詩》，李布衣麟友爲二李族孫，録其宗譜所載南莊、西溪詩各數十，又有李景孟詩一卷，今已亡之，僅就《英華集》中兄弟各録一首。景孟中景泰甲戌進士，求其詩不復可得，附識於此。

擬古

卞氏有美璞，采之荆山中。至寶不先剖，獻君乃至公。玉人何嫌猜，三獻兩見刖。抱之發長號，淚盡繼以血。宋人貴凡石，得之梧臺東。周客視之笑，本與瓦甓同。忠言翻見惡，藏之愈深固。自誇天下珍，和璧安足覩。嗟哉優與劣，賤目豈能別？

李季衡一首

季衡名平，孟璿之弟。有《西溪集》。

蘇臺

姑蘇臺畔舊長洲，江水無情只自流。人去不生歌舞夢，客來空動古今愁。烟光漠漠孤城晚，樹色蒼蒼故壘秋。不獨凄涼眼前事，越王宫闕亦荒丘。

徐璲一首

璲字德熙。

秋日江館寫懷

水國天寒樹影稀，西風又見雁南飛。郢中白雪無人和，湖上青山有夢歸。獨對浮雲傷往事，驚看秋草又斜暉。十年浪跡烟波外，滿眼塵氛未拂衣。

朱純 三首

純字克粹，紹興山陰人。

登龕山

長江限吳越，形勝一何雄。島嶼蒼茫外，乾坤浩蕩中。江連理日霧，汀暗走沙風。忽起乘桴歎，滄洲不可窮。

怨詞

井上梧桐樹，密葉何沉沉。傷心昨夜月，照見雙棲禽。

天寶宮詞

落盡宮花輦路荒，鑾輿西狩嶺雲長。詞臣休望金雞赦，蜀道艱難勝夜郎。

李昻 一首

昻字文勉，紹興山陰人。

錢受之云：布衣詩宗晚唐，好李義山。

送春

强對東風酒一尊，留君無計黯消魂。緑波芳草汀邊路，飛絮殘陽柳外村。鶯倦語時渾寂寞，客傷離處又黄昏。寒燈孤館何曾寐，山雨蕭蕭獨閉門。

李仲訓 一首

仲訓號峴山，南昌人。仕至吏科給事中。

西皋詞

酒熟黄雞肥後，月圓丹桂香時。誰道先生無事，半醒半醉題詩。

賀承 一首

承字宗振，蘇州人。

湖鄉佳處爲朱昌年題

湖鄉佳處足幽棲，路入蒹葭望欲迷。一水遠連天上下，幾家如在瀼東西。紅塵市迴人稀到，緑樹春深鳥自啼。何日編茆居此地，杏花春雨看扶犁。

高璧 二首

璧字貴朋，紹興山陰人。有《遯菴稿》。

秋日逆旅送友人

七澤波濤險，三邊道路窮。生涯同汎梗，蹤跡歎飛蓬。晚色平蕪外，秋聲落木中。毋將衰颯淚，臨別灑西風。

春草宫

宫花已寂寞，宫柳亦凋零。惟有宫前草，春來依舊青。

胡紀 二首

紀字大年，舒城人。永樂甲午舉人，歷官山東布政司左參議。

《詩話》：大年以孝行聞，父母之喪，俱廬墓次，猛虎引避，群鹿來馴。有司旌表其門，平生以詩畫書得名，稱淮西三絶。

寄懷翁復初二首

曾對東風倒玉壺，花前痛飲醉相扶。湘山此日君思我，苦竹叢深聽鷓鴣。
別後茫茫歲月催，眼看花謝又花開。相思莫道書難寄，落雁峰前有雁來

王佐二首

佐字汝學，臨高人。正統丁卯舉人，高州同知。有《雞肋集》。

瓊州二首

斷虹飲海日光移，西北雲屯少定姿。颶母呼風千里至，三間茅屋可能支。
五指分山析四州，那盆峻嶺却當頭。一支瀉下朝東水，去與瓊州作上流。

俞膺一首

膺，富陽人。

《詩話》：富陽春江隄，在縣南，莧浦至觀山三百餘丈，皆壘以石，縣令李濬所築。歲久圮，宣德十年，知縣事吴堂允升重築之。民感其惠，更名吴公隄云。

吴公隄歌

富春建邑臨濤江，江聲日夕相舂撞。颶風秋來簸銀屋，海若欲使蛟鼉降。蛟鼉降遲海若怒，桑田往往栖鷗鷺。幾人縮手空嗟吁，謂是天閽杳難訴。吴侯請命不憚勞，隄成却恨來何暮。老翁扶杖城南行，喜見髫年舊游路。錢塘已祀眉山蘇，富春今拜番陽吴。乃知興廢有前定，賢守賢令無時無。賢守賢令無時無，憑誰畫作雙隄圖。

陳延齡二首

延齡，富陽縣丞。

妙智寺

永安山高一萬丈，妙智寺建三千年。古澗泠泠瀝蒼雪，畫樓面面開青蓮。老猨果熟占一壑，怖鴿燈瞑依諸天。老夫登臨發長嘯，風露滿身寒不眠。

大安院

詩人假榻古蘭若，松風澗水相泠泠。優婆塞傾椰子酒，須菩提譜蓮花經。龍鱗樹老雨中翠，佛髻山高雲露青。借問金仙渺何許，香臺去後三千齡。

黎公弁 一首

公弁字之冕，臨川人。舉明經，正統中授臨潁教諭，調蒲圻。有《蕁川雜詠》。

金疊山

青山天際來，勢若雙飛蛾。平明宿雨收，嵐氣生林阿。非煙亦非霧，炫日金碧多。流鶯緩語處，坐愛春風和。

沐璘 三首

璘字廷章，定邊伯昂之孫，贈都督同知僖之子。官至右軍都督，特進榮禄大夫。有集。

滇南即事 二首

自昔梁州域，西南路盡通。碧雞名岫遠，金馬故關雄。羅婦裙花布，蒲蠻臂柘弓。聖恩同覆載，處處樂時豐。

萬山藏古砦，六詔雜諸蠻。僰女頭籠帽，番僧耳墜鐶。啖蛇傳土俗，屠犬祀神姦。更有西戎種，輕生性最頑。

午日

蛇首裝船十丈長，船頭鐃鼓間笙簧。百夫劃槳齊聲去，阿瓦城河沸似湯。

李分虎云：阿瓦國王，每夏五月，以舟師會諸小國於江上。都督沐璘作詩，至今傳誦之。

廖俊一首

俊字文英，號竹崖，蒲圻人。中景泰元年鄉試，授漢州學正，調嘉定州。有《芙蓉百詠》。

《詩話》：竹崖爲漢州學正，一日過開元寺，聞諸僧誦經，音韻朗然，歎曰：「不愈於學生乎？」乃擇其年幼者四人：趙杲、方璧、周冕、張敖，置之光賢堂中，朝夕誨之。後杲舉進士，璧、冕俱領鄉薦，而敖亦由貢生爲府通判。再調嘉定，手植海棠于學，賦詩云：「曾於雨裏覓蒼苔，幽洞移來手自栽。枝榦已成人欲去，好花他日爲誰開？」每賓興，以花盛開爲驗云。

西良湖

南邦遺跡在西良，鳧雁依然滿石梁。我向浮洲臺上立，不勝惆悵到斜陽。

潘亨四首

亨字從禮，淮安山陽人。景泰丙子舉人，同知武昌府事。有《冰壑先生遺稿》。

余子華云：冰壑老人詩，麗而雅。

郭克諧云：冰壑之詩，雋而不露，深而不僻，質而不俚，渢渢乎大雅遺音。《詩話》：冰壑詩格高聳，比於「十才子」，似覺軼倫。

北固晚眺

極目蒹葭外，西風白紵涼。殘霞隨野鶩，落日送飄檣。水接蓬萊近，山連楚越長。六朝遺恨在，誰爲管興亡。

七里灘

怒濤催遠客，帆落釣臺陰。夜雨他鄉夢，秋風何處砧。渚煙籠樹杪，澗水入溪深。中有垂綸者，茫茫不可尋。

蟋蟀

愁對燈前影，時聞牀下聲。要知因物付，何用不平鳴。斷續許多意，凄涼無限情。誰家急砧杵，海内已休兵。

聞子規

崎嶇蜀道馬行遲，到處空山有子規。慎莫夜啼枝上月，思家正是夢回時。

張振 一首

振字孟起，嘉興人。

貧居

青眼交游覺漸稀，側身天地可相依。若知白石真堪煮，何待黄精爲療饑。已過禁煙無熟食，不因沽酒典春衣。蒼苔碧草侵階長，高卧空齋晝掩扉。

周青士云：孟起貧居之作，曲盡寠人情狀。誦之，若有鬼，揶揄於劉伯龍之側也。

楊範 一首

範字九疇，鄞人。有《棲芸稿》。

鏡川

斜日一輪山上頭，輕霞片片漾波流。平蕪野岸碧千畝，喬木人家紅半樓。沙鳥回翔將下宿，田夫祓濯欲歸休。漁舟各已收緡去，漸有燈明蘆荻洲。

韓永 一首

永字景修，嘉興人。

詠梅次竹鄰

昔訪逋翁宅，牆頭露半梢。因吟暗香句，行過段家橋。

盛寅 一首

寅字起東，吴江人。太醫。有《流光集》。

暮春雜詠

青青楊柳拂簷牙，杏酪香來客念家。惆悵墓田吴苑曲，幾年寒食在京華。

周德行 一首

德行，嘉興人，自號農圃居士。

寄泮水諸公

早年曾許筆如杠，老我于今興已降。作客渾如錦江杜，攜家未遂鹿門龐。沙鷗睡熟原相并，梁燕飛來偶自雙。昨夜夢魂歸別墅，富春山鎖白雲牕。

許穆 一首

穆字士深，松江華亭人。

送邵昇遠之官吉州

京華相見惜分攜，歌罷驪駒思欲迷。獨客自憐留日下，一官君喜向山西。天涯月落聞雞唱，驛路花開聽鳥啼。想得到州春未晚，柳條垂緑草初齊。

沈恒 一首

恒字恒吉，長洲人。

錢受之云：沈氏二先生：貞字貞吉，號南齋；恒字恒吉，號同齋。皆以字行。善繪事，工詩，兄弟自相唱酬，下至僮僕，皆諳文墨。同齋則石田先生之父也。

題劉廷美畫

十載天涯作宦游，黄塵飛滿紫貂裘。歸來不歎長塗險，猶寫關山萬里秋。

岑琬二首

琬字公琬，餘姚人。有《雪崖集》。

聞鶯懷戚學正在滄洲

我有故人在滄洲，思之不見心悠悠。木蘭爲檝沙棠舟，南來鼓櫂乘中流。嚶嚶好鳥如相求，載飛載止鳴不休。願以盟言結綢繆，爲予一洗離居愁，何以報之青琳球。

松陵道中

野闊烟凝樹，湖深水近田。丫鬟挑菜女，獨櫓賣魚船。鳥去青山外，帆收古驛前。孤吟看北斗，戀闕竟忘眠。

陳雎 一首

雎字惟肅，海寧人。

葛嶺懷古

山上樓臺湖上船，平章醉後懶朝天。羽書莫報樊城急，新得蛾眉正少年。

錢曄 一首

曄字允輝，常熟人。浙江都司經歷。有《避菴集》。

李賓之云：江陰周岐鳳多技能，坐事亡命，扁舟夜泊。曄投以詩，岐鳳得之大慟。江南人至今傳之。

贈澄江周岐鳳

琴劍漂零西復東，舊游清興幾時同。一身作客如張儉，四海何人是孔融。野寺鶯花春對酒，河橋風雨夜推篷。機心盡付東流水，惟有家山在夢中。

陳顗一首

顗字漢昭，嘉興人。有《竹鄰集》。

立春

蕭條書劍客邊身，望望歸期過立春。官柳漸黄梅已白，東風應笑未歸人。

張愖二首

愖字汝誠，鄞縣人。有《東皋集》。

四月三日

未盡傷春酒一杯，微風吹雨又南來。浮雲心事何曾定，逝水年華更不回。數尺雞頭添穲竹，一簾鼠耳長高槐。博山無火清香度，何處薔薇昨夜開。

贈天童詩僧讓公

自聞方外說天童，夢繞青山十里松。珍重能詩老支遁，尋常結社勝爐峯。傳書度海朝憑鶴，擊鉢臨江夜擾龍。今日東風花縣裏，解衣留偈得從容。

李迪一首

迪字叡迪，鄞縣人。

郊游

栗杖風前處處扶，林花掩映失前途。兒童也喜尋春客，說與東村賣酒壚。

張肯 二首

肯字繼孟，吴人。有《夢菴詩稿》。

沈如美所畫美人圖爲徐文輝作

流蘇綴綵鴛帳寒，金鴨不飛香縷殘。新霜撲簾白如粉，啞啞烏啼金井欄。芙蓉屏開睡初醒，守宫淺褪胭脂冷。玉釵慵整雙鳳皇，春愁壓翠蛾眉長。

送人之官嶺外

曉裝帶雪出吴門，惜别休辭酒滿尊。邊徼一官同謫宦，平安萬里即殊恩。月明好度梅花嶺，雨過頻穿槲葉村。想得龍城公退後，故鄉風景與誰論。

杜瓊二首

瓊字用嘉，吳縣人，自號鹿冠老人，又號東原耕者。卒，門人私謚曰淵孝先生。有《東原集》。錢受之云：先生博綜古今，爲文和平醇實，本乎理道。詩以博達爲宗；畫師董源，秀潤可觀。

挽陸徵士

蕭蕭白楊樹，瑟瑟鳴西風。嚴霜隕百草，草下哀寒蟲。方當歲徂邁，那堪悲送終。平生結交好，一旦隔音容。魂氣竟何之，遺軀返幽宫。挽棺向西麓，去去不復東。斜照寒無光，頑陰蔽群峰。隧道一深閉，千秋恨難窮。徘徊不能去，灑淚心忡忡。

采菱圖

苕溪秋高水初落，菱花已老菱生角。紅裙緑鬢誰家人，小艇如梭不停泊。三三兩兩共采菱，纖纖十指寒如冰。不怕指寒并刺損，只恐歸家無斗升。湖州人家風俗美，男解耕田女絲枲。采菱即是采桑人，又與家中助生理。落日青山斂暮烟，湖波十里鏡中天。清歌一曲循歸路，不似邪溪唱采蓮。

秦旭 九首

旭字景暘，無錫人。有《修敬先生集》。

趙杜野云：先生詩因事成言，遇景命賦，直吐胸臆，風骨自存。

程克勤云：公詩醲郁峻整，諸體咸備。

李賓之云：公詩得肯綮，能作驚人語。

《詩話》：景暘，五峰之父。五峰於天順間通籍。景暘詩名，著於鄉黨久矣。成化壬寅，結碧山吟社於惠山之麓，與者十人：陸勉懋成、高直惟清、陳履天澤、黄禄公福、楊理叔理、李庶舜明、陳公懋行之、施廉彦清、潘緒繼芳，其一則景暘也。時舜明年八十六，景暘八十五，天澤八十三，懋成八十二，惟清七十九，公禄七十三，叔理七十二，行之六十九，彦清六十一。惟繼芳年未五十，諸公強之入社，其後享年八十餘。是時常熟馬紹榮宗勉榜其門，長洲李應禎貞伯扁其堂，盱江左贊時翊名其亭，同邑邵寶國賢爲之記，長洲沈周啓南爲之圖，江左傳爲佳話。吟社九人皆處士，獨景暘以子貴，封武昌知府。行之好著書，故景暘詩云：「先生豈特天趣高，著書厭嚼前人糟。」後於弘治元年上所著書，大要謂：「《尚書》《周易》《大學》《中庸》，注失經迷，臣有一得，頗能析理。」通政使以奏，内自稱庶人，且穿鑿害道，乞正其罪。泰陵命焚其書，押遣還鄉。事載《實録》，而談修《惠山古今考》遺之。

傷春詞簡繼芳

東風陣陣花狼籍，老夫鈎簾空歎惜。狂來扶病欲出門，門外春泥深一尺。徐家園裏葛家樓，回首繁華逐水流。安得紅顔生羽翼，玉笙吹上崑崙丘。

苦雨簡立夫

鵓鳩雙雙啼屋角，細雨斑斑晴復作。碧水蒼苔野外昏，挑燈坐聽簷花落。輕寒惻惻透重扉，番把羅衣換袷衣。出門可奈春泥滑，孤負西山筍蕨肥。

雨齋簡惟清

瀏瀏竹間雨，瀟瀟牕外鳴。小池收暑氣，疏柳作秋聲。髩雪蒙頭冷，腰金照眼明。年光太怱迫，何處學長生。

酬黄公禄

春城無伴獨徜徉，江草江波帶夕陽。同學幾人千里夢，相思一日九回腸。東吴文社今寥落，南國音書孰寄將。遥想杏花軒裏客，習池蹤跡久荒凉。

寄公禄

海内新詩久不聞，東樓高卧思紛紛。牕含竹色清如許，人比梅花瘦幾分。銀燭翠壺歌白苧，畫船春水載紅裙。昔年樂事俱陳迹，愁對孤燈更憶君。

松菴避暑

秋燈禪榻鬢絲絲，行樂鄉山也自宜。草閣共招溪上月，茶爐重和卷中詩。牧之有意尋春早，靈運無緣入社遲。且與諸公相對飲，風流不減會昌時。

送人還京

青楓江上葉蕭蕭，汴水淮雲去路遥。宫燭漸低鄉夢斷，家山將近客愁消。霜寒鐵甕秋聞柝，月落揚州夜聽潮。厚禄故人如問我，白頭甘作惠山樵。

與懋成惟清公禄叔理舜明山行歸途有作

落梅風急放湖船，六客逍遥是散仙。雪白河豚新入饌，鵝黄楊柳未成綿。松菴相地開詩社，花市留衣當酒錢。寄語諸公慎終始，莫因勤怠誤流年。

題畫梅

沙際春烟濕未消，落梅風急送輕橈。江邊有客尋詩去，應在西湖第六橋。

明詩綜卷二十

小長蘆　朱彝尊　録
新安　朱從延　緝評

馬愉　一首

愉字性和，臨朐人。宣德丁未，賜進士第一，仕至禮部右侍郎，兼侍講學士。有《澹軒集》。

題高漫士雲山圖

白雲縹緲亂山深，最喜幽居傍翠岑。茅屋幾家松栝暗，石梯五丈薜蘿侵。門前流水通南浦，村外長橋接北林。有客抱琴何處至？祇知來共歲寒心。

蕭鎡 二首

鎡字孟勤，泰和人。宣德丁未進士，累官太子少師，戶部尚書，兼翰林院學士。有《尚約集》。《靜志居詩話》：蕭鵬舉學詩於劉槎翁，當日宋景濂、烏繼善、劉仲脩交稱之。宫師，鵬舉之子，家法不墜。

樂隱爲尹克俊賦

行愛溪中水，坐愛溪上山。富貴非所願，蓬門晝常關。清風天外來，入我窗牖間。豈無一尊酒，可以銷憂顏。葉落驚秋徂，鳥啼知春還。既忘是與非，寧復虞險艱。雅志固如此，高蹤安可攀。

題九鷺圖

宣德年間邊景昭，彩色翎毛稱獨步。近時林良用水墨，落筆往往皆天趣。鴛鴦鳧雁清溪流，寒鴉古木長林幽。閒來得意即揮灑，一掃萬里江南秋。此圖九鷺真奇絶，散立清煙乍明滅。日長坐久看轉親，飄來點點青天雪。翱翔霄漢殊不驚，欲下未下渾有情。潛蹤獨趁水邊食，延頸忽向蘆中鳴。吁嗟林生精藝有如此，座客見之誰不喜？洞庭湘渚在眼前，暝色慘澹凉颾起。方今聖主覃恩波，四海山澤無虞羅。悠悠群鷺各自適，雖有鷹鸇奈爾何！

林文 一首

文字恒簡，莆田人。宣德庚戌，賜進士第三，累官太常寺少卿，兼翰林院學士。贈禮部右侍郎，謚襄敏。有《澹軒集》。

謝山子云：公詩多韻外之致，與絅齋相去不遠。

秋景

水已澄秋色，峰看淡落暉。雁投寒渚下，漁逐暮潮歸。古寺初鳴磬，孤城半掩扉。行人從喚渡，舟子去如飛。

方熙 一首

熙字孟明，莆田人。宣德庚戌進士，改庶吉士，出爲潮州府通判。

古别離

愁心不自聊，撫我孤桐琴。絲桐感人意，絃急無好音。拂衣起歎息，逍遥獨行吟。遠望别離處，江空煙水深。

徐有貞二首

有貞初名珵，字元玉，吴縣人。宣德癸丑進士，選庶吉士，授編修，歷春坊諭德，擢僉都御史。天順初，用奪門功，拜華蓋殿大學士、兵部尚書，封武功伯。未幾下獄，戍金齒，尋赦還，卒。有《武功集》。

錢受之云：元玉志在經世，詩文取通達，不屑雕章飾句。

《詩話》：武功《羽林》之作，源出右丞。

羽林子二首

珠袍年少子，名冠羽林中。獨佩流星劍，雙懸明月弓。陪游向何處？還入華清宫。

羽箭插腰間，騂弓臂上彎。自從來日馭，長得侍天顔。借問歸何晚？長楊射獵還。

李賢 一首

賢字原德，鄧州人。宣德癸丑進士，授吏部主事，歷郎中，擢兵部右侍郎，改户部，旋改吏部，進尚書，入直文淵閣，終少保、兼太子太保，華蓋殿大學士。卒贈太師，謚文達。有《古穰》正、續集。

《詩話》：內閣紅芍藥一本，宣宗移自南大內植焉。代宗增植二本，左純白，右深紅，七年未花。裕陵復辟，徐武功有貞、許襄敏彬、薛文清瑄、李文達賢，同時入爲學士，中一本恰開四花；其一久而不落，既而三人皆去，惟文達獨留。明年春，萌芽，左二右三，中一本甚多，而彭文憲時、吕文懿原、林襄敏文、劉文安定之、倪文僖謙、錢文通溥、李侍郎紹、黄講學諫，同升學士，凡八人。文達因約花時共賞。夏四月開八花，是日講學不至，明日復開一花，僉謂講學當之。文達乃主賞花會，賦詩者四十人，裒成一集。蓋自宣德八年，本院有《文淵閣賞雪詩》，未有若是會之盛者。至正德中，大學士梁儲、楊一清猶有詩倡和。嘉靖初，長洲陸粲爲庶吉士，賦詩云：「此花初種自宣皇，百曲雕闌七寶妝。玉堂學士看花早，賦成芸閣留詩草。」度其時遺種尚存，其後不可問矣。

城上烏

城上烏啼月將落，城外秋風起寥廓。烏聲啼罷露華晞，曙色蒼凉照長薄。都門車馬集如雲，離筵勸酒何殷勤。酒闌人去櫂歌發，明日烏啼何處聞。

吴高 一首

高字尚志，歸善人。宣德癸丑進士，除刑部主事，歷員外郎，遷福建參政。

黄洞山

惠陽十萬家，采薪皆此處。荷葉蓋頭歸，知是前山雨。

姜洪 一首

洪字啓洪，樂安人。宣德癸丑進士，改庶吉士，歷修撰。有《松岡集》。

題畫

碧山高樹雨初晴，風動懸蘿雜鳥聲。簾幕晝垂茅屋靜，幽人何處斸黄精。

王誼 六首

誼字内敬，紹興山陰人。宣德初，待詔翰林，預修國史，以子佑貴，封工部右侍郎。

《詩話》：内敬兄弟，皆能遠師太白，一時之希聲也。

古意

獻玉無良媒，漂淪寡歡豫。壯齡已非昔，馳暉日西騖。嘉木無榮柯，修條亦成故。一感式微吟，吁嗟在中路。

關山別意

蓮葉未青時，沙頭話別離。舟行期早發，日晏未曾移。遲回一何久，念我平生友。莫問去程遥，且盡杯中酒。君今住何處，萬里長城路。路遠人迹稀，黄雲黯朝暮。隴阪歷攲傾，雙輪不暫停。時聞嗚咽水，流作斷腸聲。驅車無少息，又度長蘆北。八月雁南飛，天山草俱白。横笛在高樓，關山月裏愁。離人聽此曲，白盡少年頭。

魏楚白云：學供奉長干詞，得其形似。

九日稽山懷古

山水自如昨，古人今復誰，雲煙謝家墅，松柏禹陵祠。聖代身全老，秋天景易悲。毋將摇落意，相對菊花枝。

班婕妤

玉簟夜涼新，秋蛾暗裏顰。如何天上月，獨照掌中人。

宗子相云：幽思無限。

春思

山映簾櫳水映窗，浣紗人在苧蘿江。年年三月梨花雨，門掩東風燕子雙。

畫梅

揚州詩閣掩芳塵，萬萼千葩冷照春。十里珠簾一聲笛，東風腸斷倚樓人。

王懌三首

懌字内悦，紹興山陰人，誼之弟。正統初，官溧水知縣。

江南意

郎居横江口，妾住横江上。生小慣風波，蓮舟喜摇蕩。蕩舟蓮花灣，花紅照人顔。舉頭見郎來，低頭隱花間。花疏不成隱，相見還相哂。都緣愁思深，留連夕陽盡。前浦伴將稀，那能不相違。含情明月下，各自櫂歌歸。

班婕妤

自失傾城寵，花顔落舊紅。霜飛金屋冷，月照錦帷空。侍寢昭陽日，休辭玉輦同。當知長信妾，團扇泣秋風。

周青士云：似劉方平。

段七孃

度曲千金賤，凝妝一面紅。聲迷銅雀妓，豔奪館娃僮。白雪飄朱閣，香塵散綺櫳。淚滴司馬袖，腸斷使君驄。秋水涵瞳潤，春山入黛濃。弄簫驚紫鳳，拂軫怨離鴻。鏡展金鸞月，釵横玉燕風。謝孃收鈿匣，嬴女掩香筒。石竹篸芳髻，芙蓉隱繡幪。燈然珠樹側，人醉錦蓮中。粲粲星輝戶，微微露洗空。幾年憐宋玉，今夕遇韓馮。密意蜂攢蕊，芳心蝶戀蘗。春牋封豆蔻，羅帶綰芎藭。步障重拋錦，門鋪疊綴銅。曲闌裝翡翠，高樹噪花蟲。鷺睡煙濛柳，烏棲月浸桐。銀觥休鑿落，瓊箭起丁東。客散歌屏冷，香昏睡閣融。日高春夢覺，嬌顰散花綬。

陸麗京云：全首非金荃，亦非香奩，頗似李長吉惱公之作。

劉經一首

經，泰和人。宣德中，新鄭儒學訓導。

鳳皇臺

崇臺洧水濱，昔有鳳皇集。朝陽不復鳴，荒基徒屹立。漠漠飛塵紅，萋萋豐草碧。鳳兮去不回，使我空歎息。

周旋 一首

旋字中規，永嘉人。正統丙辰，賜進士第一，授翰林修撰，進侍講，兼左春坊，左庶子。有《畏菴集》。

霜林晚節圖

朔風何蕭蕭，嚴霜亦浩浩。維此歲載陰，群芳盡枯槁。懿彼松栢心，堅貞長自保。春風桃李花，春雨蘼蕪草。紛紛競顏色，第逞一時好。

劉定之 一首

定之字主靜，永新人。正統丙辰，賜進士第三人。成化初，以太常少卿，兼侍讀學士，直内閣，進侍郎。卒謚文安。有《呆齋集》。

李賓之云：劉文安不喜爲詩，縱其學力，往往有出語奇崛、用事精當者。

安公石云：呆齋以淵博之學，英敏之才，發爲文章，名蓋一時。獨於韻語，若未解者然。

義山

家居禾川湄，義山日對面。悵未得登臨，此心徒健羨。今春雪中來，半塗足已倦。顧視萬坡陀，茫然莫可辨。巖蘿冒飛霙，林葉響急霰。俛若赴井汲，仰疑登塔旋。奇觀豈神助，寒苦亦吾願。日暮抵山麓，小溪亂石濺。僕夫指龍湫，時或出雷電。信宿留山間，陰晴已千變。仁里固有鄰，誅茅從所便。嗟我四方人，安得長眷戀。

沈淳一首

淳字惟厚，嘉興人。正統丙辰進士，官吏部員外郎。有《拙菴集》。

閒居

天上抽簪萬里回，秋風黄菊滿籬開。翟公不復爲廷尉，姑負賓朋日往來。

劉珏三首

珏字廷美，長洲人。正統戊午舉人，除刑部主事，歷官山西按察僉事。有《完菴集》。

王濟之云：完菴詩，能以眼前語，道胸中事，有唐人風。

錢受之云：廷美工於唐律，時人稱爲「劉八句」。

朱仙鎮岳王祠

鄽北師還事已休，憑誰重報靖康讎。洛中故國非周土，江左新亭半楚囚。和議自遺千載辱，蠟書空送兩宫愁。傷心多少英雄淚，付與漳河日夜流。

泊舟垂虹橋

貰酒烹鱸敵暮寒，垂虹橋上倚闌干。行人笑指詩翁懶，不到城中訪縣官。

梅

歲寒相見在天涯，玉色珠光帶露華。笑殺玄都狂道士，種桃何不種梅花。

戴璉 一首

璉，南海人。正統戊午舉人，官訓導。以子縉貴，贈工部尚書。

送梁璉赴春闈

江亭日落鷓鴣啼，酒盡沙頭惜解攜。離思不堪成去住，宦情無那易東西。清秋野戍聞寒角，殘月山城聽曉雞。明日思君還北望，暮雲煙樹晚悽悽。

張和 三首

和字節之，崑山人。正統己未進士，授南京刑部主事，進員外郎，陞浙江提學副使。有《篠菴集》。顧玄言云：節之寓目成韻，風采藴藉。

送劉文羽入京

臨岐一杯酒，爲君歌遠游。人生如浮萍，聚散焉能謀。落日照大江，長風吹行舟。江花與江水，離恨同悠悠。

過桐君山

霧斷山疑合，川回路忽分。秋聲兩岸葉，曉色萬峰雲。旅雁銜帆度，寒蟬隔水聞。嚴陵遺跡在，我欲問桐君。

送龔進士文彦

雪後關河見雁稀，感時傷别思依依。吳門煙月期同醉，天路雲山又獨歸。官驛暮帆隨雨落，江城寒鳥背人飛。京華此去誰先達，惆悵丘園只布衣。

祝顥 一首

顥字惟清，長洲人。正統己未進士，授南京刑科給事中，陞山西左參議，轉右參政。

夜宿無錫

辭家無百里，離思已紛紛。旅泊今宵始，鄉音此地分。汀沙籠宿霧，星月挂疏雲。回首寒山寺，鐘聲杳不聞。

成始終 一首

始終字敬之，無錫人。正統己未進士，河南道御史，出爲湖廣按察僉事。有《蓬菴》《觀光》《紀行》等集。

山家

竹籬茅屋似儂家，細路緣江盡白沙。落日叩門山客至，鷓鴣啼上石楠花。

倪謙 一首

謙字克讓，錢塘人，徙上元。正統己未，賜進士第三人，累官南京禮部尚書。贈太子少保，謚文僖。有《玉堂》《南宫》《上谷》《歸田》等稿。

題白鹿仙人圖

百尺松陰石蹬重，千年白鹿澗邊逢。仙人月底吹簫去，知向緱山第幾峰。

呂原十首

原字逢原，秀水人。正統壬戌，賜進士第二，除翰林編修，歷右春坊大學士，轉通政司右參議，仍入爲翰林院學士。以母喪，歸。卒贈禮部右侍郎，謚文懿。有《介菴集》。

李原德云：公端謹篤實士也。詩有典則，音律渾厚，無纖巧靡麗之態。

《詩話》：文懿不以詩名，所爲《古風》，引申曲喻，不求工而自然精切，此有德者之言也。

古風十首

天運無停機，造物有消息。雪見晛曰消，日逢中乃昃。飄風固須臾，暴雨亦頃刻。溝潦寧常盈，江河無久溢。枯楊華暫生，朽壤菌虛植。繁英易憔悴，病葉早狼籍。浮雲能幾時，初月豈終夕。細推皆自然，達觀又奚惑。慨彼聲利徒，擾擾竟何益。

泰終否斯受，賁盡剥乃續。日中漸西移，月盈竟東朒。平久鮮無陂，往久靡不復。樂極悲自來，進鋭退恒速。安弗持則危，滿不損乃覆。高位多疾顛，厚味每藏毒。至盛當遭衰，苦寒必生燠。萬事無不然，禍福相倚伏。

通犀爲角戕，文豹緣皮剥。蚌懷珠致剖，麝含香被搏。翠因羽美殘，龜以甲靈灼。鸚鵡慧入籠，鵰鶻鷙受縛。鐸以聲自毁，膏以明自爍。的張弓矢中，林茂斧斤斫。直木取易摧，甘井汲先涸。忠直志常蹇，聰明命多薄。行高毁或來，事修謗或作。取禍因天才，君子當自度。

薰蕕不同藏，冰炭不同器。枘鑿每齟齬，蘭艾常嫌忌。燕禽肯戀吳，越馬匪思冀。水投石難入，矛遇盾弗利。道異不相謀，事殊不相爲。學古而居今，落落與時背。

陰陽匪齊盛，日月弗並明。五行難俱旺，四時豈同更。一淵不兩蛟，一池無二鯨。鷙鳥少雙集，猛獸稀群行。秦暴楚乃弱，吳強越乃爭。鄰薄君必厚，都大國始傾。左長右斯短，首重尾即輕。兩雄肯俱立，兩貴弗相能。讒進衆賢退，正消群枉升。四凶如不去，元凱何由登。保身在明哲，吾嗟古人情。

木從繩則正，薪受斧乃析。輕重平以衡，長短度於尺。規矩制方員，繩墨司曲直。浣布須賴灰，攻玉必資石。金就礪方利，火被水斯熄。凡物有相制，用之在人識。

湛露晞於陽，冰雪消以日。咻出衆楚人，齊傅窘無術。爇彼滿車薪，杯水救奚恤。一君子獨愛，百小人群嫉。不敵有如斯，勢力固難必。

泮林集飛鴞，食葚懷好音。惡人謹齋沐，承祀亦居歆。瓦石變和玉，鉛鐵成南金。化惡以爲美，君子當存心。

愛敬舍吾親，德禮悖所事。少者或陵長，賤者或妨貴。骨肉情已疏，而篤朋友義。妾媵欺令妻，螟蛉剿同氣。闒茸列尊顯，聖賢皆退避。譏訕志得伸，方正多遺棄。盜跖稱守廉，伯夷號貪利。不肖謂爲賢，不才謂爲智。用人積薪然，居高乃後至。足上首顧下，冠屨易其位。曲鉤榮侯封，直絃斃路次。黄老先六經，大道俱掃地。狼莠正繁滋，芳蘭亦憔悴。本末既舛逆，事理斯倒置。君子安其常，勿爲時軒輊。

懷人寘頃筐，卷耳采不盈。爵禄靡入心，飯牛有肥牲。左規右執矩，方員豈并成。目明非兩視，耳聰非兩聽。心專使二用，智者亦鮮能。

姚夔 一首

夔字大章，桐廬人。正統壬戌進士，累官禮部尚書，調吏部，加太子少保。卒，贈少保，謚文敏。有《𦍑矗堆稿》。

《詩話》：文敏久領容臺，修明禮樂，其於先賢祀典，聞必舉行。因錢長沙澍之請，而建祠賈誼之井；因章布政繪之疏，而樹碑比干之祠；因商學士輅之章，追封董仲舒等伯爵；因左吏部贊之奏，而修護李泰伯之塋。他若爲金華四先生及劉因立祠，皆有裨名教。自公没，而程敏政建議於前，張孚敬順之於後，舉凡戴聖、劉向、鄭衆、賈逵、何休、馬融、服虔、鄭玄、盧植、王肅、王弼、杜預、范甯等一十三人，從祀孔子之廡者，皆罷之。真天資刻薄人所爲也。文敏過忠州，弔陸宣公墓，賦詩云：「一讀遺文數行淚，拜瞻松柏不勝悲。」因而訪李吉甫、白居易、胡旦諸公，皆謫此地，問有祠否？土人爲言：「故有，今廢。」乃檢行囊廩米一石倡之，屬州守廣文修舉，作詩以勉其成焉。可以媿程、張諸老也已。

下峽

瞿塘天下險，巫峽勢相連。夾岸千尋壁，中流一罅天。山空無獸迹，江逼少人煙。唯聽鼕鼕鼓，朝牽百丈船。

韓雍 一首

雍字永熙，吳縣人。正統壬戌進士，累官總督兩廣軍務，右都御史。卒贈襄毅，有集。

江行懷天全侗軒諸老

西江北塞嶺南壖，奔走風塵三十年。勇退未能心已倦，專征纔歇夢猶懸。自緣衰體纏多病，敢向明時話獨賢。苦憶鄉園諸大老，西風先泛五湖船。

項忠 二首

忠字蓋臣，嘉興人。正統壬戌進士，授刑部主事，歷員外、郎中，陞廣東按察副使，改山東，遷陝西按察使，陞右副都御史，進左都御史，刑部尚書，改兵部。卒，贈太子太保，諡襄毅。有《藏史居集》。

《詩話》：襄毅以功業顯，詩文罕傳。其里居日，結檇李耆英之會，月一集於僧房道院中。同會者：雲南布政司參議金禮敬之，四川按察司僉事梅江文淵，福建按察司僉事戴祐元吉，漳州知府姜諒用真，武岡知州伍方公矩，碭山知縣包鼐汝和，通判湯彦和，教授陳蒙福，主之者公也。會始於弘治戊午春，所賦詩文，文淵彙爲一集，府學教授新淦蕭子鵬序之，比於香山洛社云。

出清遠峽野望

行盡溪中路，蒼茫見遠天。歸猨啼一作「平林開」。曉日，飛鳥入寒煙。緑樹江頭驛，黄茅郭外田。孤懷無限思，望斷白雲邊。

題宋徽宗畫碧桃鸜鴿

五國城邊掩淚時，汴梁宫闕已無遺。爭如鸜鴿知春色，獨占東風第一枝。

商輅 一首

輅字弘載，淳安人。正統乙丑，賜進士第一，累官少保，兼太子少保，吏部尚書，謹身殿大學士。贈太傅，謚文毅。有《素菴集》。

李德恢云：太傅詩寫性情，雍容雅澹，有陶、韋風。

題春景山水

愛此佳山水，春來景更妍。四郊青嶂合，孤岫白雲連。地迥輪蹄絶，峰危石磴懸。小橋臨曲澗，遠浦接平田。鬱鬱林間寺，潺潺竹下泉。桑麻凝暮藹，榆柳繞晴川。寶殿凌千尺，茅堂敞數椽。僧歸西嶺月，漁釣北溪煙。倒浸沈波塔，閒横古渡船。樓高平見日，松老不知年。鳥度浮嵐外，鷗飛落照邊。吟筇芳草徑，酒旆杏花天。隔岸聞鶯語，開軒待鶴旋。砌苔深染黛，林籟細鳴絃。有路通仙境，無塵遠市廛。家山在圖畫，觸目思飄然。

葉盛四首

盛字與中，崑山人。正統乙丑進士，授兵科給事中，出爲山西右參政，累官吏部左侍郎。卒，謚文莊。有《涇東稿》。

《詩話》：文莊中外歇歷，不遑寧居。而見一異書，雖殘編蠹簡，必依格繕寫。儲藏之目，爲卷止二萬餘，然奇祕者多，亞於册府。二百年來，子姓蕃衍，瓜分豆剖，難以復聚。今披《菉竹堂書目》，譬諸商槃泗鼎，要非近代物。惜不可得而覩矣。詩特餘事，選家恒置不録，近其裔孫始重鋟刻行之。然有德必有言，後之學者所當諷誦也。

題畫

緑樹青山漾碧流，畫中風景似揚州。隔江明滅漁人火，出岸高低估客舟。去燕來鴻千古事，閑花野草一春愁。不知誰在紅塵外，獨向蕃鳌觀裏游。

重送徐汝陽

繡衣驄馬珊瑚鞭，看君文采何翩翩。河梁話别未三月，天府論功今六年。近郭好山碧於玉，邊淮遠樹青堆煙。歸塗有懷須寄我，莫惜便鴻雲錦箋。

和尚原

和尚原頭日未西，肩輿來此重攀躋。可憐宋主功垂就，不道金人計已迷。往事已隨深谷變，青山還與白雲齊。道傍草樹淒風起，疑是將軍鐵馬嘶。

曲子驛

戎衣脱却下蕭關，坐對環泉半日閒。未是老來筋力倦，馬蹄歸自賀蘭山。

史敏 一首

敏字德敏，淮安衛人。一云定海人。正統乙丑進士，歷官河南右參政。

岳武穆祠

鄂國英風萬古存，當時一死不堪論。難將片石補天缺，空恨浮雲蔽日昏。南渡自安新割據，中原誰復舊乾坤。至今人過朱仙廟，便對斜陽拭淚痕。

劉昌 二首

昌字欽謨，吳縣人。正統乙丑進士，授南京工部主事，歷員外，轉工部郎中，出爲河南提學副使，遷廣東參政。有《胥臺》《鳳臺》《金臺》《嵩臺》《越臺》諸稿。

《詩話》：欽謨《無題》五首，不脱元人舊染，而世顧稱之。昔晉人之譏劉輿也，謂輿猶膩，近則汙人。若欽謨及瞿宗吉、楊君謙、張君玉之豔詩，其不汙人也僅矣。

春眺

端居秉高志，道與黄綺謀。耿耿千歲懷，安能一朝酬。青陽肇嘉節，羲馭逝不留。樹木發華滋，緑葉揚芳柔。上有鳴春鳥，嚶嚶求匹儔。踟躕不能寐，攬衣起行遊。况復有良朋，分若金石投。攜手出西郭，眷言山水幽。袚除激清波，眺遠陟高丘。西北臨廣路，巍巍列飛樓。誰人爲燕會，交親結綢繆。光景忽西馳，娱樂殊未休。豈不念合并，欲邁路阻修。顧望匆復道，囬身駕輕舟。折彼蕙蘭花，聊以忘我憂。

繆天自云：是篇特能絶去肥膩。

八月三日直内閣楊少保延話率口呈此

翠玉樓臺映碧虚，上皇曾此駐鑾輿。當時侍一作官。從皆能事，只説相如有諫書。

卞榮三首

榮字華伯，江陰人。正統乙丑進士，官戶部郎中。有《蘭堂集》。

錢受之云：華伯在景泰間，盛有詩名。居郎署二十年，朝騎甫歸，持牘乞詩者，擁塞戶限。日應百篇，風馳雨灑。今所傳《卞郎中集》，往往率易凡近，叫囂隳突，但以敏捷爲能事，無可諷詠者。永宣後，風尚大都如此。

丘念先云：《蘭堂集》詩幾二千篇，獨無五言古，而五言近體亦少，蓋非其所長云。

林良雙雁圖爲王學士廷貴兄廷彦賦

林君善畫天下無，海注墨汁傾金壺。金門承詔屢揮灑，餘子碌碌非吾徒。既不畫丹鳳棲碧梧，又不畫文鴛依緑蒲。特作槐堂雙雁圖，凉風颯颯吹黄蘆。一雁俯啄秋江菰，一雁翹首如相呼。乘軒恥隨衛懿鶴，化舄懶逐王喬鳧。吾知林君有深意，此圖將以比兄弟。槐堂兄弟今二難，同德同心本同氣。芳名豈但動一時，勝事終當傳百世。丹青我已重林君，手足誰能似王氏。宣王有道美鴻雁，周公多才賦常棣。顧予淺薄敢題詩，三月紫荆花底醉。

寄隱者

曾訪巖棲處，金鵝石榻前。歌君紫芝曲，和我白雲篇。火宿燒丹竈，煙生種玉田。林泉無限好，三聘未幡然。

歸來吟

日落春申港，雲歸巫子門。沙洲半江水，楊柳數家村。

陳獻章二十八首

獻章字公甫，新會人。正統丁卯舉人，用薦授翰林檢討。卒，謚文恭，從祀孔廟。有《白沙集》。

李賓之云：白沙詩極有聲韻，有風致，但世人未之擇耳。

林待用云：先生詩，涵養粹完，脱落清灑，獨超造物牢籠之外，而寓言寄興於風煙水月之間，蓋有舞雩、陋巷之風焉。

楊用修云：白沙詩，五言沖淡，有靖節遺意。然賞識者少。徒見其七言近體，效簡齋、康節之渣滓，至於筋斗、樣子、打乖、箇裏，如禪家呵佛罵祖之語，殆是《傳燈録》偈子，非詩也。

王元美云：公甫詩不入法，文不入體，又不入題。而其妙處，有超出法與體及題之外者。

俞汝成云：白沙詩從《擊壤》中來，當另作一家看。要之藝林不可無者。

《詩話》：成化間，白沙詩與定山齊稱，號陳莊體。然白沙雖宗《擊壤》，源出柴桑，其言曰：「論詩當論性情，論性情先論風韻，無風韻則無詩矣。」故所作猶未墮惡道，非定山比也。其云

「百鍊不如莊定山」，蓋謙辭爾。

贈陳秉常

遠色霽初景，清風振遥林。子來入我室，弄我花間琴。正聲一何長，幽思亦已深。願留一千歲，贈子瑶池音。

藤蓑

新蓑藤葉青，舊蓑藤葉白。新故理則然，胡爲浪忻戚。扁舟西浦口，坐望南山石。東風吹新蓑，浩蕩滄溟黑。須臾月東上，萬里天一碧。安得同心人，婆娑共今夕。

拉馬玄真看山

宫府治簿書，倥傯多苦辛。文士弄筆硯，著述勞心神。而我獨無事，隱几忘昏晨。南山轉蒼翠，可望亦可親。歲暮如勿往，枉是最閒人。近來飲酒者，惟我與子真。能移柳間舫，同泛江門津。

紫菊吟寄林時嘉

嚴霜百卉枯，三徑挺秋菊。緑葉明紫英，微風遞寒馥。懷哉種花人，杳在江一曲。遺我盎中金，南窗伴幽獨。時無續騷手，憔悴誰當録。且脱頭上巾，茅柴今可漉。

秋興

西風振庭木，虚堂夜蕭蕭。攬衣步明月，歸雁雙飄飖。天地豈予獨，知音不可招。冥心祈有合，悵望空雲霄。

有懷世卿

時雨日夕來，郊原藹新緑。白雲被重崖，下映寒塘曲。情結竹上言，魂銷井邊躅。三年隔瀟湘，書至不可讀。

題新村書齋壁

茅棟依巖靜，柴門斫竹通。桑榆巷南北，煙火埭西東。一逕漁樵入，孤村井臼同。鄰家得美酒，吹笛月明中。

晚步

水國秋先至，江村晚更幽。泥笠收郭索，山網落軥輈。凉入社門樹，陰連渡口舟。獨憐經略地，吾得放歌遊。

龍谿寄馬元真

我家久住龍谿上，說著龍溪便有情，茘子不將棃鬬美，沙螺羞與蠏爭衡。江村婦女蕉衫窄，市巷兒郎木屐輕。漫與詩多誰和我，樽前忙殺馬先生。

重約馬默齋外海看山

春風擬進赤泥洲，曾約看山共此遊。落蕊忽過三月半，先生能復一來不？不堪老我癡猶在，且喜嬌兒病已瘳。想得渡頭楊柳樹，清陰閒弄釣魚舟。

種樹

早雨山泥滑屐牙，瘦藤扶路入雲斜。東原緑映西原白，一徑松連兩徑花。寒夜試看殘月掛，東風須著短牆遮。江門亦是東門地，我獨胡爲不種瓜。

訪客舟中

船頭載春酒，船尾閣春沙。恰到溪窮處，山山枳殼花。

九日

霜前淡淡花，瓢内深深酒。今日陶淵明，廬山作重九。

贈張叔亨侍御

天下原無事，勞勞我有心。相攜沙上語，山月二更深。

贈釣伴

短短葽蒿淺淺灣，夕陽倒影對南山。大船鼓枻唱歌去，小艇得魚吹笛還。

歇馬大徑山

數家煙火隔林塘，一樹寒花晚自香。黄葉冢頭聊歇馬，鵬鴣聲裏近斜陽。

東軒獨坐

桃花寂寞梨花開，山中薄酒三五杯。村西有客可人意，風雨今朝期不來。

社中

社屋新成燕子來，山丹未落野棠開。三三兩兩兒童戲，弄水扳花日幾回。

梅花

沙籠寒月樹籠煙，香徹龍溪水底天。斜隔竹林窺未得，更尋西路上漁船。

桃花

雲鎖千峰午未開，桃花流水更天台。劉郎莫記歸時路，只許劉郎一度來。

柳渡頭答鄉友

溪南溪北荔支垂，五月荷花乍放時。忽有酒船邀半路，三杯不記主人誰。

大田看山

春泥沒屐大田潮，溪北初經獨木橋。千丈峰頭望東海，三山恰對杖頭瓢。

留姜仁夫

雲去雲來等是浮，獨凭高閣看江流。南風莫送東歸客，更共江門一日游。

彈子磯候默齋不至

軍人打鼓泊官船，黑霧濛濛水下灘。隔岸相呼不相見，竹籠牽火上桅竿。

南雄讀羅一峰記書院文

丘墳何處草離離，千里湖西夢覺時。落日小池橋上路，催人下馬讀殘碑。

鄒吏目書至有作

落花遥對石城春，半篋殘書一病身。茶筅粟餅供客盡，不妨人笑長官貧。

落花

落花半落流水香，鳴鳩互鳴春日長。美人别我隔江浦，欲來不來空斷腸。

古耶道中有懷

翠煙浮隴麥初齊，社樹青青獨鳥啼。何處相思不相見，木棉花下水門西。

方謨 一首

謨字昌言，歸安人。正統丁卯舉人，由翰林院孔目擢檢討。

遊春

黄鳥嚶嚶啼水東，柳絲千尺繫春風。清溪小舫載歌舞，滿郭好花紛白紅。有酒莫辭今日醉，何人却是百年翁。請看十畝王孫宅，芳草凄迷夕照中。

岳正五首

正字季方，漷縣人。正統戊辰，賜進士第三。天順初，以左贊善兼修撰，直文淵閣，降欽州同知，謫戍肅州。成化初，復官，未幾出爲興化知府。卒，謚文肅。有《類博稿》。

李賓之云：蒙泉詩亦雅健脱俗。

《詩話》：季方謂作詩既要平仄，又要對偶，安得許多工夫，頗以吟詠爲苦。而天眷之作，亦復成章。

營建紀成詩

自序：天眷，美營建也。

其一

天眷皇明，誕命高祖。俯建萬方，定都江滸。如龍斯蟠，如虎斯踞。以朝以會，以享以祀。逖矣厥謨，欽于世世。

其二

天眷皇明，亦啓文祖。爲厥孫謀，聿又胥宇。碣石之西，太行之東。有嚴厥宮，四海是同。

其三

維帝即祚，夙夜顧諟。神既受職，民亦綏祉。乃繼乃述，乃經乃營。戢此土工，爲萬國宗。

其四

有赫朝堂，有翼廟廷。瑣瑣公府，總總偕興。士方耕矣，女方箴矣。曾是不驚，奏功成矣。

其五

匪臣之功，伊民之力。匪民之力，維帝之則。帝曰匪予，文祖之德。天相文祖，爛其營室。

劉珝 一首

珝字叔温，壽光人。正統戊辰進士，累官太子太保，戶部尚書，兼謹身殿大學士。卒，贈太保，諡文和。有《古直先生集》。

徐時用云：公書法飄逸，行草尤長。詩文清新流麗，無矯飾語。

李賓之云：公於詩，興之所到，筆不能閣，而無毫髮點綴呻吟之病。

《詩話》：文和詩率意塗寫，不事翦裁，亦間有合格處。其《送龍溪潘榮宗用》詩云：「同年喜有九尚書。」九尚書者，眉州萬文康安循吉、歷城尹恭簡旻同仁、博野劉文穆吉祐之、華亭張莊懿鎣尚文、三原王端毅恕宗貫、莆田陳康懿俊士英，其二則潘與劉，皆正統十三年同榜也。宗用仕爲南戶部尚書，八人皆有易名之典，惟潘闕焉。

白頭烏

殘蓼枯荷八月秋，枝間獨立更遲留。憐渠本是無情物，何事而今也白頭。

汪回顯一首

回顯字汝光，祁門人。正統戊辰進士，除戶部主事，出知惠州府。

聞猨

使蜀三年未得歸，青山樓閣倚斜暉。猨聲久聽渾閒事，却笑巴人淚滿衣。

鄭文康 一首

文康字時乂，崑山人。正統戊辰進士，不仕。有《平橋集》。錢受之云：時乂家居，枕籍經史，雖病，不少休。好爲詩文，捐物操觚，頃刻千百言。多紀載時事，有益勸懲。而文尤簡質，有法度。《詩話》：《平橋集》文勝於詩。嘗從徐立齋閣老，借含經堂所藏本讀之。愛其簡質，有類石守道、尹師魯諸公。詩亦藴藉。

寄海上韓杲

行盡清谿到水涯，好山環繞故人家。寥寥一犬柴門外，只隔橋東幾樹花。

倪敬 一首

敬字汝敬，無錫人。正統戊辰進士，官監察御史。有《月樓集》。

題畫

溪雲靄靄樹團團，溪上幽亭六月寒。日暮看山人已去，水禽飛上石闌干。

《詩話》：宋毛珝吾竹《題蘇子美滄浪亭》詩云：「日暮客歸園館閉，鷺鷥飛上石棋盤。」侍御《題畫》作，頗與相類，然知非蹈襲，不妨并垂也。

夏寅 一首

寅字正夫，松江華亭人。正統戊辰進士，除南京吏部主事，歷郎中，陞江西提學副使，參政浙江，遷山東右布政使。有《史詠》《紀行集》。

李賓之云：東南士大夫每不喜夏詩，謂有頭巾氣也。

王元美云：夏正夫如鄉里老人，衣錦見達官，非不嚴麗，但寒鄙可厭。

《詩話》：正夫名亞欽謨，方劉似勝。

虔州懷古

宋家後葉如東晉，南渡虔州更可哀。母后撤簾行在所，相臣開府濟時才。虎頭城向江心起，龍脈泉從地下來。人代興亡今又古，春風回首鬱孤臺。

周鼎 六首

鼎字伯器，嘉善人。正統中，官沭陽典史。有《桐村疑舫齋》《土苴集》。

都元敬云：先生以文名浙西，《土苴集》二卷，詩不止是，然不期驚人，而人自驚；不期去陳言，而陳言自無不去。宋人惟山谷老人不隨人後，說者稱其能出新意。若先生詩，可傳已。

陸秀卿云：先生雖文士，而學務實用。如議水利，鑿鑿不迂，故金榮襄公薦之，謂可居館閣。乃卒不遇，姑託文以自見。依隱玩世，多鏗鏘幼眇之音，其志亦可悲矣。

錢受之云：伯器博極經史，爲弟子師，例當以掾曹得官，謝病不就。正統中，大征閩寇，沭陽伯金忠參贊軍務，辟置幕下，與千戶龔遂奇從數騎，入尤溪山砦，降其衆而還，幕府不知也。寇平，遇土木之難，格其賞。久之，授沭陽典史，坐累下獄。事白致仕。遨遊三吳，賣文爲活，吳中墓志、譜牒，皆出其手。

俞右吉云：伯器文勝於詩。

《詩話》：桐村開濟之略，戎幕宣勞，顧一尉白頭，又遭薏苡之謗。哀哉斯人，實命不淑。同時杜州牧庠貽詩云：「功名已覺邯鄲夢，衰老猶耕谷口田。」汪縣令貴詩云：「白首九旬還向學，黄粱一夢總成虚。」吕太常㦂詩云：「斯文籍籍歸輿論，何物區區戀抱關。」沈處士周詩云：「山縣軍書前吏迹，墓堂文字老生涯。」吴江史處士鑑詩云：「行誼故絶人，文章復名世。碑版照南州，煌煌自無替。」集中詩題，有《未死作》云：「在塗嗟未歸，行橐日已貧。正如風中絮，未肯没車塵。」《嘲雁》云：「何地不虞綱，此身非故鄉。」誦之使人心惻。詩不見佳，第恥拾人遺唾。亦有志之士，明古實師事之。

勸農

二月二日天作雨，縣官府官齊出城。白頭父老花間迎，亦有牧兒先馬行。牛亦不避馬不驚，餢者自餢耕者耕。東村西村鼓笛聲，願得守令枉柴荆。田家年來解留客，新婦炊秔姑磨麥。

送黄給事使滿剌國封王

遠國來王日，深恩冊拜時。璽書中禁出，天語使臣知。路指諸蕃近，山行四牡遲。故人青瑣夢，無限五雲思。

江行

萬里雲濤上，孤帆一羽輕。霜清天宇闊，沙白海潮平。山寺欲浮動，鄰舟偶合并。瓊花尚無恙，回首廣陵城。

湯陰旌忠廟

墓木南枝説武林，北來祠宇又湯陰。鵑啼故國春何在，馬躙中原日已深。未死姦諛誰請劍，至今忠義尚霑襟。千秋此地歸英魄，風雨靈旗儼若臨。

林和靖先生墓

一丘千古獨巋然，只少梅花抱墓田。結就巢居猶昨日，塑來鶴立自何年。淡煙流水斜陽外，芳草新亭古岸邊。欲去徘徊城月上，裹湖猶有未歸船。

冬夜

寶篆沈煙白，銀屏燄燭紅。不知窗外雪，撩亂撥春蟲。

王清一首

清字一寧，合肥人。世襲濟寧衛指揮，陞廣東都指揮，死於寇難。有《建橐集》。

塞上感懷

西風關外雪初晴，懷古思鄉百感生。玉帳枕戈人萬里，鐵衣傳箭夜三更。夢回絶域烏桓地，戰罷空山敕勒營。烽火微茫天路遠，月中鴻雁起秋聲。

郭登十二首

登字元登，武定侯英諸孫。景泰初，官都督僉事，守大同，以功封定襄伯。英廟復辟，謫戍甘肅。

成化初，復爵。卒，贈侯，謚忠武。有《聯珠集》。

李賓之云：國朝武臣能詩者，莫過郭定襄。《詩話》：定襄力捍牧圉，功存社稷。《聯珠》一集，繼父兄掉鞅詩壇，西涯以爲明初武臣之冠。即其《山王》《楸樹》諸篇，力已排奡。至《詠梟》之作，直兼張、王、韓、杜之長。豈惟武臣，一時臺閣諸公，孰出其右？錫山俞汝成乃謂「可式後之爲勳衛者」，是瞽者之言也。

題蔣廷暉小景

我家南山中，柴門別經久。不知今春來，新添幾株柳。清江閒釣竹，鷗鷺還來否。對此忽相思，長歌獨搔首。

自公安至雲南辰沅道中謁山王祠

山王廟在山深處，烏鴉亂啼烏桕樹。神威猙獰怖殺人，朱吻長牙眉倒竪。紅綃抹頭袍袖結，手挼黃蛇啗其舌。短碑不題神姓名，蕪詞漫書唐歲月。陰風颯颯吹靈旗，夜聞甲馬空中嘶。老巫開門馬無跡，但見狐鳴鬼嘯鵂鶹啼。山前居民種禾黍，歲歲求晴復求雨。神靈不靈誰得知，老巫分明作神語。往來行人多再拜，爐中無香畏神怪。唱歌打鼓燒紙錢，蒼鵝白羊朝暮賽。還把殘餘拋野草，神意歡欣烏亦飽。老巫丁寧客無慮，萬水千山放心去。

楸子樹并序

去歲于蒙太監家移栽此樹，當就結實繁衍。今年春令已深，草木皆萌蘖，而獨此枯瘁，略無生意。土俗相傳，以爲栽樹當歲著花，特餘氣耳，來歲則否，必三年而後如故。予甚信之。偶數日伏枕不出，今晨就庭事啓窗，則花已爛熳，比他樹尤盛。見者咸以爲異，予亦歡然以喜。因賦長句，并識意云。

窗前新栽楸子樹，去歲移自東君家。根深土凍重莫致，輓以兩犍載一車。方經旬日即蓓蕾，秋深結子如丹砂。人言此特餘氣耳，來歲未必能芬葩。我初聞之稍驚怪，重以土俗相傳誇。今年春風已撩亂，千株萬卉皆萌芽。南山青翠遠可見，獨有此樹猶枯杈。我徵前言苦不樂，行憐坐惜恒咨嗟。連朝病困閉門卧，夢寐猶憶花如何。今晨勿藥彊起坐，眊焉兩瞳如隔紗。推窗一見笑絶倒，葱葱滿樹開成霞。冰綃素錦誰翦刻，小紅輕翠相交加。日光照耀春欲醉，翩翩蜂蝶爭紛拏。賓朋來觀繞百匝，共疑造化理則邪。花枝爛熳色更好，詖辭輕易可信邪。豈非陽春有深意，憐我老憊來天涯。浮生過半身計拙，有足不及蚿憐蛇。故教相伴慰岑寂，豈敢與物爭豪奢。六年羈鰥入僧定，但未落髮披袈裟。青裙小鬟别來久，淚眼垢膩首不珈。已聞桂蠹化胡蝶，忍聽鸜鵒呼琵琶。花雖可愛不忍折，無人插向兩髻丫。鈎簾静坐獨清賞，天明起看到日斜。知音未遇寡歡趣，有酒不飲惟烹茶。前年官司催入貢，六千里路豈不遐。移根天苑比瓊樹，有用未必過桑麻。物生遭遇即珍貴，便應壓盡諸般花。我慚不如花命好，謫官五載辭金華。住迥邊城氣蕭索，旦暮慽慽聞蘆笳。自憐淺薄不足忌，群兒何以喙競呀。方圓鑿枘苦難入，冠非鷹角強觸斜。古人明哲有深戒，省愆痛欲掩戶楇。窮荒雖覺雙眼淨，聒耳厭聽公私蛙。再歌南風終不競，天驕吹脣魯婦髽。羌兒雜還近邊鄙，意態詭異聲囂譁。陰霾接旬不成澤，嘊嘊恒欲噬我猳。麒麟獅子遠將至，爾曹慎勿相邀遮。馹騎東來蹴山倒，黄口學語聲呷啞。群公羅拜但垂手，踐踏不啻蟲與蝦。人逃馬死金滿篋，一擲何足挂齒牙。我雖無位百憂集，終夜感歎心如瘥。廿年蹤跡半天下，把鏡自照兩鬢髿。老懷食蔗如食蠟，豈但無味仍饒渣。行路難行古如此，道多豺狼水鱷鯊。紛紛兒女競聲利，左蠻右觸方爭蝸。金雞何日解羈去，一竿歸釣吳江槎。箕山潁水跡長往，漁蓑樵擔肩相摩。閒看得意鼠如虎，怕說病聰蟻閗摩。黄雞紫蟹且慰意，背癢正得麻姑爬。羞將口腹累州里，未能不食如匏瓜。猶勝夷齊待薇蕨，園收芋栗兼梨樝。老農追隨種禾黍，偶耕林下時燒畬。心淳語直意真率，肝膽相照無疵瑕。瑤臺璇室豈不好，囁嚅較此猶爭些。囊中黄金尚餘幾，壺乾酒盡還當賒。頽然一醉玉山倒，世間萬事皆由他。

梟

南山萬古雪，六月地上冰崢嶸。況當嚴冬氣尤冽，萬物僵立不識死與生。陽烏戢其羽，顔色慘澹無光晶。朝朝畏寒不敢出，欲挽海水添長更。氊裘蒙茸縮如蝟，風沙斷盡行人行。老烏平時最饒舌，攢毛縮頸飢無聲。鵂鶹獨何形？無乃金鐵鑄使成。白日在何處？每到夜黑來飛鳴。有時呼嘯聲愈厲，召號怪鬼徵邪精。鳳皇凍欲死，志意無由平。梟凶不可治，怒癭空膨脝。南村孀婦貧且苦，夫死未葬兒東征。伏雌五雛初解殼，畏寒就暖聲咿嚶。土房穿漏窗戶破，梟竟突入雞啼驚。雛死腦盡裂，雌僝不能爭。孀時睡艷甑，欲起視夜無油燈。乞鄰把火照昏黑，梟止未去，勢欲相欺陵。口吻尚流血，兩目光睖瞪。孀髮豎股慄，返走撲地魂飛騰。有夫攘臂挾弓矢，弗斬此梟何以懲？入門無所見，但聞狐鳴鬼嘯，寒氣颯飀如凝冰。孀悲呼天涕垂膺。卵此惡物當誰憎？戟手詬社公，愧汝威稜稜。雖云土木偶，想亦欽名稱。人皆祀汝作土主，安然坐視反不如梟能。社公顏忸怩，渥若朝霞烝。據案呼吏兵，卑官亦靈承。廟食于此方，乃被婦詬吾奚勝。便須封皁囊，騎雲款天庭。叩階瀝血天其矜，不以梟磔死，吾道何由弘。天門九重高且邃，守以夜叉威贔屭。摳衣趨蹌肅鳴佩，以手奉局心顫悸。大閽倚帳方假寐，瞠目視之訶且詈。汝官何曹直蟲臂，清都森嚴可輕易。社公前致辭，大閽已知意。鼎鐺尚有耳，投鼠須忌器。梟爲天驕子，美惡各以類。羽中豈無靈與瑞，不及梟姿工嫵媚。乘昏伺暗察幽隱，附耳連眉方倚比。汝不知忌諱，胡不膠脣結舌，亦足以自異。彼喙若呀非汝利。社公頓頭前，此言得無愆。天道本至公，如何有憎憐？苟不較曲直，何由辨媸妍？以彼醜惡形，乃竊造化權。常聞上古時，宰物無頗偏。禍淫與福善，今豈不其然。地行蒼生，何啻千萬億？煩冤疾痛，孰不號旻天。渾沌苟未鑿，何用呼吸百里，晝夜東西旋！大閽笑絶倒，以掌拍其肩。小儒強解事，未悟磨兜堅。汝胡不聞天地同一物，不過一十二萬九千六百年。氣機消長豈常好，清淳澆濁，各各隨時遷。天人不同道，此理可忘言。語既復歎悔，丁寧極密勿妄宣。社公涕漣如頫首，但長吁，載拜謝不敏，攬轡回其車。錫鑾風泠泠，墜地不須臾。亟往告彼孀，夜降桑林巫。梟雖不勝誅，誰敢訐其辜。朋儕相搆煽，勢與天爲徒。母惱尚忍啄，何有于朱朱。素餐抱深愧。予亦思乘桴。嗟爾門單戶弱形羈孤，從今慎勿與梟敵，但須夜夜牢護雞巢雛。

西屯女

西屯女兒年十八，六幅紅裙脚不襪。面上脂鉛隨手抹，白合山丹滿頭插。見客含羞嬌不語，走入柴門掩門處。隔牆却問官何來，阿爺便歸官且住。解鞍繫馬堂前樹，我向廚中泡茶去。

保定塗中偶成

白璧何從摘舊瑕，纔開羅網向天涯。寒窗兒女燈前淚，客路風霜夢裏家。豈有酖人羊叔子，可憐憂國賈長沙。獨醒空和騷人詠，滿耳斜陽噪晚鴉。

甘州即事

黑河如帶向西來，河上邊城自漢開。山近四時常見雪，地寒終歲不聞雷。牦牛互市番氓出，宛馬臨關漢使回。東望玉京將萬里，雲霄何處是蓬萊。

客中春晚

遠塞書難寄，空庭花自開。舊巢雙燕子，今歲不曾來。

春日游山偶成

林下扶藤杖，溪邊整葛巾。春風莫相妒，不是折花人。

口號寄涇州守李宏

渡了黄河又黑河，春風秋月五年過。涇陽太守如相問，更比來時白髮多。

至高郵逢邢勉仁

客中相見倍相親，白酒黄雞莫笑貧。君住淮南我淮北，如何不是故鄉人。

甘州

甘州城西黑水流，甘州城北黄雲愁。玉關人老貂裘敝，苦憶平生馬少游。

集本題作《送岳季方還京前》云：「登高樓，望明月，明月秋來幾員缺。多情只照綺羅筵，莫照天涯遠行客。天涯行客離鄉久，見月思鄉搔白首。年年長自送行人，折盡邊城路傍柳。東望秦川一雁飛，可憐同住不同歸。身留塞北空彈鋏，夢繞江南未拂衣。君歸復喜登臺閣，風裁稜稜尚如昨。但令四海歌昇平，我在甘州貧亦樂。」下文云云。

明詩綜卷二十一

小長蘆　朱彝尊　録
吴郡　范　濂　緝評

楊翥二首

翥字仲舉，吴縣人。少與兄戍武昌，爲鄉校師。仁宗驛召，授翰林編修，歷修撰，遷郕府長史。景泰初，擢禮部左侍郎，尋進尚書。有《晞顔先生集》。

陳□□云：　先生詩若太羹玄酒，不待薑桂鹽梅，而至味自存。

黄岡阻雪

積雨既淫溢，飛雪何漫漫。經旬苦不止，行子多悲酸。悲酸亦何事，匪爲飢與寒。倚門累晨暮，定省違承顏。欲行阻泥塗，欲濟愁驚湍。凍木號江介，飢烏噪林端。向風長太息，恨不生羽翰。出門不自遂，誠哉行路難。

秋懷

肅肅涼吹發，唧唧寒蛩吟。春夏不自豫，況乃秋氣臨。時序忽流邁，感此百憂尋。人生誠須臾，華髮易爲侵。立名亦素志，爲善實所欽。塵事日紛擾，進修力不任。愁懷難自遣，徙倚高梧陰。

《靜志居詩話》：《晞顏集》借之琴川毛氏，牧齋爲施鉛評云：「宜亟焚毀，勿暴其短於後世可也。」未免太過。楊公長者，當存其言。以予所録二首，亦自成章。

范澄 一首

澄字國清，竇應人。景泰庚午舉人。

送別

酒盡津鼓喧，風生浦帆亂。山回不見君，夕陽在沙岸。

柯潛 一首

潛字孟時，莆田人。景泰辛未，賜進士第一，授翰林修撰，歷右春坊，右中允，洗馬，遷尚寶少卿，陞詹事府少詹事、兼翰林學士。有《竹巖集》。

《詩話》：漢有金馬、石渠、蘭臺、東觀，宋有總明，陳有德教，周則虎門、麟趾，北齊則仁壽、文林，唐則麗正、集仙，開元中始定爲翰林院。其署與他公廨不同，中有徘徊精舍，四面步廊畫壁花磚，假山叢竹。侈金鑾之密記，建學士之新樓。汴宋玉堂，尤加藻飾。洎乎南渡，雖屬偏安，而省舍一新，濯纓之泉，滌硯之澗，芸香之亭，汗青之軒，以及蓬巒、松坡、蘭畦、芝舘、藥洞、菊徑、橘洲、鶴砌，儲圖史翰墨於中。故論者以詞臣爲神仙之職也。明初舊院，有修竹林。學士黃宗豫《寄東里》詩云：「一別詞垣數月餘，娟娟修竹近何如？」北京既建院，設玉河橋西堂後，有井，劉文安所鑿也，亭二間，凡八楹，柯學士所築也。井在左，亭居右，至今入翰苑者，以劉井柯亭爲佳話。而堂後柏二株，亦學士所植。李長沙選館受業於柯，後李教習庶常，以《學士柏》爲題，汪吉士俊有「一日百回行樹底」之句。李悵然有感，衍爲長歌云：「我行樹陰日千匝，雨葉風枝自蕭颯。惟有諸生識我情，旁人不解空嘲狎。我見先生種樹年，我身尚短樹及肩。枝蟠江山地可縮，手斡造化天無權。瓊臺翠閣何森爽，院柳庭花敢爭長。芘蔭長留六月陰，盤回直與孤雲上。材堪五鳳難爲用，根列九泉終不枉。零落青袍幾故人，琤琮玉珮空遺響。当時院長文安公，柯亭劉井相西東。百年遺愛豈獨此，此樹欲比人中龍。柏猶如此我何似，已愧斑白非兒童。名收榱桷有先後，壽比金石無終窮。下堂再拜想顏色，仰面正拂長髯風」。於是倡和成卷，以貽學士之子使藏焉。蓋學士汲引後進孜孜如不及，二百年來，樹猶勿翦勿拜，至今想其文采風流。僕嘗思文獻可徵，而詞林掌故，闕焉不講。在中禁日，會粹玉堂舊事，自唐宋迄明，撰《瀛洲道古録》一編，弟子長洲陸肯堂請事開雕，謂「刊成，凡入院者，必給一本，庶知以古人自期」。斯文不幸，陸生云亡，至今藏之篋衍，恐終歸覆醬，可歎惜也。

游囊山寺

下馬松關外，行行過虎溪。鐘鳴知寺近，雲暝覺天低。斷澗流泉澀，平岡古木齊。何當一作時。謝塵鞅，此地卜幽棲。

王㒅 一首

㒅字廷貴，武進人。景泰辛未，賜進士第三，授翰林編修，遷侍講，歷春坊，右庶子，改南京翰林學士，陞國子監祭酒，擢南吏部右侍郎，召爲戸部左侍郎，陞南吏部尚書。卒，贈太子太保，諡文肅。有《思軒稿》。

李時遠云： 宗伯爲詩清雅，間出悲壯之音。

宿沛縣泗亭驛

維舟當泗水，凉雨洗炎蒸。砧杵孤城月，漁舟别浦燈。客愁秋更甚，鄉夢遠難憑。千古龍飛地，令人感廢興。

楊守陳 三首

守陳字維新，鄞縣人。景泰辛未進士，改庶吉士，除翰林編修，歷侍講，洗馬，遷學士，擢吏部右侍郎，兼詹事府丞。卒，贈禮部尚書，諡文毅。有《晉菴》《桂坊》《鏡川》《東觀》《金坡》《銓部》諸集。

李賓之云： 文毅詩博采深詣，典則溫厚，成一家言，而愛君、憂國、感事、寓物，得諸「三百篇」者深。

《詩話》： 文懿難經，伉伉不屑拾淳熙諸儒遺唾，而詩格深穩，在唐宋之間。其《史舘感懷詩》

云：「在古左右史，言動悉分書。由漢至國初，有官注起居。不知自何歲，史職曠成虛。有故始闢館，編纂亦紛如。新人敘陳迹，寧免闊且疏。」又云：「崔杼弑其主，直筆遭刑誅。二弟相繼死，南史猶特書。古人守一職，往往思捐軀。可憐今世士，利害論錙銖。」蓋公留心史學，嘗草疏，言國史有三大闕事未舉：一靖難後不記建文君朝政及方黄死事諸臣；一景帝已復位號，《實録》猶附書稱郕戾王；一章疏留中者不獲登《實録》，宜宣付史館。惜乎疏雖草而未及上也。晚語徐少詹云：「平昔才無半斗而勤作文，飲僅數合而喜與客讌，行不能里許而好游。」蓋雅人之習尚然矣。

游虎丘

出城纔數里，已到白雲間。但見門臨水，那知寺有山。鐘鳴僧出定，林動鶴飛還。石蹬行行遍，花宫盡啓關。

贈周廷參張邵齡二知己

客牕情思渺無涯，麥隴蔬畦浥露華。白屋三間連野寺，青苔一徑入鄰家。晴烟亂繞庭中樹，夜雨微沾戶外花。此地幽偏可乘興，馬蹄來去豈嫌賒。

春城遊宴詩

蛸蚌石首和椒橙，新筍香甘帶肉烹。非是老饕偏愛此，十年不歡故鄉羹。

童軒 一首

軒字士昂，鄱陽人。以天官學入欽天監，家於南京。中景泰辛未進士，以吏科給事中，撫川寇，謫知壽昌縣；久之，以太常少卿，掌欽天監；以右副都御史，總制松潘；歷陞吏部尚書，致仕。有《清風亭稿》《枕肱集》。

周吉父云：尚書《九日》詩云：「黃菊酒香人病後，白蘋風冷雁來初。」《草堂》詩云：「草堂夜雨生科斗，花逕春風叫栗留。」均佳句也。

錢受之云：尚書詩有唐人體裁。

憶金陵

金陵佳麗地，風景想依然。城闕金湯固，江山罨畫連。晚風樓上笛，春水渡頭船。惆悵曾游地，而今又幾年。

王越 九首

越字世昌，濬縣人。景泰辛未進士；天順中，以御史超拜右副都御史，巡撫大同；進太子太保，兵部尚書；論出塞功，封威寧伯，佩征西前將軍印；尋加少保，兼太子太傅。卒，贈太傅，謚襄敏。有《雲山老嬾集》。

李賓之云：王公歌詩，雄邁跌宕，若不屑意，而奇偉不群。

崔子鍾云：王公詩，明易通暢，不事艱刻，然氣象雄偉，才思煥發。

王鳳竹云：王公摛辭掞藻，品格直逼盛唐。其忠君愛國之心，懇惻流溢，良由賦才之奇，渾然天成，不假匠鑿。

李時遠云：威寧才思之美，倚馬萬言，往往皆出新意，使加以深沉之思，豈一時操觚者所能及。

錢受之云：威寧喜爲詩，麄豪奔放，不事雕飾。酒酣命筆，一掃千言，使人有横槊磨盾、悲歌出塞之思。至云「髩爲胡笳吹作雪，心因烽火錬成丹」，則又讀而悲之。

李舒章云：威寧才思敏捷，奈其太率，不脱兜牟之氣。

周青士云：威寧詩不雕不琢，而符采奕然。五言如「一杯今夕酒，十載異鄉人」，「客裏有歸夢，眼前無故人」，「石橋平似掌，茅屋小於船」，「豆蔓穿籬過，苔錢上樹生」，「飛來沙上鷺，銜出水中魚」，「夜吟山月小，春夢海天遥」；七言如「四面好山朝日觀，一溪流水落天門」，「雲間雞犬迎游客，雨後兒童掃落花」，「一路草香都是藥，滿林樹老盡生苔」，「閒身未老休扶杖，短髮無多不受簪」，「風向眼中吹出淚，霜於鬢上凍成冰」，「愁人正似井中坐，好客忽從天上來」，「金縷且聽新樂府，鐵衣休話舊軍功」，「亭前春雨一林竹，溪上秋風兩岸蘆」，「路隔三千餘里遠，月經二十四回圓」，「百年人得幾時健，一歲月無今夜明」，「自笑年來長送客，不知身是未歸人」，「鵲遺巢去鳩先入，蛛曳絲來蝶倒懸」，「山下夕陽芳草路，橋邊流水落花村」，「當時只學魯男子，今日不如阿大夫」，「莫笑買牛新學稼，也曾騎馬舊巡邊」，不求工而未嘗不工也。

《詩話》：威寧功紀旂常，盟申帶礪，立功已足不朽。而於詩沾沾自喜，長篇奔放，如快馬不受羈紲，未免有銜蹶之虞。雖意在取法盛唐，然往往流入《擊壤》一派。其《送周宗太》詩云：「可憐相見未能久，無那匆匆又分手。臨岐把袂且談詩，何用尋常一杯酒。古詩起於列國前，孔子删爲三百篇。發乎情性止禮義，所以音律皆自然。後來風雅不復作，獨有《離騷》味堪嚼。秦漢已下雖頗淳，已食古人之糟粕。盛唐取諸杜少陵，西晉取諸陶淵明。少陵忠義所感激，淵明渾然而天成。五代之詩無足齒，宋人之詩理而已。抑揚辭氣欠從容，遂失溫柔敦厚旨。元人之詩學晚唐，巧者自巧狂者狂。太音元氣日凋喪，詩道至此幾云亡。」又近體《論詩》云：「雕肝斲肺漫勞神，語不求奇意自新。《爾雅》本無難識字，《離騷》還有獨醒人。」蓋自道其所得也。

中秋對月用孟浩然韻

明月下空庭，清光寒不濕。褰簾坐來久，忽見飛螢入。空懷寂無聊，何處砧聲急。對酒不成唫，起向西風立。

榆陵送武靖侯趙公還京

古人一日別，常懷千里思。况在天之涯，而與君相離。風寒歲云暮，夜永雞鳴遲。悠悠行路難，苦樂心自知。人生如浮雲，聚散安可期。君歸日以遠，我歸當何時。豈不念鄉國，顧此王事縻。霜月滿孤城，照見遊子悲。

遊金龍池

雲深池水寒，流出青山口。雲水復何心，鷗鷺自相友。時維秋氣凉，佳節近重九。侵曉解征鞍，徘徊日將酉。歷覽古遺蹤，因之問村叟。叟云吾不知，世遠人亡久。文獻不足徵，請看池上柳。遥遥數百年，今亦半枯朽。人生能幾何，少壯忽老醜。往事無足論，且盡杯中酒。

見彗

野雉雊於鼎，桑穀生於朝。聖王務修德，災患乃自消。彗星見東方，垂象何昭昭。天心愛人君，君心胡可驕。反身當自責，弭此天上妖。轉禍以爲祥，一念之所招。

金雀花

侯門愛金雀，金雀顏色好。化作枝上花，凌春獨開早。冶遊亭館多，芳容等閒老。東風一飄零，不及澗邊草。

初度

今年四十八，去年四十七。明年四十九，五十爭幾日。逆數六十來，光陰彈指疾。七十從古稀，八十安可必。所以百歲人，千萬不見一。嗟哉宦海中，悠悠良自恤。

題錫上人畫

好山萬仞高插空，群峰并列青芙蓉。大者突兀如盤龍，小者箕踞如蹲熊。峰頭短樹亂如草，凌霄獨立蒼蒼松。一重流水一重竹，竹邊盡是山僧屋。上方下界知幾重，銀杏紅椒滿空谷。山中屋貯山中雲，山中雲卧山中人。山中之人出山去，畫裏看山秋復春。

蜀中送項斯誠同年回京

白髮慈親七十餘，不知消息近何如。老來賴我供湯藥，别後憑誰奉板輿。旅館夜長頻有夢，故鄉路遠久無書。君歸正向門前過，爲報平安莫倚閭。

雁塔

慈恩古塔一閑登，瘞鶴銘亡問寺僧。舊壁遍題唐進士，遠烟多見漢原陵。感懷已寄無窮事，縱目還須最上層。不省風鈴緣底語，只今誰是佛圖澄。

馬文升 一首

文升字負圖，鈞州人。景泰辛未進士，累官少師，兼太子太師，吏部尚書。贈太傅，再贈左柱國、太師，謚端肅。有集。

游桃源洞

桃花源接武陵溪，咫尺仙家路易迷。指點秦人舊蹤跡，蕭蕭方竹斷橋西。

姚旭 一首

旭字景暘，桐城人。景泰辛未進士，授刑科給事中。天順間，以言事謫判鄭州，仕至雲南參政。有《菊潭集》。

管叔城

管城廢址草茫茫，屈指曾經百戰場。但有鵾鶡鳴夜雨，不堪車馬送斜陽。山含秋色迷孤館，樹引荒雲覆女牆。試上層樓頻悵望，鎬京離黍總堪傷。

沈瑋 一首

瑋字公貴，平湖人。景泰辛未進士，山東道御史。有《橋門漫稿》《柏臺新稿》。

《詩話》：公貴少與兄公禮齊名。公禮名琮，中正統壬戌進士，仕至廣州守。兄弟居父母喪，廬墓下六年不肉食，先後哀毁卒，詔旌其宅曰「孝行之門」。公禮詩有《石窗漫稿》，予少日曾見之，記有「穲稏香生秋雨後，桔槔聲斷夕陽前」，「雨餘竹外僧歸寺，日出松顛鶴下巢」，「山花帶雨落成片，野鳥見人飛作群」之句，今其集不復再覯矣。録公貴詩，附識於此。

題漁隱故居

名落人間二十年，一溪漁隱自悠然。晚風楊柳堤邊笛，秋雨蘆花渡口船。沽酒肯邀漁父醉，枕蓑時伴野鷗眠。只今回首成陳迹，贏得人稱似輞川。

李應禎 一首

應禎名甡，以字行，更字貞伯，長洲人。景泰癸酉舉人，授中書舍人，仕至南京太僕寺少卿。有《李氏遺集》。

李時遠云：少卿詩朗秀沖閒，已造中唐佳境。

《詩話》：少卿入太學，中官牛玉請爲塾師，固拒之。在中書日，應制寫佛經進曰：「臣聞爲天下國家有九經，不聞有佛經也。」不受命。可謂婞直矣。歸田後，與吴原博、史明古、張子静輩，賦詩聯句，其《寄友》詩云：「别墅圍棋常載酒，晴湖泛月不張帆。」風流可想也。

東禪寺

松杉滿院風，豆莢一籬緑。不聞車馬喧，時有高人宿。

徐溥 一首

溥字時用，宜興人。景泰甲戌，賜進士第二，累官少師，兼太子太師，吏部尚書，華蓋殿大學士。卒，贈太師，謚文靖。有《謙齋文録》。

朱懋忠云：文靖詩清潤和平，足以鳴國家之盛。

《詩話》：文靖詩不求工，然如「鳥跡平沙晚，花香小徑春」，「但使客長醉，何妨酒屢賒」，綽有風致。

歸樂堂

十年游上國，此日賦歸歟。倦却風塵路，來尋水竹居。山行春載酒，門掩晝攤書。薄暮投林鳥，相看意自如。

何喬新 四首

喬新字廷秀，一云字天苗，江西廣昌人，冢宰文淵子。景泰甲戌進士，授南禮部主事，改刑部，歷員外、郎中，陞福建按察副使，改河南，擢都察院右僉都御史，巡撫山西，召爲刑部左侍郎，進尚書。卒，贈太子少傅，謚文肅。有《椒丘集》。

秋懷

白露悴百草，玄蟬寂無聲。庭柯歛新翠，日夕寒蛩鳴。感此時序易，披衣坐前滎。仰視天宇間，銀河隔雙星。一葦亮可航，相望未合并。玄運亦多阻，矧兹塵俗情。援琴鼓别鶴，感我淚交零。

登岳陽樓

雲牕月牖俯清流，滿目山川快壯遊。誰向江湖懷北闕，謾誇樓閣冠南州。朱絃夜鼓湘靈瑟，錦纜春回楚客舟。欲起靈均歌《九辨》，灃蘭沅芷遍芳洲。

擬唐宫詞

花貌宫娃老掖庭，承恩元不在傾城。披香殿上開春讌，閒看群姬弄化生。

過故相第

門掩西風晝不開，蛜蝛滿壁粉牆頽。庭前乳犬休驚吠，無復懷金暮夜來。

謝省 一首

省字世修，黄巖人。景泰甲戌進士，南京兵部員外郎，出知寶慶府。

山行

杖屨躋攀到九華，不知何處是仙家。高蹤一去無消息，惟有碧桃春自花。

李裕 一首

裕字資德，豐城人。景泰甲戌進士，授監察御史，陞山東按察使，轉陝西左布政，召入爲順天府尹，尋陞右都御史，未幾，調南京，轉工部尚書，改吏部。有《餘力稿》《東藩倡和詩》。

渡揚子江

曉經揚子渡，畫舸一帆輕。潮湧金山寺，雲連鐵甕城。江豚吹浪白，海日照林明。坐聽鐘聲發，悠然物外情。

張寧十一首

寧字靜之，海鹽人。景泰甲戌進士，官禮科給事中；兩使朝鮮，轉都給事中，出知汀州府。有《方洲集》。

徐子元云：方洲高雅清俊，得唐調。

王元美云：張靖之如小櫂急流，一瞬而過，無復雅觀。

蔣仲舒云：靖之既離瑣闥，旋就乞身，追念舊恩，愴然興涕。歌詩本於才敏，終鮮沉思。大槩一時之雄，終難百世之業。

顧玄言云：方洲縱調騁情，頗稱作者。句如「林葉經霜盡，河冰近午開」，殷璠所稱「意新理愜」，斯得之矣。

《詩話》：黄門賦才捷敏，不費沉思。兩使朝鮮，水館星郵，留題殆遍。陪臣朴元亨，以刑曹判司爲館伴，詩篇酬和，殊不相下。及偕登太平館樓，黄門成七言長律六十韻，元亨誦至「溪流残白春前雪，柳折新黄夜半風」之句，乃閣筆曰：「不能屬和矣。」使旋，爲大臣所忌，出守汀州。與岳文肅同日拜命致仕。歸而築方洲草堂於海澨，疊石爲山，上有峰曰蒼玉，曰拄頰，曰小飛來；巖曰宿雨，曰滴露；洞曰歸雲；坡曰蘭雪；岫曰茶烟；嶠曰咏月；磬曰卓筆；泉曰洗研；池曰暎山。皆劖於石，而通目之曰「一笑山」。家居三十年，歌詩畫筆，與雲東逸史齊稱。暮年無子，有二婢子，曰寒香、晚翠，剪髮自誓，不下樓者四十年。有司以聞，詔旌爲雙節。釋明秀詩云：「交剪雲鬟報主恩，鏡臺花落洗頭盆。同心誓死方洲上，霜月寥寥夜照門。」一時和者甚衆。黄門嘗過杭州，澄墨寫《目送飛鴻手揮五絃圖》，縱横潦草，侍婢笑之。題詩云：「閒尋敗筆作圖畫，小鬟立侍笑欲倒。山頭頽似土灰堆，樹根亂若蓬蒿草。」所云小鬟，殆即寒香、晚翠乎？

重遊金粟寺有作

溪回通小艇，山峻露層臺。林葉經霜盡，河冰近午開。閒雲僧出定，舊雨客重來。擾擾浮生路，經過定幾回。

感事

羽書昨夜報居庸，百萬雄師下九重。天子垂衣臨大漠，群臣端笏扈元戎。禁中已乏回天諫，閫外誰成闢地功。千古澶淵扶日轂，令人長憶寇萊公。

莫愁樂

金雀玉搔頭，生來字莫愁。自從歡去後，不出石城游。

南浦停雲

不見同心人，相思渺雲樹。記得別離時，却在飛雲處。

林良花鳥

竹樹晚淒淒，天寒相傍棲。春風疏雨歇，飛上畫樓啼。

園梅盛開

暖透孤根雪乍消，冰花萬點綴寒條。尋幽欲寄山中客，忘却西湖有斷橋。

後浦漁歌

欸乃新聲度遠汀，烟消日出樹冥冥。年來悟得滄浪意，長近西堂竹下聽。

題畫

杳靄昏黄夜泊船，鷓鴣聲裏雨如烟。秋風不見平安信，夢斷湘江又十年。

竹鶴老人畫

水烟山靄樹冥冥，船在丹青畫裏行。好是苕溪二三月，南邊雨落北邊晴。

蘋花館

宿水停烟緑近牆，繞門葭菼共蒼蒼。寒香欲薦無人采，月落空庭夜有霜。

寄余驛丞

南薰亭館晚相延，屈指星霜又十年。不是重來渾忘却，黄昏舟過驛門前。

彭華 一首

華字彦實，安福人。景泰甲戌進士，改庶吉士，累官禮部尚書，入直内閣，以宫保尚書致仕。卒，謚文思。有集。

明妃曲

抱得琵琶不忍彈，風沙獵獵雪漫漫。曉來馬上寒如許，信是將軍出塞難。

丘濬五首

濬字仲深，瓊山人。景泰甲戌進士，選庶吉士，授翰林編修，歷侍講學士，陞禮部侍郎，進尚書，加太子太保，入直文淵閣，尋加少保，户部尚書，武英殿大學士。卒，贈太傅，謚文莊。有《瓊臺會稿》。

李賓之云：公之學，於詩固有所不屑專，而實專門者所不逮。

程克勤云：公詩如仙翁劍客，隨口所出，皆足驚人。雖雅俗正變，體裁不一，而格律精嚴，不失矩度。

黄才伯云：先生信口爲詩，語皆警拔。

《詩話》：文莊於詩，不事鍛鍊，而矩度自合。其《與友人論詩絶句》云：「吐語操持不用奇，風行水上繭抽絲。眼前景物口頭語，便是詩家絶妙辭。」其言未嘗不是，第恐學者因之流於率易，墮入定山一派，不可也。

擬古

依依重依依，不忍生别離。别離已可悲，况值秋風時。柳衰不堪折，情苦不堪説。願妾爲小星，君身化明月。明月貼天飛，小星恒相隨。月出星隨出，月歸星亦歸。莫學秋胡妻，相逢不相識。生者固可慚，死者亦何益？

送廣東夏廉憲

當宁念遠氓，塗炭日以極。詔簡在廷臣，往司風紀職。僉曰御史某，秉德剛且直。屬耳按左右，風聲甚煒赫。兵政既以舉，吏弊亦以革。謡言聞遠近，公論推第一。無如斯人可，拜手答明勅。天子曰俞哉，超授三品秩。天語重丁寧，綸命光舄奕。百僚無間言，相見咸啨啨。而我嶺南人，慶幸倍千百。預爲鄉人喜，從此得蘇息。特恩許乘傳，陛辭行有日。走也官禁近，早有半面識。中心久有懷，臨分忍緘默。聊爲陳本末，幸與垂采擇。惟茲東廣地，富麗自古昔。秦初已内附，漢後亦廣斥。東西數千里，十郡六十邑。衞所錯其間，小大五十七。憶昔全盛時，承平久寧謐。家家有蓋藏，人人各安適。土著少流徙，世業足資給。士族尚詩禮，農家務耕織。先期輸賦税，俛首供力役。民不受箠楚，兵不識鋒鏑。行旅不齎糧，遠出不待吉。昏夜絶剽竊，歉歲無行乞。况復天氣暄，地利多所獲。三冬著苧衣，五月收新稙。山畲少汙萊，水田自潮汐。舟游泛滄茫，火種燒岃崱。曉包趁墟飯，晴著登山屐。海錯富蚌蜆，家烹剩豚豝。文木生山林，珍貨來蕃舶。荔奴然火樹，橘柚垂金實。閭右食素封，田圃盛嘉植。愛身寧破産，終訟羞曲筆。遐邇總安恬，公私舉豐殖。逮及廿年來，長吏恣胸臆。厚利動其中，甘言誘其側。欺彼民柔愚，藐茲地遐僻。遂決禮義防，大肆搏噬力。把臂褫其衣，抉口奪之食。

溪壑填不滿，氣燄撲難熄。上下相師承，前後遞沿襲。豈云無鷹鸇，方自爲蟊螣。天門遠萬里，無地訴冤抑。致令仁厚性，化作兇險質。弄兵潢池中，延息苟旦夕。外邪尋即除，中虚遂成疾。蠢茲洞中猺，窺伺乘間隙。始惟掠近地，稍稍出復匿。迹彼素脆愞，頓異戎與貊。制伏本非艱，而我狃安逸。武冑恥言兵，文吏諱中賊。縱虎出林薄，延鬼入居宅。路有横草虞，關無一夫搤。長驅捲村落，乘夜盜城壁。豈彼智有餘，乃我法不立。歲歲轉猖披，邊境遭轥轢。脅從日漸多，兇徒日增益。居民就流散，人烟渺蕭瑟。己身不自卹，何暇問家室。田蕪乏犢耕，井渫無人汲。萬家春草青，一望秋原赤。禾麻種殆絶，雞犬聲亦寂。昏雨燐火青，凉月死骨白。内地幸苟免，因之困供億。相扇咸弗靖，濡沫聊戢戢。方今堯舜朝，大臣總皋稷。萬國俱時雍，一方獨艱阨。九重赫然怒，遣將擣其窟。天道信好還，王師本無敵。鼎魚姑假喘，穴蟻難藏迹。行當見掃平，腥穢永蕩滌。却愁火然岡，罔辨玉與石。嗟爾嶺徼人，罹此殊可惜。賈父來每晚，謝令去不亟。由來非一朝，往者何嗟及。幸茲天日開，光景方昭熠。草木回生意，山川增秀色。福星離紫垣，甘雨隨丹軾。指日下湞江，持節鎮南國。先聲一以聞，父老歡以泣。迎拜古道旁，應以手加額。願言明使君，代天布仁德。爲我招殘魂，爲我肉枯骼。爲我作保障，爲我剪荊棘。爲我開喉吻，爲我插羽翼。醫我眼前瘡，除我腹中匿。我寒衣以裘，我飢食以粒。生者受我廛，死者與我椑。一夫或失所，孰非使君責。使君今已行，行行去須急。齊民正倒懸，異類尚反仄。如病望醫師，如旱望雨澤。寄聲報吾人，此公古難得。瘴海行將清，貪泉不能惑。佇看凋弊區，復作全盛域。

鍾廣漢云：長篇鋭氣不衰。

村行

萬里勞行役，驅車趁晚晴。鴉邊殘照遠，雨外斷虹明。山徑高低路，村舂遠近聲。隔林人語寂，一犬吠相迎。

中秋有感

客裏逢秋景，思鄉倍愴神。依然今夜月，不見去年人。

秋思

水落淺灘石出，霜冷疏林葉丹。天外數聲過雁，人在高樓倚闌。

伍方 一首

方字公矩，嘉興人。景泰甲戌進士，知武岡州，謫戍柳州。有《柳菴集》。

《詩話》：公矩與張靖之、丘仲深，同年成進士，三人莫逆，時有倡酬。靜之詩云：「丘仲深伍公矩，元是長安看花侶。」又云：「江東雲，渭北樹，仲深不來公矩去。望斷斜陽舊游處。」仲深亦有《送公矩之柳州》詩云：「平生故人伍公矩，少年學文今學武。興來拔劍爲我舞，顧儂豈是噲等伍。」末云：「吳山高兮粵水長，南歸若見張給事，引杯燒燭，歌我送行章。」可謂篤同譜之義矣。《柳菴集》，予少日於金明僧舍見之，凡四冊，曾覽一過，今購之不復可得。僅從檇李《英華集》録其一絶，雖不見好，存其人可也。

畫竹

花點湘雲墮碧川，翠梢零落帶秋煙。歸篷記得曾看處，殘月黃陵古廟前。

杜庠 一首

庠字公序，長洲人。景泰甲戌進士，除知攸縣，罷歸。有《楚游稿》《江浙歌風集》。

錢受之云：公序與卞華伯、張汝弼游，詩體粗豪奔放，不暇持擇，亦卞、張之流也。

《詩話》：公序從張節之游，同學者藐之。節之贈詩云：「炳蔚虎豹文，卓犖珊瑚枝。」學子因改視焉。嘗過赤壁題詩，張汝弼奇之，一時呼爲「杜赤壁」。仕既不達，汗漫湖海間，自稱

「西湖醉老」。莓牆椒壁，過輒留題。然不經意，其可存者寡也。

寄吳中諸友

故園東望路綿綿，一別何期竟隔年。客思半消春酒後，鄉心都在夜燈前。杏花村店西山雨，楊柳河橋上苑煙。欲語平安歸未得，自嗟身爲薄名牽。

彭澤 一首

澤，攸縣人。景泰丙子舉人。

春日雜興

春陰庭館晝生寒，落葉游絲濕作團。年少風流今減盡，牡丹開遍不凭闌。

桑瑾一首

瑾字廷贊，常熟人。景泰丙子舉人，處州府通判。

横瀝口泊舟

浦外炊烟起柁牙，岸頭茅屋是農家。一冬苦雨全無麥，二月春晴未見花。野渡至今濡馬足，江潮久不露鷗沙。閒隨漁父談占候，怕見朝霞愛暮霞。

黄瑜二首

瑜字廷美，香山人。景泰丙子舉人，長樂知縣。有《雙槐詩集》。

井嶼 宋端宗御舟至此。

白雁過，江南破，更無一尺土可坐。自閩入廣隨波流，塵沙暗天天亦愁。黄蘆苦竹風颼颼，鷓鴣雨中啼不休。上有深井山，下有仙女嶼。黑雲卷波白浩浩，漁舟不到御舟到。鱷魚鬐揚蛟尾掉，蒼天蒼天誰與告！

《詩話》：是詩依南海歐奏孚所藏録本，與《廣東通志》所載不同。

城西劉王故院

江水東流西日斜，劉郎綦跡尚天涯。昌華苑外裙腰草，玉液池邊鼓吹蛙。隔隴牛羊聞牧笛，遥林烟火見漁家。當年翠輦宸遊地，留與東風長稻花。

陳贄二首

贄字惟成，餘姚人。以薦官儒學訓導，入爲翰林待詔，陞廣東參議，遷太常少卿。有《蒙菴集》。

黄太沖云：惟成從鄉先生宋公傳張臺民，得其詩法。評者謂古詩逼陶、柳，近體駸駸乎盛唐。

晚發五溪

巴川移短櫂，正值暮秋天。客路猨聲裏，鄉山雁影邊。蒹葭連晚渚，穲稏滿秋田。風物雖堪戀，其如歸思牽。

蠻中

蠻溪雨過葉皆流，落日猩猩啼樹頭。高竹亂藤茅屋小，不知村落屬何州。

劉英 二首

英字邦彦，錢塘人。景泰中，郡邑交辟，以母老辭。有《賓山集》《蕉雪稿》《竹東小稿》《湖山詠録》。

程克勤云：邦彦孝友似黄山谷，高蹈似魏清逸，曠達似楊鐵崖。其詩精妥流鬯，兼備衆體。

寶峰樓看沈啓南畫因懷畫中詩人存没

尋僧重上寶峰樓，撫景興懷不自由。東海傷心諸老散，西湖回首十年游。摩挲舊畫題新句，慚愧青山對白頭。空負梨花一尊酒，無人共載木蘭舟。

載酒過湖

寒食清明次第來，紫苞紅萼裏池臺。東風似與人商略，最好花枝最後開。

聶大年 五首

大年字壽卿，臨川人。用薦爲仁和訓導，陞教諭。景泰初，徵入翰林。卒，有《冷齋集》。

俞汝成云：壽卿詩尚襲元調。

《詩話》：聶大年掌教武林，揭對聯示諸生云：「文章高似翰林院，法度嚴於按察司。」以是見忤達官，九年不調。泰和王行儉掌銓衡，以詩寄戴文進索畫，自敘十年始成。大年題其後云：「公愛文進之畫，十年而不忘也。使公以十年不忘之心，待天下之賢，天下豈復有遺才哉！」語稍聞於王，而王不介意也。天順初，被徵入史局，病中以詩別行儉曰：「鏡中白髮難饒我，湖上青山欲待誰。千里故人分槖少，百年公論蓋棺遲。」行儉得詩，泣下曰：「大年欲吾銘其墓耳。」明日而大年卒，行儉爲作《墓志》曰：「吾以大年之才，必能自振，故久不擬薦，而乃止一校官邪！」大年諸體平熟，惟絶句小詩，差有韻致。比於劉泰士亨、陸昂元偁、馬洪浩瀾、王澄天碧諸子，似勝之。

題畫瓜

翠實離離引蔓秋，西風凉露滿林丘。東門尚有閒田地，千載無人說故侯。

題彦顒畫中小景

水禽沙鳥自相呼，遠近雲山半有無。一葉扁舟兩三客，載將烟雨過西湖。

題許上舍家梅花

西湖曾繫木蘭橈，湖上殘雲雪未消。報道南枝春信早，移船更近段家橋。

夏日次侃禪師韻

高亭暑夜景相和，凉月絺衣挂薜蘿。楊柳風輕湖面闊，不知何處藕花多。

題仲昭竹

舍人老作鄖陽守，尚愛揮毫寫竹枝。絶似艤舟湘水上，鷓鴣啼斷雨來時。

陳延齡二首

延齡初名壽，字昌年，嘉興人。景泰中，郡掾史。有《玉崖子集》。

題畫二首

洞庭微雨曉生波，一櫂雲山客裏過。緑遍蘼蕪歸未得，東風閑唱竹枝歌。
楊花如雪正殘春，新水茫茫浸緑蘋。桃葉桃根何處是，東風愁殺渡江人。

劉溥七首

溥字原博，長洲人。宣德初，授惠民局副使，後調太醫院吏目。有《草牕集》。

王元美云：景泰中，稱詩豪者「十才子」，而劉溥、湯胤勣爲之首。

蔣仲舒云：溥詩如淮陰少年，武健自足，時欲侮人，使少加揖遜，亦一時名流。

錢受之云：原博詩初擬西崐，晚亦奇縱，悲愁歎憤，一寓於詩。塞雁南飛之什，聞者傷之。

《詩話》：劉原博、湯公讓，盛有詩名。原博於除夕，爲劉主事廷美作《終南進士行》，廷美懸之堂上。次日賀正客至，爭裂門籍紙傳寫。廷美笑曰：「此乃耗紙鬼也。」嘗語客云：「不讀二萬卷詩，看溥詩不得。」而公讓《守宫詩》出，一時驚歎，以爲有神。今觀之，殊堪作惡，時無英雄，遂有「十才子」之目。然就諸子而論，原博特多忠悱之言，於彼法中差勝。劉宗器贈詩云：「心事一於詩，激發何慨慷。静中聊自怡，鬱抑賴舒暢。短章既從容，長篇亦跌宕。府藏出珍奇，鈞天奏空曠。正如巨陂中，魚龍交蕩漾。有時爲我歌，三歎而一唱。」未免矜譽過其實矣。

古意

美女出齊州，容華世無雙。修眉結輕緑，麗目曼騰光。鮮紈被玉體，明月綴兩璫。巧笑發春華，氣若秋蘭芳。窈窕高樓居，宛在大道傍。媒氏致千金，琴瑟諧高張。既製合歡被，復製合歡牀。德義苟無虧，恩愛永不忘。

雜詩

仲秋涼氣肅，白露下庭柯。芳蘭委輕飈，桂樹行復華。俛仰時節至，生意迭以嘉。理運本自然，無爲徒咨嗟。人生貴有道，富貴安足誇。膏火一朝盡，撫膺其奈何？

晚過揚州

長安懸落照，短櫂尚孤征。衰柳愁邊斷，殘霞雨外明。人喧揚子渡，鐘動廣陵城。漸去鄉關遠，凄然倍旅情。

使回過獨石

邊城二月暗塵沙，吹徧東風不見花。天遠玉京旋日騎，水通銀漢繫星槎。雲中路出高山險，上谷雲連獨石斜。正是旅愁消未得，夕陽樓外又鳴笳。

江上別

相逢蘭渚潮長，相送烟江日斜。只說儂家易識，門前一樹梨花。

題畫寄徐州陸九皋二首

別後重來未有期，且憑圖畫寄相思。秋風黄葉茅亭上，猶記逢君是此時。

目極天涯酒半醒，楓林斜帶遠山青。故人家在秋雲外，百步洪邊水繞亭。

湯胤勣二首

胤勣字公讓，東甌襄武王曾孫。授錦衣百戶，轉千戶。景泰中，命通問上皇，歸進指揮僉事。成化初，以參將守延綏，戰沒。有《東谷集》。

王元美云：湯公讓、劉原博如淮陰少年，斗健作噉人狀。

《詩話》：徐元玉言於裕陵曰：「湯胤勣酒風漢耳。」鄒克明嘲以詩云：「湯家公子善夸詡，好似蚍蜉撼大樹。文章光燄萬古長，却說杜陵無好句。」當時公論，蓋未盡輸心也。程克勤爲作傳，稱其詩「豪邁奇崛，名家退避」，豈其然乎？然使不辱命，死於疆埸，則誠豪傑之士矣。

游仙

月照參差海上峰，颷輪度處滅行蹤。玄冥宮裏通宵宴，傳得新方解豢一作擾。龍。

巨俠

獵火茫茫照四山，青衣小隊射生還。貂裘幾點輕盈雪，月照城門未上鐶。

蘇平四首

平字秉衡，海寧人。舉賢良方正，不就。有《雪溪漁唱》。

陳廷器云：二蘇旨趣高遠，聲律和暢，昭乎治世之音。

李時遠云：平詩温柔敦厚，自是可人。

錢受之云：秉衡與其弟正，俱在「景泰十才子」之列，少時作《繡鞵》詩，人呼爲「蘇繡鞵」，今委巷間猶傳之。

《詩話》：鄭谷《鷓鴣》，崔珏《鴛鴦》，謝逸《蝴蝶》，袁凱《白燕》，皆以一詩，目之終身。至蘇秉衡以《繡韉》得名，風斯下矣。即其「南陌踏青春有跡，西廂立月夜無聲」二語，乃本於瞿宗吉少時香奩之作，所云「燕尾點波微有韻，鳳頭踏月悄無聲」也，以吞剝而得虛譽，忸怩已甚。而秉衡妄爲大言，謂「宋一代，今體詩僅王禹玉《元夕》一律，仿佛唐人。高青丘詩二千首，近體止《吳女誦經》一首可取爾」。當日鄒御史克明作《三夸》詩，以秉衡爲首，其次湯公讓，其次劉原博。克明名在「十子」之列，在同調亦不免嘲笑之，他可知已。

雜詩

彼美南國姝，婉孌貞且良。丹霞製爲珮，明月懸爲璫。白玉蓄光采，幽蘭含芬芳。見者咸歎息，不殊古姬姜。世無蹇脩氏，玉帛誰爲將。默默處重闈，何曾下中堂。容顏豈不好，攬鏡徒悲傷。但恐芙蓉花，零落隨秋霜。

寄金粟王公子

中夜百憂集，攬衣起傍徨。明月揚素輝，列宿互低昂。耿耿河漢流，肅肅鴻雁翔。念我同心人，渺渺天一方。昔爲雙游魚，今爲孤飛凰。援琴不成曲，展轉憂思長。豈無蕙蘭花，爲君掇其芳。道遠莫致之，中懷徒自傷。

塞上曲

戰馬聞笳鼓，横行出塞門。隴雲凝陣黑，殺氣入邊昏。決策平沙漠，捐生報國恩。猶慚漢公主，萬里嫁烏孫。

班婕妤

一自辭同輦，深宫草又生。甘隨紈扇棄，猶記玉階行。明月愁中影，流鶯夢裏聲。笙歌前殿夜，教妾若爲情。

蘇正 一首

正字秉貞，平弟。有《雲壑集》。

江南旅情

天涯爲客久，生計日蕭條。旅田一作况。頻看月，鄉心獨聽潮。春歸江上早，家在夢中遥。無限相思意，東風白下橋。

蘇直 一首

直字秉忠，平弟。有《蘭畹集》。

《詩話》：秉衡兄弟，三荆同株，無分高下。

送人東歸

東風官路柳依依，目送鄉園賦式微。晚渡雨晴孤櫂發，春江潮落遠人歸。夢回野戍遥聞角，家近滄洲獨掩扉。惆悵天涯同是客，臨岐那忍又相違。

蔣主孝 一首

主孝字務本，儀真人，徙句容。有《樵林摘稿》。

無題

鳳輦春游繡嶺宫，閑庭小雨落殘紅。貞元朝士知誰在，一曲琵琶月正中。

蔣主忠 一首

主忠字存恕，主孝弟。有集。

錢受之云：主忠與兄主孝，太醫院判謚恭靖用文之子。當時所稱「景泰十才子」者，吴下劉溥、中都湯胤勣、崑山沈愚、海寧蘇平、蘇正、西蜀晏鐸、四明王淮、戚里王貞慶，或云洞庭徐震叔重也。

芙蓉

清露下林塘，波光淨如洗。中有弄珠人，盈盈隔秋水。

沈愚十一首

愚字通理，崑山人，自號崆峒生。有《篔籟》《吳歈》二集。

《詩話》：「景泰十子」，才多下中，通理特爲翹楚，同輩極其引重。劉原博題其集云：「清如玉樹含秋霜，麗如五色雲錦張。琅然天外度靈響，一曲一奏春風香。」蘇秉衡贈詩云：「玉山才子東吳英，丰姿皎皎冰壺清，胸中磊塊含元精。騷壇少年推獨步，天仙鬼仙何足數。」又云：「多君祇今英妙年，已有新詩滿人口。俊逸還凌鮑、謝前，清新肯落盧、王後。」王善甫贈詩云：「玉山沈郎更瀟灑，芙蓉秋水涵冰姿。摩挲石壁寫新句，毫端墨汁光淋漓。」虔州黄進士閏詩云：「多情才子惜春華，樂府新聲對客誇。朱雀橋邊舊游路，東風開遍小桃花。」誦之可想見其人矣。余初見《吳歈集》，録其三詩。近東田學士示以先世手抄《篔籟集》，私印尚存，增益八首。詩。諸體皆清穩，而絶句尤矯矯軼群，在劉、白之間。《題畫二首》云：「汀蒲短短柳毵毵，三月桃花水滿潭。攜酒抱琴同一醉，人生只合住江南。」「山邊臺榭水邊樓，秋月春花足勝游。平底畫船如屋裏，人生只合住蘇州。」通理兄弟四人：愚、魯、質、訥。魯字誠學，以學官弟子入塲屋，望見諸生蓬頭赤脚，歎曰：「待士如此，士可知矣。」遂走出，不復與試，以文筆自娱。嘗作《劉過傳》，西楊見而擊節曰：「如此人，當以翰苑處之。」或勸其入都往謁，不屑也。訥字文敏，中正統壬戌進士，仕至福建按察副使，卒于官。仲、季皆能詩，所著集不傳。學士誠學之雲孫也，與予同年入翰林。述其家世本末如是。

閶門柳枝詞二首

小蠻能唱白家詞，笑把纖腰鬬柳枝。愁絶樽前春未老，風柳太守髩成絲。
枝枝摇翠綰香車，占斷春風日未斜。記得皋橋舊游處，緑烟深鎖泰孃家。

舊游即事

冶城東畔舊亭臺，寂寂朱扉映竹開。一樹碧桃都落盡，去年蝴蝶却飛來。

寄淮南

江南相望路迢迢，風滿關河雁影飄。最好鳳皇臺上月，共誰攜酒聽吹簫。

過桃葉渡

江花含笑欲爭春，江水籠烟柳色新。商女停舟唱桃葉，東風愁殺渡江人。

石頭城

谷口青騠踏軟沙，橋頭艇子載琵琶。春風何處尋芳好，廬女門前幾樹花。

金陵九日

京華風物近佳辰，黄菊秋香漉酒巾。欲上鳳臺同一醉，客邊誰是故鄉人。

閶門夜泊

絲絲楊柳拂官河，烟際樓臺隔岸多。此夜闔閭城下泊，滿船明月聽吳歌。

旅次送晏振之

西風孤櫂楚江濱，烟水殘陽照白蘋。底事送君情轉切，只緣身是未歸人。

旅次石城

水落寒江露淺沙，斷隄烟柳集昏鴉。樽前冷笑陶彭澤，三逕秋香負菊花。

陳宮懷古

景陽宮井積浮埃，三閣遺基半緑苔。惆悵後庭花落盡，黑頭江令獨歸來。

鄒亮 一首

亮字克明，長洲人。用薦授吏部司務，遷南京監察御史。有《鳴珂》《潄芳》二集。錢受之云：克明與湯公讓諸人共集，湯豪伉不可一世，克明每氣凌之。已而相折，又相好也。詩爲劉原博所推，時稱「十才子」，克明與焉。《詩話》：克明受知於周文襄用，况守伯律，薦授官。嘗撰《詩宗韻海》，未就而卒。自稱「梅崖」，亦曰「藻菴居士」。病中自撰《志銘》，謂「脩短有數」。遺墓在長洲縣金鵝鄉。《志》中不及劉、湯諸子姓名，非其所矜式也。

長信宮

妙舞方承寵，愁懷獨感傷。金輿門外度，紈扇篋中藏。别殿生秋月，空階落晚霜。凉颸如有意，渾不到昭陽。

王淮二首

淮字柏原，慈溪人。有《大媿稿》。

錢受之云：柏原長身美髯，博極群書，嘗與湯公讓遇於吳興慈感寺，以辨駮相夸詡，對語移日，不相下。及徵青陵臺事，各得其二。柏原問公讓曰：「止於此乎？」復舉其一，歷歷口誦，無所遺。公讓乃歡服，語太守岳璿曰：「柏原真行祕書也。」好作長歌，下筆輒數十韻，造語頗奇麗，擅名江湖間。卒年八十。

《詩話》：伯原淹博，號行祕書，詩殊淺率。

寄吳廷圭

雁叫新霜九月時，客邊節物倍淒其。風吹敗葉藤纏屋，雨濕疏花豆壓籬。八跪蟹肥村店酒，一行鷺促野橋詩。待君流水柴門下，共醉殘陽倒接䍦。

秋夜書懷

破窗燈火黯淒淒，一榻空齋抱影棲。愁斷關河千里雁，夢回風雨五更雞。田荒故國蒼苔遍，路接長亭碧草迷。歎息此身緣底事，十年蹤跡苦東西。

王貞慶 一首

貞慶字維善，一字善甫，定遠人。駙馬都尉永春侯寧之子。有《茗芋集》。

錢受之云：善甫亦「十才子」之一，所稱金粟公子者也。

《詩話》：善甫，懷慶公主所出，生於侯門，而能脫去紈綺之習。築別業於聚寶山中，闢一軒，繞以桂樹，因自號「金粟主人」。能書，善飲酒，名其詩曰《茗芋集》，羊城陳廷器序之。

送沈崆峒歸玉峰

客從東吳來，暫向金華住。看遍京華春，更憶東吳去。秦淮橋頭烟柳青，執手臨岐別恨生。扁舟後夜知何處，月色江聲無限情。